SPIEL MIT DEM FEUER, FIREFIGHTER-ROMANZE

INTO THE FIRE – SERIE ALASKA

J.H. CROIX

Kapitel Eins

DONOVAN

Ich lehnte an der Theke der Wildlands Lodge, nahm einen langen Zug von meinem Bier und ließ meinen Blick über die Bar und das Restaurant schweifen. Es war viel los hier, aber auch an ruhigen Abenden war hier viel los. Ich hatte mich in eine Ecke zurückgezogen, von der ich den Raum gut überblicken konnte. Als ich mich umsah, fiel mein Blick auf eine Frau, die in der Ecke nebenan Billard spielte.

Ich fragte mich unwillkürlich, ob sie eine Touristin war. Willow Brook in Alaska war eine kleine Stadt, aber es war mitten im Sommer, was bedeutete, dass es hier von Touristen nur so wimmelte. Wie von Geisterhand gezogen, stieß ich mich von der Bar ab und bewegte mich in ihre Richtung.

Ihr dunkles, bernsteinfarbenes Haar schimmerte im schummrigen Licht der Bar und fiel wallend über ihren Rücken, bis fast zu ihrer Taille. Mit einer Handbewegung strich sie es sich über die Schulter, als ich mich näherte. Sie trug Jeans und Cowboystiefel, dazu eine weite rote Bluse. Irgendwie *wusste* ich, dass sich unter der Seide verführerische Kurven verbargen.

Sie war mitten in einem Spiel mit mehreren Männern und sah aus, als wäre sie auf dem besten Weg, angeheitert zu sein. Zunächst war ich ohne groß darüber nachzudenken zu ihr hinübergegangen, aber als ich näher kam, bemerkte ich die angespannte Stimmung, die in der Luft lag. Zwei der Männer, die in der Nähe des Tisches saßen, glotzten sie an.

Es gab verschiedene Arten von Männern. Es war eine Sache, eine Frau zu bewundern – das hatte ich ja auch getan –, aber es war eine andere Sache, sie anzusehen, als könne man mit ihnen machen, was man wolle. Ich fühlte mich, als wäre ich in ein Rudel von Hunden geraten, die um ihre Position rangen. Zu allem Übel schenkte diese Frau dem Ganzen nicht die geringste Aufmerksamkeit. Sie war auf das Spiel konzentriert. Meine Nackenhaare sträubten sich.

Als sie sich vorbeugte, um ihren Spielzug zu machen, ließ einer der Männer seine Hand über ihren Hintern gleiten. Blitzschnell drehte sie sich um, zog ihre Faust zurück und schlug ihm direkt auf die Nase.

»Nimm deine Hände von mir!«, erklärte sie und schwang ihren Billardstock in seine Richtung.

Sie benötigte eindeutig keine Hilfe.

»Was zum Teufel?« Der Typ, der ihre Faust abbekommen hatte, wischte sich das Blut von der Nase.

»Fass mir nicht an den Arsch.«

Einer der anderen Jungs kicherte. »Na, Süße, du kannst doch nicht einfach hier reinplatzen und deinen Arsch so präsentieren.«

»Oh, zum *Teufel*, nein«, sagte die Frau.

Ich schlängelte mich durch die Traube um sie herum. Ich wusste nicht einmal, wer sie war, aber ich musste sie aus diesem Schlamassel rausholen.

»Ich spiele Billard. Das gibt keinem von euch

Idioten das Recht, mich anzurühren«, sagte die Frau und schwang wieder ihren Billardstock herum.

Ich schnappte mir das Ende und riss es ihr aus den Händen. Obwohl ich ihr gerne dabei zuschauen würde, wie sie ein paar von diesen Arschlöchern verprügelte, könnte das Ganze nicht zu ihren Gunsten ausgehen. Ich schaute zu den Jungs und sagte: »Okay, Jungs, Schluss damit.«

»Hey, sie hat mich geschlagen«, erwiderte der Mann mit der blutigen Nase.

»Ja, aber du hast ihr an den Hintern gefasst und das hat ihr nicht gefallen. Also, wie bereits gesagt, verpiss dich.«

Mike, der Barkeeper, tappte an meine Seite und beugte sich vor. »Hör zu, das ist Jasmine Phillips, Levis Schwester. Sie ist mit dem Auto hier, ich werd ihr jetzt die Schlüssel abnehmen. Kannst du sie nach Hause fahren?«

Ach du Scheiße. Levi war ein Freund von mir. Wir waren beide Feuerwehrmänner bei Willow Brook Fire & Rescue. Ich war mir nicht sicher, ob ich derjenige sein wollte, der seine Schwester nach Hause fuhr, aber vor allem wollte ich nicht, dass sie in diese Sache verwickelt wurde.

»Kein Problem«, antwortete ich und schaute Mike an. »Ich rufe Levi an, sobald wir sie hier rausgebracht haben.«

Mike nahm sich die Jungs vor, während ich mich an Jasmines Seite stellte. Gerade als ich den Mund aufmachen wollte, drehte sie sich um und sah den Kerl an, der sie angefasst hatte. »Und fass mir nicht wieder an den Hintern.«

Verärgert drehte sie sich wieder zu mir um. Verdammt noch mal. Sie war verdammt schön. Ihre Wangen waren gerötet und in ihren Augen loderte ein

Feuer. Mein Körper dachte alles Mögliche über sie. Sie war einfach umwerfend, mit ihren bernsteinfarbenen Haaren und den strahlenden Saphiraugen.

Bevor ich etwas sagen konnte, blieb Mike vor Jasmine stehen. »Gib sie her«, sagte er und hielt seine Handfläche vor.

»Was soll ich hergeben?«, fragte Jasmine und kniff dabei die Augen zusammen.

»Deine Schlüssel. Das ist Donovan Ryan, falls du ihn noch nicht kennst. Er arbeitet mit Levi zusammen und er fährt dich nach Hause«, erklärte Mike sachlich.

»Was zum Teufel?«, fragte Jasmine und schaute zwischen uns hin und her.

»Du hast schon einen Mann geschlagen. Du bist betrunken und fährst nirgendwo hin«, sagte Mike schlicht.

Jasmine schaute zwischen Mike und mir hin und her und war sichtlich unzufrieden mit dieser Wendung der Ereignisse. Nach einem angespannten Moment schüttelte sie den Kopf. »Nein, ich brauche keine Mitfahrgelegenheit.«

»Wenn du dich hinter das Steuer deines Autos setzt, werde ich nicht zögern, die Polizei zu rufen. Die sind wahrscheinlich schneller hier, als du rückwärts aus der Parklücke kommst«, sagte Mike, der sich nicht im Geringsten davon irritieren ließ, wie wütend sie schien. »So wie ich das sehe, hast du drei Möglichkeiten. Erstens: Du fährst mit Donovan nach Hause. Zweitens: Ich rufe Levi an und er kommt dich abholen. Drittens: Der Typ, dem du eine reingehauen hast, könnte sich entschließen, die Polizei zu rufen, weil du ihn geschlagen hast. Entscheide dich.«

Jasmine rollte mit den Augen und seufzte. »Na gut. Muss ich dir meine Schlüssel geben, wenn er mich mitnimmt?«, konterte sie und deutete mit dem Daumen in meine Richtung.

Als Mike den Kopf schüttelte, richtete sie ihre Aufmerksamkeit auf mich. »Schön, dich kennenzulernen, Donovan.«

Ich nickte nur und war zu sehr damit beschäftigt, meinem Körper einzureden, dass er nicht wahrnehmen sollte, dass sie sündhaft sexy war.

Mike neigte seinen Kopf zur Seite. »Du fährst also mit Donovan?«

Jasmine nickte, drehte sich um und schlenderte vor mir durch den Raum.

»Sieht so aus, als wäre ich hier raus«, sagte ich kichernd.

»Levi wird es zu schätzen wissen«, murmelte Mike, als ich an ihm vorbeiging.

Jasmines Haare schwangen bis knapp über die Hüften, als sie sich einen Weg durch die Tische bahnte, bevor sie in einem Gang im hinteren Teil der Bar verschwand. Ich holte sie schnell ein und erreichte sie gerade, als sie im Gang leicht stolperte, weil sie versuchte, einer Gruppe von Leuten auszuweichen, die vom Parkplatz kamen.

»Verdammt«, murmelte sie leise vor sich hin.

Ich hielt ihren Ellbogen fest, um sie zu stützen, aber in dem Moment, in dem sie mich abschüttelte, stolperte sie erneut und prallte gegen die Wand. Sie lehnte sich dagegen und rollte beide Schultern gegen die Wand, während sie mich musterte. Ihr dunkelblauer Blick wanderte an meinem Körper auf und ab.

»Verdammt, siehst du gut aus«, sagte sie und ihr Mundwinkel verzog sich zu einem langsamen Grinsen.

Ich atmete tief durch und richtete meinen Blick auf ihr Gesicht. »Du fluchst wohl gerne, wenn du betrunken bist«, konterte ich.

Ich war mir des schattigen Tals zwischen ihren Brüsten bewusst, durch das ihre rote Seidenbluse glitt, als sie eine Hand hob, um sich eine lose Haarsträhne aus den Augen zu streichen.

»Was zum Teufel ist falsch am Fluchen?«, fragte sie.

»Überhaupt nichts.«

Jasmine starrte mich mit ihrem blauen Blick prüfend an. »Du musst neu in Willow Brook sein. Ich glaube, ich kenne dich nicht.«

»Das hängt davon ab, was du mit neu meinst. Ich bin vor etwa zwei Jahren hierhergezogen, als ich mich einer Hotshot-Crew angeschlossen habe. Daher kenne ich auch Levi. Wie wär's, wenn wir aufbrechen?«

Jasmine musterte mich noch ein paar Augenblicke lang und drückte sich dann von der Wand weg. Als ich sie diesmal leicht am Ellbogen packte, schüttelte sie mich nicht ab. Wir traten hinaus in die kühle Sommerluft. Es war kurz vor einundzwanzig Uhr, die Sonne machte dem Nachthimmel Platz und ließ ein Farbenspiel in Orange, Rot und Gold zurück.

Jasmine blieb kurz stehen, als wir ungefähr auf halbem Weg zum Parkplatz waren. Sie hob ihren Kopf, atmete tief ein und stieß einen kräftigen Seufzer aus. »Ich liebe die Luft hier. Es ist die beste Luft«, murmelte sie leise.

Die Sommerluft in Alaska war erdig, duftete nach Fichten und der Kühle der uns umgebenden Berge. Der Schwanensee erstreckte sich vor uns, gleich hinter dem Parkplatz der Lodge.

Jasmine schaute zu mir, ihr Blick war nachdenklich. »Ich wette, du bist kein Arschloch«, sagte sie mit fester Stimme.

»Ich denke nicht«, bot ich an, unsicher, wohin dieses Thema führen würde.

Die Wut, die Tapferkeit und die Rücksichtslosigkeit, die sie bisher an den Tag gelegt hatte, verschwanden blitzschnell. Es war, als hätte sie sich von einem einzigen Gedanken verunsichern lassen.

Nach ihrer Ankündigung trat sie näher heran. Bevor ich überhaupt begriff, was sie da tat, beugte sie sich vor, legte ihre Hand um meinen Nacken und küsste mich. Für einen kurzen Moment war ich so erschrocken, dass ich mich nicht einmal bewegte, doch dann fuhr sie mit ihrem Mund über meinen und ich reagierte.

Ich griff mit einer Hand in ihr wunderschönes Haar, zog sie an mich heran und fuhr mit meiner Zunge über ihre Lippenkonturen. Sie stöhnte in meinen Mund und das Geräusch brachte mich wieder zur Vernunft. Ich riss meine Lippen los und schüttelte den Kopf.

»Was zum Teufel war das denn?«

Sie lächelte und ihre Augen funkelten. »Ich konnte nicht anders. Dein Mund ist einfach zu sexy.«

Dabei fuhr sie mit ihrer Fingerspitze über meine Lippen, ihre Berührung war wie Feuer.

»Du musst mich zu Levi bringen«, verkündete sie, als sie ihre Hand wieder wegzog.

»Ich fahre dich, wohin du willst. Komm«, sagte ich und wandte mich ab, denn ich konnte sie nicht länger ansehen, ohne sie erneut küssen zu wollen.

Sie ging mit mir, ihre Schritte wurden langsamer. Sie wirkte müde und traurig. Als wir in meinem Wagen saßen, stieß sie einen tiefen Seufzer aus und lehnte ihren Kopf zurück gegen den Sitz.

»Levi weiß übrigens nicht, dass ich hier bin«, murmelte sie.

Großartig, einfach großartig. Ich wollte sie zu Levi bringen, aber ich hatte das Gefühl, dass es irgendeine Erklärung dafür gab, warum sie in der Stadt war, ohne dass ihr älterer Bruder davon wusste, und ich hatte keine Ahnung, welche es war.

Alles, was ich wusste, war, dass Jasmine wunderschön war, sie zog mich an wie ein verdammter Magnet, und in dem Moment, in dem ihre Verletzlichkeit in ihren Augen aufblitzte, wollte ich sie beschützen. Das war ein gefährliches Gefühl.

Ich wusste, wo Levi wohnte, also fuhr ich einfach los in diese Richtung. Jasmine schlief tief und fest, als wir bei Levi ankamen. Ich kletterte leise aus dem Wagen und überlegte, ob ich zuerst anklopfen oder sie hineintragen sollte.

Als ich einen Blick zu den verdunkelten Fenstern von Levis Haus warf, wurde mir klar, dass ich ihn und Lucy wahrscheinlich ohnehin aufwecken würde. Ich ging zur Beifahrerseite und öffnete die Tür. Die köstliche Jasmine Phillips zu tragen, war nichts, was ich tun wollte, oder besser gesagt, etwas, das ich *unbedingt* wollte, also war es nicht besonders klug. Ich biss die Zähne zusammen, als sie im Schlaf leise aufstöhnte, und griff nach ihr, um den Gurt zu lösen.

Ihr Körper war warm und üppig. Ich spürte ihren geschmeidigen Körperbau und die weiche Wölbung einer ihrer Brüste an meiner Brust. Verdammt noch mal! Ich befahl meinem Schwanz, sich zu entspannen und ging zügig zur Tür. Nach einem kurzen Klopfen wartete ich. Es vergingen einige Augenblicke, bevor Levi mit einem verwirrten Gesichtsausdruck die Tür öffnete.

»Was machst du denn hier? Und was zum Teufel macht Jasmine bei dir?«

»Kurzfassung: Sie war im Wildlands, der Barkeeper hat ihr die Autoschlüssel abgenommen und mich gebeten, sie nach Hause zu bringen.«

Alles in allem war das eine gute Zusammenfassung, ohne die schmutzigen Details.

Levis Augen weiteten sich, als er sich mit der Hand durch sein zerzaustes Haar fuhr. Er und Jasmine hatten dieselben blauen Augen. Es war offensichtlich, dass ich ihn geweckt hatte. »Was zum Teufel?«, murmelte er schließlich.

»Ja, sie hat erwähnt, dass du nicht wüsstest, dass sie hier ist.«

Levi sah völlig verwirrt aus, aber er nickte, öffnete die Tür und winkte mich durch. Während Levi mir den Weg wies, trug ich Jasmine zur Couch und legte sie dort ab. Zwischen ihrem unerwarteten Kuss und dem Gefühl, sie in meinen Armen zu halten, kämpfte ich mit meinem körperlichen Zustand.

Ich folgte Levi in die Küche. »Danke, Mann. Gibt es etwas, das ich wissen sollte?«, fragte er.

Als ich dort stand, überlegte ich, ob es besser wäre, wenn er von mir erfuhr, dass Jasmine einen Kerl verprügelt hatte, der ihr an den Hintern gefasst hatte, oder ob er es durch die Gerüchteküche erfahren sollte.

Ich entschied, dass es besser war, es von mir zu hören. »Der Barkeeper hat mich gebeten, sie nach Hause zu bringen, nachdem ihr ein Typ an den Hintern gefasst und sie ihn geschlagen hat.«

Levis Augen weiteten sich und er schüttelte langsam den Kopf hin und her. »Weißt du zufällig, wer das Arschloch war?«

»Nö. Aber sie ist in der Lage, sich zu verteidigen.«

»Oh, das ist sie«, sagte er mit einem schiefen Lachen. »Danke, dass du sie nach Hause gebracht hast.«

»Kein Problem. Wir sehen uns auf der Wache.«

Auf der Heimfahrt durch die einbrechende Dunkelheit war das Einzige, woran ich denken konnte, das Gefühl von Jasmines Lippen auf meinen. Mit einem kräftigen Schütteln riss ich meine Gedanken von ihr los und beobachtete, wie der Mond am Himmel aufging und die Sterne das schwindende Licht für sich beanspruchten.

Kapitel Zwei

JASMIN

Helles Licht weckte mich, die Sonne schien warm auf mein Gesicht. Uff. Mein Kopf pochte. Ich brauchte einen Moment, um mich zu orientieren. Langsam öffnete ich die Augen, erst das eine, dann das andere, schaute mich um und stellte fest, dass ich mich in Levis und Lucys Gästezimmer befand. Ich war vollständig angezogen, meine Bluse um die Taille gewickelt. Ich erinnerte mich vage daran, dass ich vom Klang von Levis Stimme aufgewacht und die Treppe von der Couch zum Gästezimmer hinauf geschlurft war.

Ich musste an den Abend zuvor zurückdenken. Ein Mann – ein klassisch gut aussehender, großer, dunkler und verdammt heißer Mann – hatte mich gestern Abend hierhergefahren.

Ich konnte mich beim besten Willen nicht mehr an seinen Namen erinnern. Aber ich hatte eine kristallklare Vorstellung davon, wie er aussah und wie sich sein Mund auf meinem anfühlte.

Ich warf meinen Arm über mein Gesicht und meine Wangen wurden heiß. Besagter Mann hatte nahezu schwarzes Haar und intensive haselnussbraune Augen. Ich erinnerte mich daran, wie ich in diese Augen geschaut hatte, in denen sich Farbschichten aus Grün und Gold mit Muskatnuss vermischten. Sein Gesicht hatte klare Linien – ausgeprägte Wangenknochen, einen kantigen Kiefer, eine leicht schiefe Nase, als hätte er sich mal geprügelt, und einen sinnlichen Mund mit einem Grübchen in der Mitte seines Kinns.

Obwohl meine Erinnerungen verschwommen waren, erinnerte ich mich daran, dass er mir ein Gefühl der Sicherheit gegeben hatte. So beschämt ich auch darüber war, ihn geküsst zu haben, war ich mir doch sicher, dass ich ein Aufflackern von Verlangen in seinen Augen gesehen hatte.

Wer zum Teufel war er?

Das würde ich später herausfinden müssen. Jetzt musste ich erst einmal klären, wem ich hier gegenübertreten würde. Ich war noch nicht bereit, mich meinem Bruder zu stellen, schon gar nicht mit einem Kater. Ich liebte Levi, aber er konnte überfürsorglich sein. Ich war unerwartet und ohne Vorwarnung nach Hause gekommen, also wusste ich, dass es Fragen geben würde. Levi dachte, ich sei zu wild, zu leichtsinnig, das hatte er mal gesagt. Ich hoffte, dass ich entweder niemanden oder meine Schwägerin Lucy antreffen würde. Mit Lucy würde ich schon fertigwerden.

Langsam zog ich meinen Arm von meinem Gesicht weg und rieb mir mit den Fäusten die Augen. Ich bewegte mich vorsichtig und versuchte, meinen pochenden Kopf nicht zu sehr zu erschüttern, schwang meine Füße über die Seite des Bettes und richtete mich vorsichtig auf.

Ich öffnete die Tür einen Spalt und lauschte, um zu prüfen, ob ich irgendwelche Stimmen hören konnte.

Da es still war, zog ich die Tür auf und ging in Richtung Badezimmer. Ich hielt einen Moment inne, als ich den Rand des Balkons im Obergeschoss umrundete. Ich liebte dieses Haus. Levi hatte es selbst gebaut. Das Obergeschoss hatte einen Balkon, der sich über drei Seiten des Hauses erstreckte und dessen Fenster von der unteren Etage bis zur Spitze des Daches im vorderen Teil des Hauses reichten.

Von der Wiese draußen stieg Nebel auf, und die Sonne strich über die taufeuchten Gräser und Blumen der Wiese. Das Haus bot einen Blick auf ein Feld mit einem kleinen Teich an der Seite. Fichten und Birken standen verstreut auf dem Feld und verdichteten sich schließlich zu einem Wald, aus dem sich in der Ferne die Berge erhoben. Mein Herz pochte heftig. Alaska war mein Zuhause, und mein Herz wusste das.

Ich spähte über das Geländer und sah mir das Wohnzimmer an. Soweit ich das beurteilen konnte, schien niemand sonst hier zu sein. Mit einem Seufzer schlurfte ich ins Badezimmer und hielt inne, um mich selbst zu betrachten. Meine Haare waren zerzaust und auf meiner Wange war ein Abdruck des zerknitterten Lakens zu sehen. Meine Augen waren geschwollen und trübe.

Kurz gesagt, ich sah aus wie ein Häufchen Elend. Ich konnte nur hoffen, dass ich nicht so schlimm ausgesehen hatte, als ich mich gestern Abend an Mister *„groß, dunkel und sexy"* rangemacht hatte. Ich wollte mich gerade ausziehen, als ich einen Zettel sah, der auf dem Regal neben der Dusche vor einem Stapel sauberer Handtücher hing.

Guten Morgen, Jasmine. Levi ist auf der Wache und ich muss noch ein paar Besorgungen machen. Hier sind ein paar Klamotten zum Wechseln. Wir sehen uns, wenn ich zurückkomme. Für den Kaffee musst du nur die Maschine anma-

*chen. Im Kühlschrank sind Bagels und Frischkäse. Schön, dass
du zu Hause bist.*

Lucy

PS: Levi fragt sich, was zum Teufel los ist.

Ich fing an zu lachen. Denn was sollte ich sonst
tun? Lucy war die beste Schwägerin. Außerdem war sie
sarkastisch und ein bisschen schrullig, was sie noch
besser machte.

Ich schälte mich aus meinen Klamotten, stieg
unter die Dusche und seufzte, als ich das heiße Wasser
spürte, das sich über mich ergoss. Das allein linderte
schon meine Kopfschmerzen ein wenig.

Während ich duschte, kamen ein paar weitere
Erinnerungen an die letzte Nacht hoch. Vor allem an
den Idioten, der mir an den Hintern gefasst hatte,
bevor ich ihm eine verpasst habe.

Ich konnte es kaum erwarten, zu hören, was Levi dazu
zu sagen hatte.

Nachdem ich geduscht hatte, schluckte ich zwei
Ibuprofen, die ich im Medizinschrank gefunden hatte,
und machte mich in den Klamotten, die Lucy für mich
bereitgelegt hatte, auf den Weg nach unten. Sie war
kleiner als ich, aber sie neigte dazu, lockere Kleidung
zu tragen. Ihre bequeme Jogginghose und ihr T-Shirt
passten perfekt.

Da ich nirgendwo hingehen konnte, war es eigentlich egal, wie ich aussah. Nachdem ich den Kaffee
aufgesetzt, einen Bagel getoastet und mit Frischkäse
bestrichen hatte, setzte ich mich an den Küchentisch,
um zu essen. Nach dem Kaffee und ein paar Bissen
von meinem Brötchen fühlte ich mich halbwegs
menschlich.

Die Anspannung, die in mir aufgestaut war, begann
sich langsam zu lösen. Vor fünf Tagen war ich bei
meiner Wohnung vorbeigefahren, um mein Mittag-

essen abzuholen, weil ich vergessen hatte, es mit zur Arbeit zu nehmen. Mein Leben in San Francisco bestand darin, dass ich mir in einer Töpfergenossenschaft den Arsch abarbeitete, weil ich es liebte, und in einer Kunstgalerie arbeitete, um über die Runden zu kommen. Ich hatte wahnsinnige Arbeitszeiten und war unter der Woche nur selten zu Hause. Ich dachte an den denkwürdigen, unschönen Nachmittag zurück, der den Anstoß für meine Rückkehr nach Alaska gab.

Ich komme in die Wohnung, die ich mit meinem Verlobten teile, um mein Mittagessen zu holen. Ich hab einen Bärenhunger. Sobald ich die Tür aufgeschlossen und die Wohnung betrete, höre ich ein klopfendes Geräusch. Weil ich manchmal eine spektakuläre Idiotin sein kann, tue ich genau das, was man in Horrorfilmen nicht tun sollte, und folge dem Geräusch direkt zu unserer Schlafzimmertür. Unsicher, ob ich nicht gerade dabei in, mitten in einen Einbruch zu stolpern, schnappe ich mir eine Vase vom Tisch neben der Eingangstür, bereit, sie auf jemanden zu werfen, wenn es sein muss. Als ich die Tür öffnen will, läuft mir ein kaltes Kribbeln über den Rücken und mein Magen verkrampft sich.

Während die Tür ganz aufschwingt, überkommt mich ein mulmiges Gefühl, als ich Glen, meinen Verlobten, auf dem Rücken liegen sehe und Lisa, die stellvertretende Managerin der Galerie, in der ich arbeite, in ihrer ganzen nackten Pracht auf ihm sitzt. Zu behaupten, dass die beiden richtig bei der Sache sind, wäre eine Untertreibung.

Das dumpfe Geräusch? Das ist das Kopfteil, das gegen die Wand schlägt, immer und immer wieder. Sie hält es mit ihren Händen fest, sodass es bei jeder Bewegung gegen die Wand prallt. Ich stehe so unter Schock, dass ich einfach nur dastehe, sie beobachte und versuche, mich an das letzte Mal zu erinnern, als Glen und ich Sex gehabt haben. Vor etwa drei Wochen vielleicht?

Ich habe es damit begründet, dass wir zu beschäftigt

waren. Wir haben beide einen verrückten Zeitplan und sind zeitweise vor Erschöpfung einfach direkt ins Bett gefallen. Aber das war offensichtlich nicht das Problem.

Inmitten ihres enthusiastischen Ficks brauchen sie einen oder zwei Momente, um meine Anwesenheit zu bemerken, und die Spannung, die ich vor meinem Eintreten gespürt habe, verwandelt sich schnell in Wut.

Lisa, meine ehemalige Freundin, blickt über ihre Schulter. »Ach du Scheiße!«

Sie springt auf und sucht verzweifelt nach etwas, mit dem sie sich bedecken kann, aber ich bleibe erstaunlich ruhig. »Macht ruhig weiter. Ich bleibe nicht.«

Ich verlasse den Raum und rufe über die Schulter: »In einer Stunde seid ihr hier weg. Ich komme wieder, um meine Sachen zu holen, und ich will keinen von euch beiden je wieder zu Gesicht bekommen.«

Ich höre, wie jemand vom Bett klettert, und dann Schritte.

»Jasmine, es ist nicht so, wie du denkst!«, ruft Glen.

Ich wirble herum und sehe, wie er aus dem Schlafzimmer eilt und sich ein Laken um die Taille wickelt. Ich starre ihn einen Moment lang an. »Es gibt nicht allzu viele Möglichkeiten, das, was ich gerade gesehen habe, zu interpretieren. Wir sind durch.«

Die Tränen drohen, aber ich will verdammt sein, wenn ich zulasse, dass sie sehen, wie ich zusammenbreche. Ich klammere mich an meine Wut wie an einen Schild. Denn sie ist alles, was mir noch bleibt. Seid einfach in einer Stunde von hier verschwunden.«

Er eilt hinter mir her, aber ich gehe und knalle ihm die Tür vor der Nase zu.

Das war vor fünf Tagen gewesen. Wenn ich daran zurückdachte, konnte ich kaum glauben, dass ich es überhaupt geschafft hatte, einen klaren Gedanken zu fassen. Wenigstens hatte er den Anstand gehabt, schon weg zu sein, als ich zurückgekommen war. Ich hatte meine Klamotten gepackt, alle meine Töpferwaren in mein Auto geräumt und war losgefahren. Ich hatte die Nacht bei einer anderen Freundin verbracht und war dann nach Hause nach Willow Brook gefahren. Ich hatte überlegt zu bleiben, aber ich hatte es geschafft, dass ich noch am selben Tag gefeuert wurde.

Ich war manchmal ein bisschen jähzornig. An jenem Nachmittag war es nicht verwunderlich, dass ich nach meiner Mittagspause schlecht gelaunt in der Galerie erschien. Um ehrlich zu sein, passte die Arbeit in einer Kunstgalerie nicht wirklich zu meiner Persönlichkeit, aber ich brauchte das Geld.

Ich wollte mir lieber beim Töpfern die Hände schmutzig machen, als mich herauszuputzen und höflich und freundlich zu reichen Leuten zu sein, die Geld für Kunst ausgaben. Ich war emotional so überwältigt und innerlich so durcheinander, dass ich Lisa öffentlich zur Rede gestellt hatte, als sie in die Galerie zurückgekehrt war. Ich konnte nicht glauben, dass sie so dreist war, aber andererseits *war* sie dort über mir. Der Managerin gefiel es nicht, dass ich ihre Stellvertreterin eine Hure nannte, und sie feuerte mich auf der Stelle. Kein Job, kein Verlobter und kein Geld.

Ich hatte nicht wirklich darüber nachgedacht, aber am nächsten Morgen lenkte ich mein Auto nach Norden und fuhr nach Hause nach Alaska. Ich brauchte vier Tage, um hier anzukommen.

In diesem Moment durchdrangen die Emotionen endgültig den Schutzschild der Wut, dessen Risse sich schnell ausweiteten. Heiße Tränen kullerten mir über die Wangen, als ich weinte, so heftig, dass ich einen Schluckauf bekam. Während ich versuchte, wieder zu Atem zu kommen, spürte ich ein Kitzeln an meinem Fuß. Als ich nach unten schaute, schnupperte der

Hamster meines Bruders, der passenderweise Ham hieß, an meinen Füßen. Der kleine braun-weiße Ham schaute zu mir hoch, als würde er irgendwie verstehen, wie aufgewühlt ich war. Ich schniefte, strich mir mit dem Ärmel über das Gesicht und schaffte es, Ham anzulächeln. Ich beugte mich vor und streichelte mit den Fingerspitzen über seinen Rücken. Er schnupperte an meiner Hand und huschte dann davon.

Ich sah zu, wie er auf den Tritthocker kletterte, den Levi ihm hingestellt hatte, um über die Fensterbank in ein kleines Kissenbett zu huschen. Nur mein Bruder – ein knallharter, Hotshot-Feuerwehrmann – konnte einen Hamster haben, den er im Haus frei laufen ließ und wie einen König behandelte.

Meine Tränen versiegten. Es gefiel mir nicht, über all die Gründe nachzudenken, warum ich wieder in Willow Brook war. Stattdessen nahm ich einen Schluck von meinem Kaffee und dachte über meine nächsten Schritte nach. Ich war in einem Wutanfall aufgebrochen und hatte keinen Plan. Für einen Wutanfall war es ein verdammt langer Weg gewesen.

Ich hatte Willow Brook direkt nach der Highschool verlassen. Unsere Familie war kurz vor meinem ersten Schuljahr von Juneau hierhergezogen. Ich war in Alaska geboren und aufgewachsen und hatte mich danach gesehnt, die große Welt zu sehen. Ich landete in San Francisco und liebte viele Aspekte des Ortes, den ich auf absehbare Zeit mein Zuhause nennen würde – das Summen und die Hektik der Großstadt, die eklektische Mischung von Menschen, die malerischen Gebäude und die Kunst ... so viel Kunst. Ich hatte das College abgeschlossen und begann in einem Atelier zu arbeiten, wo ich mich in das Töpfern verliebte. Es gab aber auch einige Dinge, die ich nicht so sehr mochte. Zum Beispiel waren anscheinend viele

Leute glutenempfindlich und die meisten von ihnen waren Veganer. Ich liebte Brot und aß Fleisch, und ich hatte nicht vor, das in nächster Zeit zu ändern.

Ich hatte nie das Gefühl, dass ich dazugehörte. Ich war vielleicht zu ungehobelt und definitiv nicht glamourös genug. Ich war zwar kein richtiger Wildfang, aber ich grenzte definitiv daran. Ich zog es vor, bei der Arbeit Jeans, Stiefel und T-Shirts zu tragen und mich nur bei Bedarf schick zu machen. Cowboystiefel waren für mich praktisch eine Uniform.

Außerdem hatte ich Alaska vermisst. Sobald der Reiz des Neuen, die weite Welt zu sehen, nachgelassen hatte, sehnte ich mich immer noch nach der Mitternachtssonne der Sommertage, den klaren, verschneiten Nächten und dem Gefühl, dazuzugehören, egal, wer ich war.

Das war eine lustige Eigenschaft hier. In Alaska gab es so viele Einwanderer, dass man jede Art von Mensch finden konnte. Es gab viele glutenfreie Veganer, aber sie mischten sich unter die Fischer und Jäger und darüber hinaus. Es gab eine hohe Toleranz für *jeden, sein eigenes Ding zu machen.*

Und, o mein Gott, hatte ich die Aussicht vermisst. Gerade jetzt, als ich über das Feld vor dem Küchenfenster blickte, wich die Anspannung und der Schmerz. Seltsamerweise verletzte mich Lisas Verhalten mehr als das von Glen. Sie war zwar so etwas wie meine Chefin, aber bis vor Kurzem hätte ich sie als Freundin betrachtet.

So lautete doch die Regel, oder? Man fickt nicht den Verlobten seiner Freundin.

Kapitel Drei

JASMINE

Ich beschloss, dass ich noch einen Bagel brauchte, denn – O mein Gott – waren die gut. Sie mussten sie frisch aus dem Firehouse Café geholt haben. Janet war bekannt dafür, dass sie sie gelegentlich verkaufte, wenn sie in der Stimmung war, Bagels zu machen. Levi hatte dazu eine Ladung frischen Räucherlachs-Frischkäse gemacht, der einfach göttlich war. Ich wusste, dass Levi ihn gemacht hatte, denn Lucy kochte nicht, so gut wie gar nicht.

Außerhalb Alaskas zahlten die meisten Leute ein Vermögen dafür. Doch in Alaska räucherten die Einheimischen ihren eigenen Lachs und stellten ihn selbst her. Nachdem ich einen weiteren Bagel getoastet hatte, bestrich ich ihn großzügig mit Frischkäse und setzte mich wieder hin, als Lucy zur Küchentür hereinkam.

Sie lächelte sofort, als sie mich sah, und zog mich in eine feste Umarmung, sobald ich vom Tisch aufstand. Als sie zurücktrat, ließ sie eine Einkaufstüte von ihrem Arm auf den Tresen fallen. »Du siehst aus, als ginge es dir gut.«

»Hast du dir Sorgen gemacht?«, fragte ich.

»Nun, laut Levi warst du ziemlich weggetreten, als du hier ankamst. Er nahm an, du würdest mit einem Kater aufwachen und er war sich nicht sicher, ob du dich an die letzte Nacht erinnern würdest.«

Ich kämpfte gegen mein Lächeln an, aber das war Lucy, die hier vor mir stand, also brach ich in Gelächter aus. »Ja, ich habe vermutlich ein bisschen zu viel getrunken. Du weißt übrigens nicht zufällig, wer mich nach Hause gebracht hat?«

Ich versuchte, meine Frage beiläufig klingen zu lassen, aber ich war neugierig, wirklich neugierig.

»Donovan Ryan. Er ist ein Freund von Levi, na ja, von uns. Er ist Feuerwehrmann. Ich weiß, das wird dich schockieren«, sagte sie mit einem schiefen Grinsen, während sie sich umdrehte, um die Einkäufe einzuräumen.

Als sie sich umdrehte, bemerkte ich die leichte Wölbung ihres Bauches, denn erst jetzt fiel mir wieder ein, dass sie schwanger war. »Oh! Du siehst wunderbar aus!«, kreischte ich.

Lucy warf einen verwirrten Blick über ihre Schulter. »Äh, danke?«

»Die Schwangerschaft steht dir gut zu Gesicht«, fügte ich hinzu.

Ihre Wangen wurden rosa und sie rollte mit den Augen, während sie nach oben griff, um ein paar Dosen in den Schrank über ihrem Kopf zu stellen. Lucy sah ein bisschen wie eine Fee aus, mit ihren fast weißblonden Haaren, den feingliedrigen Körperzügen und den strahlend blauen Augen. Sie war klein und zierlich. Mit der sanften Wölbung ihres Bauches sah sie noch weiblicher aus, was ihr sicher unangenehm war. Lucy war ein richtiger Wildfang – sie stellte die meisten Männer in den Schatten – und arbeitete auf dem Bau. Nur selten kam es vor, dass sie nicht mit Schmutz bedeckt war.

Levi liebte sie abgöttisch und war ganz aus dem Häuschen wegen ihres Babys. Ich freute mich so für sie.

Im Moment war ich erleichtert, dass ich zunächst nur Lucy gegenüberstand. Sie konnte mir dann dabei helfen, Levi den Grund meiner Anwesenheit zu erklären. Ich half ihr, die Einkäufe einzuräumen, und sie machte sich einen Tee, bevor sie sich zu mir an den Tisch setzte, während ich mich in den Stuhl zurückfallen ließ, um meinen Bagel aufzuessen.

»Ich nehme an, es gibt einen Grund, warum du dich im Wildlands betrunken hast, bevor du jemandem gesagt hast, dass du wieder zu Hause bist«, sagte sie mit einem verschmitzten Lächeln.

»Hey, es bringt doch nichts, es langsam anzugehen, oder?«, konterte ich mit einem Grinsen.

Lucy zuckte mit den Schultern und rollte mit den Augen. »Ich denke, wir sollten gleich zur Sache kommen. Du erzählst mir, was passiert ist, und dann überlegen wir uns, wie wir es Levi beibringen. Übrigens hat er eure Eltern angerufen. Eure Mutter hat darum gebeten, dass du sie anrufst, wenn du wach bist.«

Ich seufzte und nahm zwischen zwei Bissen einen Schluck von meinem Kaffee. »Okay, ich rufe sie gleich an. Ich hätte mir denken können, dass Levi sie schon darüber informiert hat, dass ich hier bin.« Nach einem kräftigen Schluck Kaffee fasste ich mir ein Herz. »Folgendes ist passiert. Vor fünf Tagen habe ich vergessen, mein Mittagessen mit zur Arbeit zu nehmen, also bin ich in der Wohnung vorbeigefahren, um es abzuholen, und habe Glen dabei erwischt, wie er Lisa aus der Galerie gevögelt hat.«

Lucys Augen weiteten sich und verengten sich dann prompt. »Dieses verdammte Arschloch. Und was für eine verdammte Schlampe sie ist. Ich hoffe, du hast sie genauso geschlagen wie den Typen gestern Abend.«

Ich hätte fast meinen Kaffee ausgespuckt. Ich hielt inne und zuckte dann mit den Schultern. »Hat Donovan Levi davon erzählt? Ich erinnere mich nicht mehr so genau«, fügte ich mit einem verlegenen Achselzucken hinzu.

Ich wusste nicht mehr genau, wie Donovan mich nach Hause gebracht hatte, obwohl ich mich daran erinnerte, den Typen geschlagen zu haben. Ich erinnerte mich aber lebhaft daran, Donovan geküsst zu haben.

Lucy zuckte mit den Schultern. »Ja, er hat Levi von einem Typen erzählt, der sich wie ein Arsch benommen hat. Es klang so, als hätte der Typ eine Faust ins Gesicht verdient. Donovan ist ein guter Kerl. Da brauchst du dir keine Sorgen zu machen.«

Lucy wusste nicht, dass ich nur an die Tatsache dachte, dass ich ihn geküsst hatte und ihn wieder küssen wollte.

»Also, zurück zu Glen. Ich habe die beiden erwischt und bin dann gegangen. Ich weiß nicht, ob du dich erinnerst, aber Lisa ist die stellvertretende Managerin in der Galerie, in der ich gearbeitet habe. Nachdem ich zurück in die Galerie gegangen war, wurde ich gefeuert, weil ich meiner Chefin erzählt hatte, dass ihre schlampige Freundin meinen Verlobten vögelt. Vor den Augen der Kunden«, erläuterte ich mit einem bitteren Lachen.

Das war das Einzige, was mich an der ganzen Sache befriedigte.

Lucy brach in Gelächter aus. »Oh, das ist perfekt! Jetzt darf sie sich schämen.« Sie machte eine Pause und nahm einen Schluck von ihrem Tee. »Der letzte Teil ist lustig, aber es ist scheiße. Es ist total scheiße, dass er das getan hat. Wie geht es dir?«, fragte sie und ihr Blick wurde nüchterner.

Ich zuckte mit den Schultern und wollte plötzlich wieder weinen.

»Wein' ruhig. Heulen ist im Moment wahrscheinlich angebracht«, sagte sie sanft.

Ich wischte mir die Tränen weg und lachte leise. »Darum habe ich mich heute Morgen schon gekümmert. Mir geht es nicht wirklich gut. Ich habe mit Glen Schluss gemacht, also ist das erledigt. Ich habe meinen Job verloren, also bin ich einfach nach Hause gekommen. Ich habe nicht wirklich weit vorausgedacht. Ich stehe vermutlich wie eine Irre da.«

Lucy schüttelte den Kopf. »Ganz und gar nicht. Ich denke, es war richtig, nach all dem nach Hause zu kommen. Du kannst so lange hier bleiben, wie du möchtest. Du weißt, wir würden uns freuen, wenn du für immer bleibst.«

Ich schluckte den Kloß in meinem Hals hinunter, atmete tief ein und ließ ihn seufzend wieder heraus. »Ich weiß. Ich danke dir dafür. Es tut mir leid, dass ich auf diese unpassende Art und Weise aufgekreuzt bin. Ich sollte mich bei Donovan bedanken, dass er mich gestern Abend nach Hause gebracht hat.«

»Du kannst ihn auf der Wache finden.«

»Er ist nicht aus Willow Brook, oder?«

Lucy schüttelte den Kopf. »Ursprünglich nicht. Er ist vor etwa zwei Jahren hierhergezogen. Er hat in Wards Team angefangen und ist dann zum Vorarbeiter in Levis Team aufgestiegen. Sie sind ziemlich gute Freunde.«

»Oh«, war alles, was ich sagen konnte. Ich war sehr gespannt auf Donovan. Ich konnte nicht glauben, dass er mit meinem Bruder zusammenarbeitete, obwohl ich es hätte wissen müssen. Er hatte auf jeden Fall dieses typische Alpha-Tier-Rettungsgesicht.

»Wie sieht dein Plan aus?«, fragte Lucy, während sie an ihrem Tee nippte.

»Ich weiß es nicht. Ich bleibe erst einmal hier und überlege mir, wie es weitergeht.«

Lucy musterte mich schweigend. Ich fühlte mich so glücklich, sie als Schwägerin zu haben. Ich hatte nie eine Schwester gehabt und betrachtete sie als solche. Sie war zwar eigensinnig und zögerte nicht, mir ihre Meinung mitzuteilen, aber sie lebte nach dem Motto »Leben und leben lassen«. Levi hingegen neigte dazu, zu allem, was ich tat, eine Meinung zu haben.

»Willst du heute nur hier abhängen oder soll ich dich in die Stadt zu deinem Auto fahren?«, erkundigte sie sich und wechselte damit das Thema.

»Es wäre super, wenn du mich zu meinem Auto fahren könntest. Ich würde gerne bei meinen Eltern vorbeischauen. Und ich denke, ich sollte auf der Wache vorbeifahren, um Donovan zu danken. Ich kann Levi mal kurz nüchtern Hallo sagen«, bot ich mit einem schiefen Lachen an.

Lucy grinste kurz. »Gut, dann lass uns losfahren. Wir schauen zusammen bei der Wache vorbei und dann bringe ich dich zu deinem Auto«, sagte sie und stand vom Tisch auf.

»Musst du nicht arbeiten?«

Lucy schüttelte den Kopf. »Nein. Ich habe Amelia angerufen und ihr gesagt, dass ich heute nicht da bin. Du hast mich den ganzen Tag, wenn du möchtest.«

Es fühlte sich gut an, zu Hause zu sein, und sei es

nur, weil ich solche Freunde hatte. Egal, was passierte, ich hatte keine Angst, dass einer meiner Freunde hier mit einem Typen im Bett landen würde, mit dem ich mich traf.

Kapitel Vier

DONOVAN

Am späten Nachmittag lehnte ich mich gegen einen der Trucks auf der Wache und warf einen Lappen in einen Eimer auf dem Boden.

»Das sollte es für heute gewesen sein«, sagte ich und warf einen Blick auf Jesse, der in der Garage an der Wand lehnte und eine Flasche Wasser leerte.

Eine Stimme rief von der anderen Seite des Trucks herüber. »Ich weiß nicht, Donovan, hast du die Lager hier überprüft?«

Die besagte Stimme gehörte Emily Lane. Sie war unsere Reviermitarbeiterin, die im Grunde alles machte.

»Klar, ich habe mich darum gekümmert, bevor du gekommen bist«, erwiderte ich, und Jesse grinste.

Wir alle in der Station behandelten Emily wie unsere kleine Schwester. Jesse war dabei, Emilys Tante zu heiraten, die Emily nach dem Tod ihrer Mutter adoptiert hatte. Ich stieß mich vom Truck ab und lief auf die andere Seite. Emily beugte sich vor und schrubbte angestrengt an einer der Reifenfelgen.

Ihr kurzes dunkles Haar war bis in die Spitzen lila

gefärbt. Sie schaute auf und grinste. »Ich wusste, dass sie schon gemacht sind.«

Ihr neuester Fokus lag darauf, alles zu lernen, was mit der Wartung von Fahrzeugen zu tun hat. Jesse, ich und ein paar andere Jungs aus der Crew hatten ihr beigebracht, wie man einen Ölwechsel durchführt und eine Menge anderer grundlegender Wartungsarbeiten. Sie wollte unbedingt Feuerwehrfrau werden. Sie hatte das Zeug dazu, aber sie war mit ihren fünfzehn Jahren noch zu jung. Jesse musste sie schon jetzt daran hindern, darum zu betteln, mit uns zu Einsätzen fahren zu dürfen.

Ich schüttelte lachend den Kopf, als sie sich aufrichtete und eine Hand in ihre Hüfte stemmte.

»Selbst wenn die Lager nicht fertig wären, bin ich für heute fertig. Wir haben schon den ganzen Tag mit der Ausrüstung hantiert«, sagte ich.

»Das gilt auch für mich. Komm schon. Charlie macht das Abendessen, also lass uns pünktlich nach Hause gehen«, sagte Jesse, als er das Feuerwehrauto umrundete. Charlie war seine Verlobte und eine der Ärztinnen in der Stadt. Sie hatte ihn um den kleinen Finger gewickelt, aber er schien es zu lieben.

Zwischen den Bränden im Sommer kümmerten wir uns um alle möglichen Wartungsarbeiten in der Station. Auf Emilys Lachen hin wandte ich mich ab, schnappte mir eine Wasserflasche von der Stoßstange, wo ich sie vorhin abgestellt hatte, und ging zu den Duschen. Das leise Geräusch der Worte, die sie zu Jesse sagte, verklang, als ich den Flur entlangging.

Ich war schmutzig und ölverschmiert. Während das dampfende Wasser auf mich einprasselte, drehten sich meine Gedanken in Richtung Jasmine Phillips. Die köstliche Jasmine war heute viel öfter durch meine Gedanken getanzt, als mir lieb war.

Ich fragte mich, was sie nach Willow Brook geführt hatte, denn Levi schien gestern Abend verdammt überrascht zu sein, sie zu sehen. Obwohl Levi und ich befreundet waren, schien es mir nicht der klügste Plan zu sein, mich nach seiner kleinen Schwester zu erkundigen, die mich gestern Abend geküsst hatte.

Ich verbannte meine Gedanken an Jasmine, stellte das Wasser ab und ging zu den Spinden, um mich umzuziehen. Als ich auf dem Weg nach draußen durch den Flur ging, rief jemand meinen Namen. Ich schaute mich um und steckte meinen Kopf in die nächstgelegene Tür, die zu Beck Steeles Büro führte. Er lehnte sich in seinem Stuhl zurück und Levi saß ihm gegenüber.

»Hey, Mann«, rief Beck.

»Hey«, antwortete ich und hielt kurz inne.

Jasmine, die Frau, die ich versucht hatte, aus meinen Gedanken zu vertreiben, saß auf einem Stuhl neben Levi. Lucy, Levis knallharte Ehefrau, saß neben ihm und lachte über etwas, das er gesagt hatte, während Levis Arm locker über ihre Schultern gelegt war.

Beck fing meinen Blick auf. »Jasmine hat uns gerade gefragt, wo du bist.«

»Ach?«, entgegnete ich und schaute mit gelassener Miene zu ihr hinüber.

Genau wie gestern Abend, als ich sie zum ersten Mal gesehen hatte, spannte sich mein Körper an. Heute trug sie ein weites T-Shirt und eine Jogginghose mit Tennisschuhen. Ihre Haare fielen ihr in lockeren Wellen um die Schultern. Als ich sie sah, konnte ich nur daran denken, wie gerne ich meine Hand um sie legen und sie küssen würde.

Unnötig zu erwähnen, dass ihr älterer Bruder und

Beck, einer der Vorarbeiter einer anderen Rettungsmannschaft, eine solche Vorstellung nicht gutheißen würden. Als sich meine Augen mit ihren trafen, fühlte es sich an, als würde ein Stromkabel zwischen uns aktiviert werden.

Ich fragte mich, ob sie sich überhaupt daran erinnerte, dass sie mich gestern Abend geküsst hatte. Ich hatte es auf jeden Fall nicht vergessen. Meine Lippen brannten bereits, wenn ich nur daran dachte. Ich nickte in ihre Richtung. »Du hast mich gefunden.«

»Ich wollte mich nur dafür bedanken, dass du mich gestern Abend zu Levi gefahren hast«, sagte sie und ihre Wangen färbten sich rosa.

»Kein Problem.«

Lucy sah auf und warf mir ein leichtes Lächeln zu. Ich hatte sie durch meine Freundschaft mit Levi kennengelernt, aber verdammt, die Frau schüchterte mich wirklich ein. Sie war nicht gerade die freundlichste Person und zögerte nicht, jedem ihre Meinung zu sagen. Aber gerade jetzt wirkte sie entspannt und freundlich.

»Ja«, sagte sie fest. »Danke. Dafür und für einiges mehr.«

Ich fragte mich, ob sie etwas über Jasmines Auseinandersetzung mit dem Typen wusste, der ihr an den Hintern gefasst hatte.

Levi warf einen fragenden Blick in Lucys Richtung, aber sie ignorierte ihn. Anstatt zu warten, beschloss ich, dass es besser war, vorerst weiterzuziehen. Je länger ich in Jasmines Nähe blieb, desto mehr reagierte mein Körper auf sie. Ich hob meine Hand zu einem Winken. »Also, ich bin dann mal weg. Wenn du mal wieder eine Mitfahrgelegenheit brauchst, frag einfach.«

Damit war ich raus. Ich war schon fast bei meinem

Wagen, als ich hörte, wie sich die Tür zum hinteren Teil der Wache öffnete und schloss. Als ich mich umdrehte, sah ich Jasmine, die zügig in meine Richtung kam.

Sie hatte kein bisschen Make-up aufgelegt und auch ihre Haare waren nicht frisiert. Trotzdem war sie so verdammt schön, dass sie mir für einen Moment den Atem raubte. Ich blieb stehen, drehte mich um und stützte meine Hüften auf die hintere Stoßstange meines Trucks.

»Donovan«, rief sie, als sie auf halbem Weg über den Parkplatz war.

»Ja?«

Sie blieb vor mir stehen und blickte auf. »Ich wollte mich bei dir bedanken. Nicht nur für die Fahrt, sondern ...« Ihre Wangen erröteten wieder. »Danke, dass du mir geholfen hast, nachdem ich den Typen angegangen bin. Manchmal bin ich etwas jähzornig.«

»Oh, ich finde, er hatte den Schlag verdient.«

Sie grinste und mein Herz klopfte heftig zur Antwort.

»Hatte er wirklich, nicht wahr?«

Ich gluckste. »Fand ich schon. Und der Barkeeper auch.«

Ihr Lächeln wurde breiter und verblasste dann schnell. Auch wenn ich mir sagte, dass es nicht klug war, wuchs meine Neugierde auf sie weiter. »Schlägst du dich öfters in Bars?«, fragte ich und ein Grinsen zupfte an meinen Mundwinkeln.

Ihre Wangen erröteten noch mehr und sie rollte mit den Augen, wobei sie die Ecke ihrer Unterlippe mit den Zähnen festhielt. Der Anblick ihrer weißen Zähne, die sich in die pralle Oberfläche gruben, löste in mir einen heißen Schock aus.

»Ich kann nicht behaupten, dass es üblich für mich

ist. Das war das erste Mal, dass ich jemanden wirklich geschlagen habe. Ich habe definitiv schon Leute beschimpft. Ich hatte ein bisschen zu viel getrunken.«

»Richtig«, erwiderte ich und dachte an das Gefühl ihrer Lippen auf meinen und an die feurige Fingerspitze, die meinen Mund nachzeichnete.

Wir standen da und sahen uns einfach nur an. Ich spürte, dass sie mehr sagen wollte, aber sie tat es nicht. Nach einer Weile und nach einem verdammt harten Schubs in meinem Kopf, der meinem Körper befahl, sich zu benehmen, stieß ich mich von meinem Wagen ab. »Also, ich muss los. Wir sehen uns sicher noch, wenn du in Willow Brook bleibst.«

Jasmine nickte, ging einen Schritt zurück und lächelte leicht. »Nochmals danke.«

Ich fuhr los und beschloss, mich von Jasmine fernzuhalten. Ich war mir nicht sicher, ob es Levi gefallen würde, was mein Körper über seine kleine Schwester dachte.

Und dann war da noch die Tatsache, dass ich keine Beziehungen einging. Ich hatte es einmal versucht und die Sache war mir ziemlich spektakulär um die Ohren geflogen.

Einmal war genug. Mit dieser Regel war ich bisher immer gut gefahren. Doch bei Jasmine war ich irgendwie versucht, meine Regel zu brechen.

Kapitel Fünf

JASMINE

Später an diesem Abend schaute ich über den Tisch zu Levi und rollte mit den Augen. »Oh, um Himmels willen, Levi. Dann *hab* ich eben eine Szene gemacht. Aber der Typ hat mir an den Hintern gefasst, so richtig. Das hat mich wütend gemacht. Wenn du mir nicht glaubst, frag Donovan oder den Barkeeper. Sie haben es beide gesehen.«

Levi stand am Herd und kochte. In ihrem Haushalt war er der Koch. Laut Levi war es fraglich, ob Lucy überhaupt eine Suppe richtig aufwärmen konnte.

Im Moment schaute sie zwischen uns hin und her, aber sie ließ die Sache auf sich beruhen. Ich nahm einen Schluck von meinem Wein und starrte ihn an. »Wen kümmert es, wenn ich ihn schlage? Dem geht's anscheinend gut. Ich habe heute den Barkeeper angerufen, um zu fragen.«

»Wenn dir jemand an den Arsch fasst, ist er Freiwild. Ich will nur wissen, warum du hier aufgetaucht bist, ohne jemandem Bescheid zu sagen, und dich so abgeschossen hast«, antwortete Levi.

Ich war mit meinem Bruder um dieses Thema

herumgetanzt, weil es mir verdammt peinlich war. Ich war erst vor ein paar Minuten zu Levi und Lucy nach Hause gekommen, nachdem ich den Nachmittag mit unseren Eltern verbracht hatte. Ich hatte ihnen bereits erzählen müssen, was passiert war, und jetzt musste ich es zum dritten Mal heute wiederholen.

In unserer Familie neigte ich dazu, mich wie die unzuverlässige Verliererin zu fühlen. Levi war grundsolide. Er wusste schon seit der Highschool, was er machen wollte, und er hatte es getan. Nachdem er eine Zeit lang ein kleiner Schürzenjäger gewesen war, war er mit Lucy sesshaft geworden, sodass ich manchmal immer noch von der ganzen Sache überrascht war.

Als ich da saß und überlegte, ob ich ihm die ganze schmutzige Geschichte erzählen sollte, kam Ham in die Küche gehuscht. Er hielt inne, schaute sich in der Küche um und huschte zuerst zu Levi hinüber. Laut Lucy war Ham offiziell der verwöhnteste Hamster des Universums. Ich hatte Levi Ham vor ein paar Jahren geschenkt und ihm gesagt, dass er die Gesellschaft brauchte. Es stellte sich heraus, dass es eine gute Entscheidung für Ham war. Er lief frei im Haus herum, und Levi liebte ihn. Die aktuelle Situation bot das perfekte Beispiel, als Ham anfing, an Levis nackten Füßen zu schnüffeln. Levi beugte sich vor und bot ihm eine Karottenscheibe aus einer Schüssel mit kleingeschnittenem Gemüse an, die er extra für diesen Zweck auf der Theke aufbewahrte. Als Ham sie verschlang, schaute Levi abwartend zu mir herüber.

»Gut«, fauchte ich. *Das dritte Mal heute also.*

Als ich nun die Ereignisse zusammenfasste, richtete sich Levi auf und verengte seine Augen, während er darauf wartete, dass ich zu Ende sprach. »Dann musste ich natürlich wieder zur Arbeit gehen. Ich wurde gefeuert, weil ich Lisa vor einigen Kunden vorgeworfen hab, mit Glen zu vögeln.«

Lucy mischte sich ein. »Das war wirklich die beste Reaktion von dir. Sie hat die öffentliche Demütigung verdient.«

Levi wandte sich wieder der Gemüsepfanne zu, die er gerade auf dem Herd zubereitete. »Dieses verdammte Arschloch. Ich hab ihn schon immer für einen Idioten gehalten. Es tut mir leid, dass es so gekommen ist, aber besser jetzt als später«, meinte er barsch.

Ich sah zu Levi hinüber und verkniff mir eine Erwiderung. Er hatte mir schon einmal gesagt, dass er Glen für einen Idioten hielt. Jetzt nahm meine reflexartige Abwehrhaltung drastisch zu. Aber was brachte es mir, Glen jetzt zu verteidigen? Er hatte jedenfalls keine Rücksicht auf meine Gefühle genommen, als er so tief in Lisa steckte.

Ich hatte mich schon immer etwas fehl am Platz gefühlt, sowohl in meiner Familie als auch in Willow Brook. Nicht völlig, aber es war nun mal so. Kunst war mein Ding, und ich wollte die Chance haben, die große, böse Welt zu sehen. Als ich in das Kunstprogramm in San Francisco aufgenommen wurde, ging für mich ein Traum in Erfüllung. Was Levi an Glen nicht mochte, war, dass er überheblich war. Ich hatte Levi gegenüber nie zugegeben, dass ich ihm zustimmte. Glen *war* prätentiös. Ich hatte über diese lästige Charakterschwäche hinweggesehen, weil ich dachte, es würde sich irgendwann geben.

Ich nahm einen Schluck von meinem Wein. »Dann hattest du eben recht«, antwortete ich schließlich. »Ich hoffe, du fühlst dich gut dabei.«

Levi hörte auf zu rühren. »Ich fühle mich überhaupt nicht gut dabei, Jazzy. Es ist gut, dass er nicht hier wohnt, sonst würde ich ihm in den Arsch treten. Das ist doch totale Scheiße. Dich zu verarschen, ist nicht in Ordnung. Nicht, dass ich glücklich gewesen wäre, wenn er mit dir Schluss gemacht hätte, denn du schienst ihn zu mögen, aber das wäre eine viel bessere Option gewesen als so etwas.«

Mein Herz tat weh und meine Kehle war wie zugeschnürt. Ich war immer noch so wütend, dass ich nicht klar denken konnte. Doch so sehr es auch schmerzte, ich wusste, dass ich gerade noch einmal davongekommen war.

»Ich wollte dich nicht anschnauzen«, sagte ich seufzend. »Es war nur so beschissen und ich bin müde.«

»Was ist dein Plan?«, fragte Levi.

Er war bereits die vierte Person, die mir heute diese Frage stellte – Lucy, meine beiden Eltern und jetzt Levi. Es war nicht so, dass die Frage eine Überraschung war. Ich hasste sie nur, weil ich keine Antwort darauf hatte. Um sie zu beantworten, benötigte ich zuallererst mal einen Plan.

Lucy musste etwas in meinem Gesicht bemerkt haben, denn sie schaute zu Levi hinüber. »Hey, sie hat eine Auszeit verdient. Sie hat gerade ihren Verlobten dabei erwischt, wie er ihre Freundin gevögelt hat, und sie hat ihren Job verloren. Ich hätte an ihrer Stelle garantiert noch keinen Plan.«

Levis Blick richtete sich auf sie. Ich wusste nicht, was zwischen den beiden passierte, aber als er mich wieder ansah, war sein Blick weicher. Ich liebte meinen Bruder, aber wenn es um mich ging, konnte er überfürsorglich und rechthaberisch sein.

Ham hatte die Küche verlassen, aber er kam praktischerweise zurück und lenkte Levi ab. Levi beugte sich vor und gab ihm eine weitere Karottenscheibe.

»Ich habe ganz vergessen, wie lustig es ist, dich mit ihm zu sehen«, kommentierte ich lachend.

Lucy gluckste und rollte mit den Augen. »Ja, nicht wahr? Ich habe mir überlegt, dass wir uns einen Hund anschaffen könnten, aber Levi hat Angst, dass der Hund Ham nicht mag.«

Levi schaute mit ernster Miene zu ihr hinüber. »Hey, ich habe nicht gesagt, dass wir keinen Hund haben können, sondern nur, dass wir sicherstellen müssen, dass wir einen Hund finden, der Ham mag.«

Das brachte mich so sehr zum Lachen, dass ich fast geweint hätte. Lucy stimmte sofort mit ein. Levi schien das nichts auszumachen, er zuckte nur mit den Schultern und nahm es gelassen.

Nach wenigen Minuten servierte er uns das Abendessen und wir unterhielten uns über fröhlichere Themen. Später in der Nacht schlief ich mit dem Gedanken ein, dass es eigentlich gut war, wieder zu Hause zu sein. Ich hatte Freunde in San Francisco, sogar gute Freunde, aber in Willow Brook fühlte ich mich daheim.

Ich war ein Kleinstadtkind und würde es wahrscheinlich immer bleiben. Ich musste nur herausfinden, wie ich hier das Leben führen konnte, das ich wollte. Als ich einschlief, musste ich immer wieder an Donovan denken. Im hellen Tageslicht sah er noch besser aus, als meine beschwipsten Erinnerungen mir vorgegaukelt hatten.

Seine durchdringenden haselnussbraunen Augen und das fast schwarze Haar, gepaart mit seinem gestählten Körper, waren eine beeindruckende Kombination. Allein im Bett liegend, durchfuhr mich ein Schauer. Auch wenn es keinen Sinn ergab, wollte ich mehr über ihn wissen.

Kapitel Sechs

DONOVAN

Es waren schon ein paar Tage vergangen, seit ich Jasmine begegnet war. Ich hatte sie aus der Ferne gesehen, als ich in der Main Street anhielt, um zu tanken. Obwohl ich sie nur flüchtig kannte, hatte sie sich in mein verdammtes Gehirn eingebrannt.

Ich musste immer wieder daran denken, wie sich ihr Mund auf meinem anfühlte und wie ihre Fingerspitze wie Feuer auf meinen Lippen brannte. Seit ich nach Willow Brook gezogen war, hatte ich die kleine Stadt lieb gewonnen. Ich war als Südstaatenjunge in den Appalachen in Georgia aufgewachsen. Die Berge hatte ich geliebt, die Hitze nicht so sehr. Ich war von Nordkalifornien nach Alaska gezogen, nachdem ich dort meine Hotshot-Ausbildung abgeschlossen und ein paar Jahre in einer Crew in der Gegend verbracht hatte. Aus persönlichen Gründen lief es dann nicht mehr so gut, und ich suchte anderswo nach einem Job in einer Hotshot-Mannschaft. Als die Stelle hier frei wurde, ergriff ich die Chance.

Die Wildnis Alaskas war kaum zu übertreffen, und ich liebte sie geradezu. Jetzt, wo ich schon eine Weile hier war, hatte ich eine Art Frieden gefunden. Die Wahrheit war, dass ich hierher geflohen war. Es mag ein Klischee sein, aber manchmal braucht man einen Tapetenwechsel, und den hatte ich auf jeden Fall.

Als ich an diesem Abend die Station verließ, ging die Sonne gerade unter, aber am Horizont war noch etwas Licht zu sehen. Ich schaute im Wildlands vorbei, wie ich es oft nach der Arbeit tat. Für die Jungs von Willow Brook Fire & Rescue war es ein beliebter Treffpunkt, um sich zu entspannen und alles hinter sich zu lassen.

Ich holte mir ein Bier und setzte mich an einen Tisch in der Ecke. Als ich mich umdrehte, nahm ich jemanden wahr, den ich nur von hinten sehen konnte, und für einen kurzen Moment dachte ich, es sei mein Kumpel Bill. Wildlands war ein Ort, den Bill bestimmt gemocht hätte. Aber Bill war nicht hier, und wir hatten seit über drei Jahren nicht mehr miteinander gesprochen. Er war mein ältester Freund gewesen und dann war er plötzlich nicht mehr da.

In diesem einen Moment, nicht mehr als ein kurzer Augenblick, brannte mein Herz wie verrückt. Verlust ist eine seltsame Sache. Man gewöhnt sich daran. Es war, als wäre etwas gebrochen und ein bisschen schief verheilt. Zwar konnte man es genauso benutzen, aber es fühlte sich immer ein bisschen seltsam an, und man musste irgendwie damit zurechtkommen. Die Form veränderte sich – mal kleiner, mal größer, aber immer da.

Kurz nach dem Gedanken an Bill, den ich erfolgreich verdrängte, trat Jasmine durch den Hintereingang ein. Sie trug wieder Jeans und diese Cowboystiefel, dieses Mal gepaart mit einer tiefblauen Bluse. Ihr bernsteinfarbener Haarschopf hob sich von dem Blau ab.

Als ich sie von der anderen Seite des Raumes ansah, wurde mir klar, warum sie mich so verunsicherte. Ich konnte mir eingestehen, dass ich sie verdammt schön und unendlich sexy fand. Ebenso konnte ich mir eingestehen, dass sie die kleine Schwester eines Freundes war, was eine Komplikation darstellte. Aber was mich verwirrte, war, dass es bisher nur eine andere Frau gab, die mich so in ihren Bann gezogen hatte wie sie. Die Anziehungskraft, die ich zu Jasmine verspürte, war roh und elementar, unter der Oberfläche und außerhalb meiner Kontrolle. Die Macht dieser Anziehung spiegelte auch die einzige Frau wider, die mir wehgetan hatte.

Jene Frau? Nun, sie war nicht nur auf meinem Herzen herumgetrampelt, sondern hatte auch meinen besten Freund und mich auseinandergerissen. Bill und ich hatten den Bruch in unserer Freundschaft noch nicht überwunden, obwohl der Schmerz über den Verrat in letzter Zeit so stark nachgelassen hatte, dass ich dachte, es wäre vielleicht möglich.

Ich stellte mir gern vor, dass der Mann, der ich jetzt war, sie damals als die Person durchschaut hätte, die sie war. Doch die körperliche Anziehung zu ihr war so stark, dass ich nicht darüber hinwegsehen konnte. Im Nachhinein würde ich sagen, dass es hauptsächlich Lust war. Aber wenn man jung und ein Mann war, schlug die Lust mit der Peitsche zu.

Ich sagte mir, dass ich Jasmine nicht beobachten sollte, aber das war verdammt noch mal unmöglich. In ihr brannte etwas, eine rücksichtslose Schärfe. Es beunruhigte mich ein wenig und weckte den Beschützerinstinkt in mir. Sie schritt auf die Bar zu und die Augen aller Männer im Raum folgten ihr. Zumindest jedem Mann, der nicht mit einer anderen Frau zusammen war.

Sie bestellte ein Bier und drehte sich dann um, wobei sie sich mit dem Ellbogen auf der Kante der Theke abstützte. Ich ahnte den Moment, als sie mich entdeckte. Von der anderen Seite des Raumes aus trafen sich unsere Blicke. Es fühlte sich an, als würde eine besondere Kraft zwischen uns existieren, Hitze und Elektrizität flimmerten durch den Raum.

Aus irgendeinem Grund überraschte es mich, als sie sich von der Theke abstieß und quer durch den Raum auf mich zukam. Je näher sie kam, desto stärker wurde die Kraft zwischen uns und mein Körper spannte sich an.

Sie schlüpfte auf den Stuhl gegenüber von mir, ohne zu fragen. Erst als sie Platz genommen hatte, schaute sie zu mir herüber und wölbte eine Augenbraue. »Was dagegen, wenn ich mich zu dir setze?«

»Natürlich nicht.«

Ich konnte nicht laut aussprechen, was ich eigentlich dachte. Es machte mir überhaupt nichts aus. Am liebsten hätte ich sie auf meinen Schoß gezogen, meine Hand in ihrem wilden Haar vergraben und sie besinnungslos geküsst. Dieser Gedanke wurde von der Erkenntnis verdrängt, dass ich bei Verstand bleiben und einen freundschaftlichen Abstand wahren musste.

Ich bemühte mich um einen lockeren Ton und sagte: »Solange du nicht zu betrunken bist und wieder einen Streit anzettelst. Wenn ich dich danach wieder nach Hause bringe, denkt dein Bruder noch, es könnte etwas mit mir zu tun haben.«

Jasmine lachte leise, aber in ihren Augen flackerte etwas auf, von dem ich nicht genau wusste, was es war.

»Also, Donovan, erzähl mir, wie es dir in Willow Brook gefällt«, begann sie im Plauderton.

»Mir gefällt es ganz gut. Was bringt dich hierher zurück?«

Ihre Wangen röteten sich und in ihren Augen flackerten Wut und Schmerz auf. Ich wollte wissen, wer ihr diesen Schmerz zugefügt hatte. Sie nahm einen Schluck von ihrem Bier und neigte dann den Kopf zur Seite. »Nun, ich bin mal ganz offen. Ich habe meinen Verlobten dabei erwischt, wie er meine Freundin gevögelt hat. In unserem Bett. Also bin ich gegangen. Aber die Freundin war die stellvertretende Geschäftsführerin in dem Laden, in dem ich arbeitete. Ich sagte etwas darüber vor einigen Kunden und wurde gefeuert. Es dauerte nur etwa vierundzwanzig Stunden, bis mein Leben völlig aus den Fugen geriet. Kein Job, kein Verlobter, kein Dach über dem Kopf. Ich beschloss, dass ich genauso gut nach Hause kommen könnte.«

Bei ihren Worten überkam mich ein heißer Wutausbruch. Ich konnte mich nicht entscheiden, ob ich wütender auf ihren Ex oder auf ihre Freundin war. Und ich konnte einfach nicht glauben, dass ein Mann so dumm sein würde, sie zu verarschen. Ich kannte sie zwar nicht besonders gut, aber ich wusste, dass sie ein Schatz war; ein Schatz, wie man ihn nicht oft im Leben findet.

Während ich über meine Worte nachdachte, hielt ich ihren Blick fest. »Er ist ein verdammter Idiot.«

Ihr Lächeln breitete sich langsam aus und ihre Augen weiteten sich vor Überraschung. Mist. Jasmines Lächeln war gefährlich. Mein Schwanz zuckte. Mit dem Lächeln und dem rosa Fleck auf ihren Wangen würde sie wie ein Blitz in mich einschlagen.

»Das finde ich auch«, sagte sie und ihr Lächeln verschwand so schnell, wie es gekommen war. »Aber es ist trotzdem scheiße.« Sie zupfte am Rand des Etiketts ihrer Bierflasche.

»Soll ich ihm in den Arsch treten?«

Ich hörte meine Frage und konnte nicht glauben,

dass ich sie ausgesprochen hatte. Aber wenn sie jetzt Ja gesagt hätte, hätte ich herausgefunden, wo der Typ ist, und es getan.

Ein erschrockenes Lachen entwich ihr, als sie mich ansah. »Du würdest ihm *tatsächlich* für mich in den Arsch treten, was?«, fragte sie und ihr Tonfall war verwundert.

»Ja. Aber ich bin mir sicher, Levi würde sich auch die Ehre geben«, bot ich an.

Levis Name zu sagen, erinnerte mich daran, dass Jasmine seine kleine Schwester war.

Und wenn schon? Sie ist eine erwachsene Frau, die ihre eigenen Entscheidungen treffen kann.

Ich ignorierte diesen Gedankengang.

»Oh, ich bin sicher, das würde er. Aber irgendwie wäre es mir lieber, du würdest es tun«, sagte sie mit einem weiteren Lachen. Der Schmerz war aus ihren Augen verschwunden, worüber ich sehr erleichtert war.

Einen Moment lang herrschte ein angenehmes Schweigen zwischen uns, und Jasmine hielt inne, um sich umzuschauen, während ihre Augen den Raum absuchten. Als ihr Blick wieder zu mir zurückkehrte, wickelte sie eine Haarsträhne um ihren Finger und zwirbelte sie müßig herum. »Woher kommst du?«

»Zuletzt aus Nordkalifornien, aber ich bin in Georgia aufgewachsen.«

Das brachte mir ein Lächeln ein, und mein Herz machte einen kräftigen Satz.

»Ah, dir ist noch ein bisschen was von deinem Südstaatenakzent geblieben.«

»Jawohl, Ma'am«, antwortete ich mit einem Augenzwinkern.

»Wie bist du in Alaska gelandet?«

»Ich habe eine Hotshot-Ausbildung in Kalifornien

gemacht, ein paar Jahre dort gelebt und dann brauchte ich eine Veränderung. Der Job hier wurde frei und ich habe ihn angenommen.«

Ich ließ viele Lücken in dieser Geschichte, aber ich wollte sie nicht füllen. Nicht jetzt.

Man durfte durchaus behaupten, dass ich einige Erfahrungen mit Freunden gemacht hatte, die es mit jemandem trieben, den ich liebte. Bill hatte meine Verlobte gevögelt. Aber das war eine Geschichte für ein anderes Mal.

Ich hatte die Berge und die Wildnis schon immer geliebt. Das war es, was mich dazu brachte, Feuerwehrmann zu werden, und was mich nach Alaska zog. Mein Job beschäftigte mich, und ich konnte in der Wildnis sein, die ich so liebte.

Jasmine nickte langsam. Sie nahm noch einen Schluck von ihrem Bier und stand auf, als wolle sie gehen. »Ich glaube, ich gehe eine Runde Billard spielen«, sagte sie.

Die Beschützerinstinkte blitzten wieder in mir auf, als ich zu den Männern hinüberblickte, die sich gerade in diesem Bereich aufhielten. Derselbe Typ, der ihr an den Hintern gefasst hatte, war dort drüben, zusammen mit ein paar seiner Kumpels.

Ich unterdrückte den Drang, ihr zu sagen, dass sie das nicht tun sollte, denn das war definitiv nicht meine Aufgabe. Mit einem Winken wandte sie sich ab. Ihre Cowboystiefel schlugen mit einem deutlichen Echo auf dem Boden auf, als sie wegging. Meine Augen verfolgten den Schwung ihrer Hüften.

Ich zwang mich, den Blick abzuwenden und sagte mir, dass ich mein Bier austrinken und dann gehen würde. Denn wenn ich eines verstanden hatte, dann, dass Jasmines Nähe nicht unbedingt das Beste für meinen Verstand war. Sie zerrte an mir. Die Elektrizität, die in der Luft lag, wenn sie in der Nähe war, war kaum zu ignorieren. Dazu kam das Aufflackern von Verletzlichkeit und der rücksichtslose Blick, den ich in ihren Augen wahrnahm.

Wenig später stand ich auf, um zu gehen, als ich ihre Stimme wieder vernahm. Was zum Teufel veranstaltete sie jetzt schon wieder?

Ich drehte mich um und schaute in die hintere Ecke, wo sie Billard spielte. Mit der Hand an der Hüfte hielt sie ihren Billardschläger wie eine Waffe in der Hand und richtete ihren Blick auf denselben Idioten, der ihr neulich an den Hintern gefasst hatte.

Ohne nachzudenken, bahnte ich mir einen Weg durch die Menge. Als ich ihre Seite erreichte, wartete ich nicht einmal. Ich fing den Blick des Arschlochs ein, der sie von oben bis unten musterte, als wäre sie nur ein Stück Fleisch für ihn.

»Jasmine«, murmelte ich mit leiser Stimme, während ich meine Hand um ihren Arm schlang. »Lass uns von hier verschwinden.«

Ihre Augen blitzten auf, als sie zu mir aufsah. Einen Moment lang dachte ich, sie würde widersprechen, aber sie tat es nicht. Sie stellte ihren Billardstock auf den Tisch und drehte sich weg, wobei sie den Mittelfinger zum Gruß hochhielt. Sie ließ sich von mir wegführen, aber ich gab mich keinen Illusionen hin, in diesem Moment die Kontrolle zu haben. Sie ging mit mir weg, weil *sie* es so wollte.

Zum zweiten Mal innerhalb einer Woche schritt ich mit Jasmine Phillips an meiner Seite den schmalen Korridor zum Parkplatz hinunter. Anders als neulich war sie nüchtern; sie hatte nicht einmal ihr Bier ausgetrunken.

Als wir draußen waren, riss sie ihren Ellbogen aus meiner Hand und drehte sich zu mir um, wobei ihre wunderschönen blauen Augen aufblitzten. »Ich kann auf mich selbst aufpassen, weißt du«, zischte sie.

Ich ging weiter an ihr vorbei. Ich hatte nicht vor, diese Szene direkt vor der Tür auszutragen. Ob sie mir folgen würde, würde auch von ihr abhängen. Ich war nicht ganz klar im Kopf. Überhaupt nicht. Das Bedürfnis pochte in mir, das Summen der Elektrizität durch ihre Nähe brannte heiß.

Ich hielt hinter meinem Truck an und drehte mich um, als ich sah, dass sie sich von hinten näherte. Sie pirschte sich direkt an mich heran. »Lauf nicht vor mir weg«, forderte sie.

Ihr bernsteinfarbenes Haar glitzerte im Schein der einzigen Lampe auf dem Parkplatz. Verdammt, sie war herrlich, wenn sie wütend war.

»Schätzchen, ich weiß nicht, warum du so wütend auf mich bist. Der Typ ist ein verdammtes Arschloch, und ich kann dir garantieren, dass Idioten wie er wie eine kaputte Schallplatte sind. Wenn du in seine Nähe kommst, sieht er dich an wie ein Stück Fleisch und behandelt dich auch so. Jedes verdammte Mal. Wenn du das nicht willst, schlage ich vor, dass du dich von ihm fernhältst.«

Jasmine schwieg, ihre Augen blitzten immer noch. Sie stützte eine Hand auf ihre Hüfte und rollte mit den Augen. »Ich tue, was immer ich will.«

»Natürlich tust du das. Du musstest sicher nicht mit mir hier rauskommen. Ich dachte nur, dass du keine Wiederholung von neulich Abend willst. Nicht, dass es mich etwas angehen würde ...«

Ich brach ab, denn das ging mich *alles* nichts an. Ich sollte nicht noch mehr Zeit mit Jasmine in meiner Nähe verbringen, denn je länger ich das tat, desto mehr verwirrte sich mein Gehirn. Alles, was ich wollte, war, dass sie ihre Beine um meine Taille schlang und ihre Bluse aufriss, damit ich die Kurven sehen konnte, von denen ich wusste, dass sie dahinter verborgen waren.

Ich unterdrückte mein Verlangen und schob meine Hüften von der Stoßstange. »Gut, ich verschwinde dann mal.«

Ich wollte mich gerade umdrehen, als ihre Hand meinen Ärmel erwischte und ihre Finger sich um meinen Unterarm schlangen, ihre Berührung war wie Feuer auf meiner Haut.

»Was kümmert dich das?«, fragte sie.

Als ich ihren Blick auffing, befand ich mich in einem erbitterten Krieg mit meinem Körper. Ich sagte nichts, sondern wölbte nur eine Augenbraue.

Nach einem kurzen Moment sprach sie wieder. »Ich weiß, dass du mich willst«, sagte sie, ihre Worte waren eine Herausforderung.

Ich wusste nicht, welches Spiel sie spielte, aber sie testete definitiv meine Grenzen.

Gerade als ich dachte, dass sie meinen Arm loslassen würde und ich mir fest vornahm, mich von ihr fernzuhalten, glitt ihre Hand meinen Unterarm hinunter und hinterließ eine Flamme der Hitze in ihrem Kielwasser. Sie nahm meine Hand in ihre und zog mich zu sich, während sie den Abstand zwischen uns verringerte.

Und wieder war ihr Mund auf meinem. Ich konnte ihr nicht widerstehen. Ich war sicherlich größer als sie und hätte mich weglehnen können. Doch als sie sich nach oben streckte, ihre freie Hand meinen Nacken umfasste und ihre Finger durch mein Haar fuhren, konnte ich es einfach nicht. Es war, als würde ein Streichholz in einen Bottich mit Benzin fallen. Ich fing Feuer. Dieses Mal schlang ich meine Hand in den herrlichen Strudel ihrer Haare, umfasste ihre Wange und verschlang ihren Mund.

Unser Kuss wurde fast augenblicklich wild. Ihre Zunge verwickelte sich mit meiner und sie stöhnte in meinen Mund. Ich vergaß absolut alles andere um uns herum. Als sie sich an mich schmiegte und ihre Brüste gegen meine Brust drückte, rutschte mein Knie zwischen ihre Schenkel und ich spürte die feuchte Hitze dort. Alles, was ich wollte, war sie. Ein leiser Laut entrang sich ihrer Kehle. Es war, als würde eine Peitsche durch die Luft knallen, mich elektrisieren und jeder Berührungspunkt Funken unter meiner Haut sprühen lassen.

Der Ruf eines Raben in der einbrechenden Dunkelheit durchbrach den Schleier. Mit einem Kraftakt, der mir alles abverlangte, riss ich meine Lippen fast gewaltsam von ihr los und trat einen Schritt zurück. Mein Atem ging stoßweise, genau wie der ihre. Die Luft hatte begonnen, abzukühlen. Sterne blinzelten in der Dämmerung, hell leuchtend, als die Nacht den Tag verdrängte.

»Wir können das nicht tun«, murmelte ich.

Als sie mich anstarrte, strich ihre Zunge über ihre Unterlippe, und mein Schwanz schwoll noch mehr an.

»Warum nicht?«

Ich wollte sie wie verrückt, aber ich musste auf die Bremse treten, weil ich spürte, wie sie mich zu erregen begann. Es gab Lust, und dann war da noch das hier – ein so intensives Verlangen, dass es drohte, meine ganze Beherrschung zu zerstören. Sie war die kleine Schwester meines Freundes, also durfte es nicht nur um Sex gehen. Levi würde mir in den Arsch treten, und das zu Recht.

Ich wollte gerne glauben, dass ich so ehrenhaft war, aber Levi war nicht der Grund, warum ich versuchte, diesem Wahnsinn ein Ende zu setzen. Da war ein emotionaler Riss. Sie kratzte an den Rändern des Bandes, das ich um mein Herz gewickelt hatte, und drohte, es zu lösen.

Die Verletzlichkeit, die ich bei ihr unter der Oberfläche spürte, gefährdete meine Kontrolle nur noch mehr. Ich wusste nicht, was sie in meinen Augen sah, aber in ihren Augen flackerte ein Hauch von Schmerz auf, bevor sie sie schnell wieder schloss.

Ohne ein Wort zu sagen, drehte sie sich weg. Ich verfolgte, wie sie über den Parkplatz ging, ihre Schritte auf dem Kies waren in der Stille deutlich zu hören. Erst als sie wegfuhr, wurde mir klar, dass sie nicht auf meine Antwort gewartet hatte. *Warum eigentlich nicht?*

Vermutlich war es gut so, denn ich hatte keine gute Antwort parat.

Als ich an diesem Abend nach Hause kam, hatte ich keine andere Wahl, als mich selbst zu befriedigen. Während Jasmine durch meine Gedanken tanzte, erlöste mich der Anblick ihrer Zunge, die über ihre Lippen strich, und das Gefühl ihres Körpers an meinem.

Kapitel Sieben

JASMINE

Mein Telefon klingelte auf meinem Nachttisch. Es war spät und ich konnte immer noch nicht schlafen.

Ich lehnte mich an das Kopfende des Bettes und schob die Decke um meine Hüften, während ich aus dem Fenster sah. Der Mond stand hoch am Himmel und warf einen silbrigen Schein auf das Feld hinter Levis Haus, und die Fichten schimmerten im Licht. Die gezackte Linie des Bergkamms in der Ferne war eine dunkle Silhouette. Seufzend beugte ich mich vor, um mein Handy vom Nachttisch zu holen und mit dem Finger über das Display zu streichen.

Es war eine SMS von Glen.

Ich weiß, ich habe Mist gebaut, aber du könntest mir wenigstens sagen, wo du bist. Das muss nicht bedeuten, dass es vorbei ist. Ich habe es vermasselt, das weiß ich. Bitte gib mir eine Chance zu reden.

Ich mochte alle möglichen Gefühle für Glen und das, was passiert war, gehabt haben, aber ich wusste ohne jeden Zweifel, dass es keine Chance mehr für uns gab. Jedes Mal, wenn ich an ihn dachte, beschwor mein Geist den Anblick von Lisa auf seinem Schoß herauf, wie sie ihn auf Teufel komm raus fickte.

Ich überlegte, ob ich ihn überhaupt mit einer Antwort beehren sollte. Schließlich beschloss ich, dass es sich nur deshalb lohnte, weil er mich sonst wahrscheinlich weiter belästigen würde. Ich nahm mein Handy in die Hand und tippte eine Antwort ein.

Es geht dich nichts an, wo ich bin. Was uns betrifft, es ist vorbei. Endgültig.

Ich drückte auf ‚Senden' und warf das Telefon zurück auf den Nachttisch. Ich fühlte mich so klein, so unerwünscht. Auch wenn ich mir einreden konnte, dass Glen ein fremdgehendes Arschloch war, nahm es mir nicht den Schmerz, zu wissen, was er getan hatte. Mein Selbstwertgefühl, was meine Attraktivität anging, hatte einen schweren Schlag erlitten.

Ich musste an Donovan denken und wollte schon wieder weinen. Nicht einmal er wollte mich. Genau genommen dachte ich, er wollte mich. Nur nicht genug, um die Barrieren zu überwinden, die seiner Meinung nach existierten. Ich wusste nicht, warum das so wichtig war. Aber das war es. Ich dachte nicht rational.

Heiße Tränen liefen mir über die Wangen, ich zog die Knie an die Brust und ließ meine Stirn auf die Knie fallen, während ich weinte. Ich war neulich in der Bar leichtsinnig gewesen und auch heute Abend wieder, und ich wusste es. Ich fühlte mich einfach nicht mehr wohl in meiner Haut. Donovan hatte komische Dinge mit mir gemacht. Abgesehen von der Tatsache, dass er verdammt heiß war – und das war er –, war da noch etwas anderes, diese Versuchung, mich ganz in ihn und seine Stärke zu hüllen.

Doch jetzt hatte er mir schon zweimal klar

gemacht, dass er nicht auf so etwas aus war, schon gar nicht mit mir.

Ich erlaubte mir, ein paar Minuten lang zu weinen, dann wischte ich mir die Wangen an den Laken ab und versuchte, wieder einzuschlafen.

———

Eine Woche verging, in der ich nicht wusste, was ich mit mir anfangen sollte. Levi und Lucy hatten mir klar gemacht, dass ich so lange bleiben durfte, wie ich wollte. Sosehr ich die beiden auch liebte, es fühlte sich nicht richtig an, auf unbestimmte Zeit dort zu bleiben. Ich musste mir eine eigene Wohnung suchen und wieder Fuß fassen.

Mit diesem Gedanken fuhr ich eines Nachmittags in die Stadt, um Janet James im Firehouse Café zu besuchen. Meine Mutter hatte beiläufig erwähnt, dass sie glaubte, Janet würde die Räume über ihrem B&B in der Innenstadt von Willow Brook vermieten. Als ich in die Stadt fuhr, kurbelte ich mein Fenster herunter und atmete die frische Luft ein. Ich wusste nicht, ob ich mir das nur einbildete, aber ich war überzeugt, dass sogar die Luft in Alaska etwas Besonderes war.

Die Sommerluft war frisch und duftete nach Fichten und dem satten Grün, das in den kurzen, lichterfüllten Sommern in Hülle und Fülle wuchs. Die Lupine stand in voller Blüte, ihre schönen lila Blüten waren zwischen den hohen Gräsern verstreut. Bald würde das Feuerkraut blühen und die Landschaft mit fuchsienfarbenen Feldern überschwemmen, die eine Farbexplosion auslösen würden.

Als ich in die Innenstadt fuhr, zupfte ein Lächeln an meinen Mundwinkeln. Nach meinem Highschool-

Abschluss konnte ich es kaum erwarten, von hier wegzukommen. Ich liebte Alaska, aber ich war überzeugt, dass ich meine Flügel ausbreiten und wegfliegen musste, um die Welt zu entdecken.

Während des Colleges reiste ich durch die USA, wann immer ich zwischen den Vorlesungen Zeit hatte, besuchte einige Städte und verliebte mich irgendwie in San Francisco. Trotzdem fühlte ich mich nirgendwo so richtig zu Hause. Jetzt, wo ich mehr von der Welt gesehen hatte, fühlte sich Willow Brook nicht mehr so einschränkend an.

Nachdem ich aus meinem Auto ausgestiegen war, hielt ich inne und drehte mich langsam im Kreis. Die Innenstadt von Willow Brook war mir vertraut und fremd zugleich. Die Hauptstraße mit dem treffenden Namen Main Street verlief mitten durch das Stadtzentrum. Das Polizeirevier und die Feuerwache befanden sich an einem Ende. Am anderen Ende kreuzte die Main Street eine andere Straße, die zu einem kleinen Krankenhaus führte, das in einem kleinen Tal außerhalb des Hauptorts von Willow Brook lag.

Zwischen diesen beiden Ankerpunkten der Innenstadt gab es auf der Main Street eine Reihe von Geschäften, die sich mit Restaurants und Cafés mischten. Die Swan Lake Road verlief parallel zur Main Street. Der weitläufige See selbst wurde nach den Trompeterschwänen benannt, diese eleganten und beeindruckenden Vögel, die jeden Sommer hierherzogen. Der Schwanensee war von überall in der Innenstadt zu sehen, es sei denn, ein Gebäude war im Weg. Er war von Fischerhütten und Hotels umgeben und auf der anderen Seite befand sich die offene Wildnis, deren Wälder in der Ferne in die Berge übergingen.

Als ich mich umdrehte, ließ ich meinen Blick über

die vertrauten Schaufenster schweifen, bevor mein Blick auf dem Firehouse Café landete, einem beliebten Treffpunkt der Einheimischen, der im Sommer noch belebter war als sonst.

Das Firehouse Café befand sich in der ursprünglichen Feuerwache der Stadt, einem quadratischen Backsteingebäude, das so hübsch wie eh und je war. Nach meinem Wegzug war das Wandgemälde, das ich an die Ecke des Gebäudes gemalt hatte, langsam verblasst. Das war in meiner frühesten Phase der Rebellion gewesen. Ohne die Erlaubnis von irgendjemandem hatte ich eines Nachts riesige Sonnenblumen an die Wand gemalt. Ich konnte nicht sagen, warum, oder vielleicht doch, aber ich hatte eine etwas wilde Ader, die immer mal wieder zum Vorschein kam und mich zu dummen Sachen anspornte. Ich hatte Glück gehabt. Janet mochte die Sonnenblumen und hatte mich nur zur Strafe dort arbeiten lassen.

Ich holte tief Luft und ließ sie langsam wieder ausströmen. Nach Hause zu kommen, war für mich erdend. Der Stachel von Glens Verrat war wie eine Schramme auf der Oberfläche meines Herzens; er stach und riss sie auf. Ich redete mir ein – und versuchte krampfhaft, mich davon zu überzeugen –, dass es nur zum Besten war, aber es tat trotzdem weh. Ich hatte Schwierigkeiten, mich in Beziehungen als würdig zu fühlen.

Als ich das Firehouse Café sah, das mich erwartete, zuckte mein Herz und die Emotionen stauten sich in meiner Kehle.

Sind wir also wieder dort gelandet? Du kannst alte Gewohnheiten einfach nicht ablegen.

Um Himmels willen, musst du dich auch noch selbst fertigmachen, weil du dich schuldig fühlst?

Wenn es etwas gab, worin ich eine absolute Expertin war, dann war es, mir selbst das Leben schwer zu machen. Ich trat mir metaphorisch in den Hintern, um diesen Gedankengang abzuschütteln.

Ich atmete tief durch und strich mir die Haare über die Schulter, dann zwang ich mich, weiterzugehen und durch die Tür zu schreiten, wobei der fröhliche Klang der Glocke über der Tür meine Laune etwas verbesserte.

Als ich aufblickte, sah ich Janet am Tresen, die ihr Gegenüber anlächelte. Auch wenn sie nicht mich anlächelte, erleichterte sich mein Herz. Ich wüsste nicht, was Willow Brook ohne Janet machen würde. Sie war der Herzschlag der Stadt.

Seit ich sie das letzte Mal gesehen hatte, hatte ihr dunkles Haar ein paar mehr Silbersträhnen bekommen. Ihr Lächeln war immer noch breit, und ich konnte die Wärme ihrer braunen Augen von hier aus erkennen. Es war Mittag, also war der Laden noch nicht ganz voll. Ich stellte mir vor, dass er es bald sein würde, wenn der Arbeitstag zu Ende war und die Leute hereinströmten.

Das Café sah genauso aus, wie ich es in Erinnerung hatte. Es war ja nicht so, als wäre ich seit meinem Weggang nicht mehr hier gewesen, aber es kam mir wie eine lange Zeit vor. Meine Augen suchten den Raum ab und nahmen den gebeizten blauen Betonboden, die fröhlichen Vorhänge, die leuchtend rosafarbenen Fensterbänke, die Kunstwerke an den Wänden und die Feuerkrautblüten an der alten Feuerstange wahr. Der Bereich, der früher als Garage für die Feuerwehrautos diente, diente jetzt als Sitzgelegenheit für die Kunden. Im hinteren Teil des Raumes befand sich eine offene Küche mit einer Feinkosttheke und einer dahinter liegenden Bäckerei, die durch eine Tür zu erreichen war.

Der warme Duft von Backwaren und frischem Kaffee erfüllte den Raum. Obwohl ich aus einem ganz bestimmten Grund hier war, wollte ich auf keinen Fall ohne eine Tasse Kaffee wieder gehen. Ich schritt zum Tresen, als Janet den Kunden dort abkassierte.

Sie sah mich an, ihre Augen weiteten sich mit einem weiteren Lächeln und sie unterbrach das, was sie gerade sagte. »Jasmine! Ich bin so froh, dass du hier bist.«

Ohne zu zögern, konzentrierte sie sich wieder auf den Kunden und reichte ihm etwas Wechselgeld. Nachdem er sich entfernt hatte, schenkte sie mir ihre volle Aufmerksamkeit, als ich an den Tresen trat und meine Hände auf die Kante legte.

»Ach du meine Güte! Komm sofort nach hinten«, sagte sie und winkte mich um den Tresen herum.

Es war unmöglich, Janet etwas abzuschlagen, auch wenn ich es nicht wollte. Kaum war ich um den Tresen herum, zog sie mich in eine Umarmung. Sie roch nach Zimtgebäck und Kaffee.

Als sie sich zurückzog, drückte sie mir die Schultern. »Wie geht es dir, Liebes?«

»Mir geht's gut.« Ich hielt inne und verzog den Mund. »Glaube ich.«

Janet war mit meinen Eltern befreundet. Ich nahm an, dass sie gehört hatte, was mit Glen passiert war und was mich dazu bewogen hatte, endlich nach Hause zu kommen. Aber jetzt war sicher nicht der richtige Zeitpunkt, um dieses Thema anzusprechen. Sie hob ihr Kinn an. »Ich weiß, dass du froh bist, zu Hause zu sein, und wir sind froh, dass du hier bist«, sagte sie fest. »Komm, lass uns nach nebenan gehen.«

Sie musste meine Verwirrung bemerkt haben und fuhr fort: »Ich bin gerade dabei, das Haus zu renovieren, deshalb werde ich es diesen Sommer nicht wie sonst als Bed & Breakfast vermieten. Ich habe mehrere Interessenten für die Suiten im Obergeschoss. Oben wird zwar nicht gebaut, aber unten ist es laut, deshalb wollte ich nicht an Touristen vermieten. Als deine Mutter erwähnte, dass du eine Wohnung suchst, wollte ich dir die erste Gelegenheit geben. Willst du es dir ansehen?«

Als ich nickte, rief Janet nach hinten in die Bäckerei. »Daniel!« Ein junger Mann steckte seinen Kopf über die halbhohe Schwingtür.

»Brauchst du mich?«, fragte er.

So wie ich damals während der Schulzeit arbeiteten hier immer noch viele Jugendliche. Janet war eine gute Chefin und das Trinkgeld war gut.

»Ja, bitte. Ich gehe mit Jasmine nach nebenan. Gib mir zehn Minuten, dann bin ich wieder da, okay?«

Er schob sich durch die Tür, trottete zum Tresen und warf mir ein Lächeln zu. Er war groß und schlaksig, hatte braunes Haar und blaue Augen.

»Kann ich noch einen Kaffee haben, bevor wir gehen?«, fragte ich, als Janet ihre Hand in meinen Ellbogen einhakte.

Janet grinste. »Na klar. Warte kurz.« Innerhalb einer Minute reichte sie mir einen Kaffee mit einem Schuss Sahne.

Mit ihrer Hand, die sie wieder in meinem Ellbogen verstaute, zerrte sie mich nach draußen. Das B&B, das sie im Sommer vermietete, befand sich in einem Gebäude direkt neben dem Café. Als die ursprüngliche Feuerwache gebaut wurde, wohnte dort der Feuerwehrchef. Janet und ihr Mann hatten beide Gebäude gekauft, als die Stadt die neue Feuerwache baute. Nachdem ihr Mann bei einem Autounfall auf einem vereisten Highway im Norden ums Leben gekommen war, hatte Janet ihre Trauerphase hinter sich gebracht und führte den Betrieb in Willow Brook seither allein weiter.

Wir eilten nach nebenan, denn Janet war ständig in Eile. Sie führte mich durch die untere Etage, die sich eindeutig im Bau befand. Das Gebälk lag frei, die Rigipsplatten waren herausgerissen und es sah aus, als wären alle Schränke entfernt worden.

»Wow, du hast nicht gescherzt, als du sagtest, du würdest hier unten renovieren«, kommentierte ich.

Sie grinste mich über ihre Schulter an. »Wenn du dich erinnerst, als du in der Highschool warst, hatte ich das Obergeschoss renoviert. Ich wollte mich eigentlich schon früher um das Erdgeschoss kümmern, aber dann kam eines zum anderen und ich musste es aufschieben. Letzten Winter waren hier unten ein paar Rohre eingefroren, die geplatzt sind und ein Chaos angerichtet haben. Ich dachte mir, wenn ich schon für die ganzen Reparaturen bezahlen muss, kann ich auch gleich das ganze Projekt in Angriff nehmen. Gut, *ich* arbeite nicht an dem Projekt, aber ich bezahle es«, sagte sie lachend.

Sie öffnete die Tür zum Treppenhaus und winkte mir, ihr zu folgen. Eine Treppe aus glänzendem Hartholz führte nach oben, wo es einen kurzen Flur mit zwei Gästezimmern gab. Obwohl ich das Haus schon oft von außen gesehen hatte, war ich noch nie hier drinnen gewesen.

Als wir die Tür auf der einen Seite des Flurs öffneten, tappten wir in eine schöne Suite. Sie öffnete sich zu einem Wohn- und Küchenbereich mit hoher Decke und zwei Oberlichtern. Die Sonne erfüllte den Raum. Die Fenster des Wohnzimmers boten einen Blick auf die Gebäude auf der anderen Straßenseite und den

Schwanensee. Die Küche befand sich in einer Ecke mit zwei Arbeitsplatten, die sich an zwei Wänden entlangzogen, und einem kleinen runden Esstisch. Sie war zwar klein, aber sie hatte alles, was ich brauchte.

Es gab ein großes Schlafzimmer mit einem Badezimmer nebenan, in dem sich eine luxuriöse Badewanne befand.

»Wow«, sagte ich, als ich mich umdrehte und Janet ansah, »das ist wirklich schön.«

Janet grinste. »Natürlich ist es das. Die Leute zahlen mir ein Vermögen, um im Sommer hier zu übernachten.«

Ich biss mir auf die Lippe und fragte mich, ob ich mir die Miete, die sie hier verlangen würde, überhaupt leisten könnte. »Wie viel ist es?«

Sie winkte abweisend mit der Hand. »Für dich, nichts.«

»Janet, ich muss doch etwas bezahlen«, protestierte ich.

»Schatz, du gehörst für mich zur Familie. Ich weiß, dass du Miete zahlen kannst, sobald du einen Job hast und etwas Geld reinkommt. Ich will nicht, dass du deine Ersparnisse aufbrauchst, nur um mir die Miete zu zahlen. Widersprich mir also nicht«, sagte sie bestimmt. »Sag mir einfach Bescheid, wenn du es willst. Wenn ja, gehört es dir bis zum nächsten Sommer oder bis du einen anderen Plan hast.«

Ich wollte widersprechen, aber sie war sturer als ich, und ich kannte diesen Blick in ihren Augen.

»Natürlich werde ich es nehmen. Ich wäre ja verrückt, wenn ich es nicht tun würde. Es ist wunderschön. Ich verspreche dir, dass du in ein paar Monaten deine Miete bekommen wirst.«

»Perfekt«, sagte sie, drehte sich um und verließ

schnell den Raum. »Ich muss zurück ins Café. Oh, und dein Nachbar ...«

Sie hielt inne, als aus ihrem Telefon ein Lied ertönte, „1999" von Prince. Sie blickte nach unten. »Ich muss da rangehen, das ist einer unserer Lieferanten. Warte mal, ich geb dir den Schlüssel.«

Bevor ich etwas erwidern konnte, ging sie an ihr Telefon und klemmte es zwischen Ohr und Schulter, während sie in ihrer Tasche kramte und mir einen Schlüssel überreichte. Sie war bereits in das Gespräch vertieft und eilte davon, bevor ich noch etwas sagen konnte.

Ich tappte zurück in die kleine Suite und sah mich noch einmal um. Es war perfekt. So hatte ich Zeit, mich zu orientieren, ohne das Gefühl zu haben, dass ich Lucy und Levi auf der Tasche lag. Abgesehen davon, dass ich niemanden ausnutzen wollte, brannte meine frisch geplatzte Verlobung, wenn ich so viel mit Lucy und Levi verbrachte. Sosehr ich sie auch liebte, es war fast schmerzhaft, sie zusammen zu sehen. Levi liebte Lucy so abgöttisch, und es stand außer Frage, dass sie diese Gefühle erwiderte.

Ich fragte mich, ob ich jemals jemanden finden würde, der mich so liebte, und mir wurde klar, wie falsch ich mit Glen gelegen hatte. Schon bevor ich ihn dabei erwischt hatte, wie er von meiner Freundin, die so etwas wie mein Boss war, wie ein Pferd geritten wurde, hatte er mich nie so angesehen, wie Levi und Lucy einander ansahen. Sie waren einfach verrückt nacheinander.

Mit einem schnellen Kopfschütteln und einem metaphorischen Tritt in den Hintern zwang ich meine Gedanken von diesem Thema weg. Ich schloss die Tür hinter mir und machte mich auf den Weg zu Lucy und

Levi, um meine Sachen zu packen und ihnen mitzuteilen, wo ich vorerst unterkommen würde.

Trotz all meiner Sorgen und der Tatsache, dass ich
nicht wusste, was ich vorhatte, hatte ich das Gefühl,
dass ich jetzt ein kleines Nest für mich hatte.

Kapitel Acht

JASMINE

Später an jenem Abend, nach einem Kartenspiel mit den Mädels im Wildlands – gemeint waren Lucy und ihre Freundinnen Amelia, Susannah, Maisie, Ella und Charlie – schlenderte ich die Main Street entlang, erleichtert, dass ich nur ein paar Gläser Wein getrunken hatte. Ich war keine große Trinkerin. Eigentlich war ich so eine Memme, dass ich sogar davon beschwipst war. Ich schloss die Tür zu Janets B&B auf und stieg die Treppe hinauf.

Als ich oben ankam, ließ ich den Schlüssel fallen, als ich versuchte, ihn ins Schloss zu stecken. Als Nächstes steckte ich ihn versehentlich verkehrt herum hinein. Als ich ihn herauszog, flog er mir aus den Fingern und fiel klappernd auf den Parkettboden. Die Tür auf der anderen Seite des Flurs schwang auf. Ich sprang auf und wirbelte herum. Ich hatte völlig vergessen, dass außer mir noch jemand im Gebäude sein könnte.

Donovan Ryan stand vor mir, in seiner ganzen Pracht. Wobei »Pracht« nicht ganz das traf, wie er aussah. Der Mann war unverschämt gut aussehend.

Zunächst einmal trug er kein Shirt. Das bedeutete, dass ich auf eine Wand aus Muskeln starrte. Seine behaarte Brust bestand aus harten Muskeln, die sich nach unten hin verjüngten und hinter dem Bund seiner Jeans verschwanden. Meine Augen – böse, ungezogene Augen, die die Warnungen meines Gehirns ignorierten – folgten dieser Spur nach unten und ich wünschte, ich könnte weiter nach Süden sehen. Seine Jeans saß tief auf den Hüften, sodass ich einen guten Blick auf die tiefe V-Form seiner Muskeln erhaschen konnte, die hinter seiner Jeans verschwand.

Mir lief das Wasser im Mund zusammen, während die Hitze in mir aufstieg und sich meine Spalte verkrampfte. Mein Gott. Dieser Mann trieb den Begriff *'heiß'* auf ein neues Niveau. Ich war überrascht, dass ich nicht direkt zu seinen Füßen zu einer Pfütze dahinschmolz. Ich zwang meinen Blick nach oben zu seinem Gesicht und spürte die Hitze auf meinen Wangen.

Ich fühlte mich durch und durch heiß und erregt.

Seine Augen verfinsterten sich, als mein Blick auf seinen traf. Ich schluckte und versuchte, meinen Puls zu beruhigen. Nach einem bedeutungsvollen Schweigen hob sich eine Braue in einem dunklen Schrägstrich, sein Blick glitt an meinem Körper hinunter und wieder hinauf und versengte mich überall, wo seine Augen landeten.

»Was tust du hier?«, fragte er.

Erst da merkte ich, dass mir der Mund leicht offen stand. Ich klappte ihn zu und gestikulierte über meine Schulter. »Ich wohne hier. Was tust du hier?«

Seine Augen verengten sich und schlossen sich wieder, als er den Kopf hin und her schüttelte. Als er sie wieder öffnete, war sein Blick leicht gequält. »Ah, ich verstehe. Ich wohne auch hier. Dann sind wir wohl Nachbarn.«

»Hast du denn keine eigene Wohnung?«, fragte ich.

Seine Mundwinkel verzogen sich zu einem lässigen Grinsen. Verdammt, sein Grinsen war eine Bedrohung für meinen Verstand.

»Ist nur vorübergehend. Ich bin gerade dabei, ein neues Haus zu bauen, und Janet hat mir angeboten, hier zu wohnen. Ich helfe ihr bei den Renovierungsarbeiten im Erdgeschoss. Bleibst du nicht bei Levi?«

Ich schüttelte den Kopf. »Nein, ich wollte mein eigenes Plätzchen. Janet hat es mir angeboten und es ist eine wirklich schöne Wohnung.« Ich hielt inne, unsicher, was ich noch sagen sollte und fühlte mich unruhig. Die Reaktion meines Körpers auf ihn machte mich halb verrückt. »Wie auch immer, ich sollte gehen«, sagte ich schnell. »Gute Nacht.« Ich steckte den Schlüssel ins Schloss und atmete erleichtert auf, als er dieses Mal mühelos hineinschlüpfte.

Ich eilte durch die Tür, knallte sie hinter mir zu und lehnte mich dann dagegen. Ich schnappte nach Luft, mein Herz pochte wie wild in meiner Brust.

Oh, verdammt. Ich wusste nicht, wie ich das durchziehen sollte, wenn Donovan gleich am anderen Ende des Flurs lauerte und mich in Versuchung führte.

Kapitel Neun

DONOVAN

Am nächsten Tag wachte ich nach einer beschissenen Nacht auf. Die letzte Person, die ich gestern Abend erwartet hatte, war Jasmine. Sie nur wenige Meter von mir entfernt zu haben, war eine Qual.

Ich hatte das Angebot von Janet angenommen, den Sommer über hier zu wohnen, während ich an meinem Haus arbeitete. Ich hatte im letzten Sommer mit dem Bau meines Hauses begonnen, aber dieses Jahr hatte ich ein Team angeheuert, um es fertigzustellen. Janet hatte mir angeboten, kostenlos hier zu wohnen, wenn ich die Renovierungsarbeiten im Erdgeschoss übernehme. Das war für uns beide praktisch. Mein Haus war ein großes Projekt, mehr als ich zwischen zwei Bränden in annehmbarer Zeit fertigstellen konnte. Aber die Renovierungsarbeiten, die Janet brauchte, waren klein und überschaubar. Ich konnte sie leicht einbauen, wenn ich in der Stadt war, und das Geld für die Wohnungssuche sparen.

Ich wusste, dass Janet die Räumlichkeiten auf der anderen Seite des Flurs vermieten würde, aber ich hatte mir nie Gedanken darüber gemacht, wer das sein könnte. Jasmine zu sehen, hatte mir gestern Abend eine kalte Dusche verpasst. Meine Selbstbefriedigung hatte wenig dazu beigetragen, mein Bedürfnis zu stillen.

Ich konnte es nicht gebrauchen, mich nach Levis kleiner Schwester zu verzehren. Ich konnte es auch nicht gebrauchen, dass sie gegenüber von mir wohnte.

Ich erinnerte mich lebhaft an den Anblick ihrer langen bernsteinfarbenen Haare, die ihr über den Rücken fielen, an das Aufblitzen ihrer saphirblauen Augen und an die süßen Kurven ihrer Brüste.

Verdammt noch mal.

Ich wachte auf, mein Schwanz war hart, nachdem sie die Nacht über durch meine Träume geschwebt war. Normalerweise hatte ich mich besser unter Kontrolle als jetzt. Ich hatte mir eingeredet, dass ich das Gefühl ihrer Lippen auf meinen vergessen könnte. Vielleicht hätte ich das auch gekonnt, aber die Chancen standen gut, dass ich sie jetzt oft sehen würde. Im Grunde genommen lebten wir praktisch zusammen.

Mit einem Stöhnen schlug ich die Laken zurück und machte mich auf den Weg zu einer weiteren kalten Dusche. Wieder einmal wurde meine Hand dem Gefühl nicht gerecht, wie ich mir vorstellte, in Jasmine zu versinken.

Ohne ersichtlichen Grund hatte ich mich über Janet geärgert. Warum zum Teufel musste sie ausgerechnet Jasmine diese Wohnung vermieten? Ausgerechnet an sie. Auch wenn sie keine Ahnung hatte, dass wir beide uns kannten. Und jetzt kam ich mir lächerlich vor, weil ich mich über Janet geärgert hatte. Es war ja nicht so, dass sie etwas falsch gemacht hätte.

Nach meiner kalten Dusche zog ich mir eine Jeans und ein T-Shirt an und machte mich auf den Weg zum

Firehouse Café. Ich konnte Janet zwar nicht meine Meinung verkünden, aber ich *konnte* nachfragen, ob sie eine Ahnung hatte, wie lange Jasmine dort bleiben würde.

Ich würde mindestens bis zum Herbst hier wohnen. Wenn Jasmine die gesamte Zeit hier bleiben würde, hätte ich noch ein paar quälende Monate vor mir.

Als ich durch die Tür ins Firehouse Café trat, schlug mir der Duft von frischem Kaffee und Gebäck entgegen. Wie immer war das Café gut besucht und das leise Summen der Gespräche vermischte sich mit der Musik, die im Hintergrund lief. Die meisten Tische waren voll besetzt. Als ich mich umsah, fiel mein Blick auf Jasmine, die allein an einem Tisch in der Ecke saß.

Ihr Haar war heute Morgen zu einem Pferdeschwanz hochgebunden. Er hing ihr etwa bis zur Hälfte des Rückens herunter. Sie schaute aus dem Fenster und zeichnete mit dem Daumen Kreise auf die Oberseite ihrer Kaffeetasse.

In dem Moment, als ich sie erblickte, verkrampfte sich mein Körper wieder. Verdammt! Wenn das so weiterging, würde meine Hand bald mein bester Freund werden. Ich zwang meinen Blick von ihr weg und trat an das Ende der Schlange. Innerhalb weniger Minuten stand ich am Tresen und Janet lächelte mich an.

»Guten Morgen, Donovan«, sagte sie. »Ich war neulich nebenan, und es sieht so aus, als würde es vorwärtsgehen. Vielen Dank für deine Hilfe.«

»Kein Problem«, antwortete ich. Ich überlegte gerade, ob ich sie nach Jasmine fragen sollte, als sie mir meine Frage beantwortete.

»Ich wollte dich eigentlich anrufen, aber es ist mir

leider entfallen. Jasmine« – sie hielt inne und ihr Blick wanderte zu der Stelle, an der Jasmine in der Ecke saß – »wird vorerst am anderen Ende des Flurs wohnen. Ich bin sicher, das macht dir nichts aus, oder?«

Janet konnte nicht wissen, dass der bloße Anblick von Jasmine mich mit Lust erfüllte. Es machte mir nichts aus, dass Jasmine auf der anderen Seite des Flurs wohnte, abgesehen von der Tatsache, dass sie mich in den Wahnsinn treiben könnte. Diese Gedanken verdrängte ich schnell wieder.

»Natürlich nicht«, log ich. »Wie lange bleibt sie denn?«

Janet zuckte mit den Schultern. »So lange sie es braucht. Ich werde die Suiten ohnehin erst im nächsten Sommer an Touristen vermieten. Darum mache ich mir keine großen Gedanken. Ich bin sicher, dass ihr beide gute Nachbarn werdet«, sagte sie mit einem zufriedenen Nicken.

Ich musste mir ein Lachen verkneifen. Solange Jasmine aufhörte, eine so gottlose Versuchung für mich zu sein, war ich sicher, dass alles gut laufen würde.

»Das werden wir bestimmt. Wie auch immer, ich könnte einen Shot in the Dark gebrauchen«, sagte ich in Anspielung auf meinen bevorzugten Hauskaffee mit einem extra Espresso und reichte ihr einen Fünf-Dollar-Schein.

»Geht klar«, sagte Janet und wirbelte davon, um meinen Kaffee zuzubereiten. Ich trat zur Seite und wartete, bis sie ihn zu mir rübergeschoben hatte. Sie wollte mir etwas Kleingeld zurückgeben, aber ich warf es in das Trinkgeldglas.

Als ich mich mit dem Kaffee in der Hand von der Theke abwandte, sah Jasmine zufällig auf und musterte mich von der anderen Seite des Raumes. Der gleiche Stromstoß, den ich jedes Mal verspürte, wenn ich sie ansah, flammte auf und ehe ich mich versah, bewegten sich meine Füße in ihre Richtung.

Was zum Teufel machst du da, Alter? Nur ein freundlicher Nachbar sein. Ich kann sie ja nicht einfach ignorieren.

Ich schob diese Gedanken beiseite, als ich ihren Tisch erreichte und zu ihr hinunterblickte.

Ihre dichten Wimpern kräuselten sich auf ihren Wangen, als sie zu mir aufblickte.

»Guten Morgen.«

»Guten Morgen«, antwortete ich, wobei meine Stimme rau klang.

Dass ich so nah bei ihr stand, machte die Sache nicht einfacher. Leider oder zum Glück, je nachdem, wie ich es betrachtete, bot sich mir von oben ein hervorragender Blick auf die süßen Rundungen ihrer Brüste. Sie trug eine Bluse, und obwohl sie locker saß, konnte ich in das Tal zwischen ihnen blicken. Ihre Bluse war tiefblau, und mein Blick fiel auf die marineblaue Spitze, deren Saum mich verlockte. Ich hätte alles dafür gegeben, die Knöpfe aufzumachen und ihre Brüste zu berühren.

Die Luft um uns herum fühlte sich elektrisch an, als ich sie anstarrte und bemerkte, dass sich ihre Brustwarzen gegen die dünne Baumwolle ihrer Bluse drückten.

Verdammt noch mal!

Ich zwang meinen Blick nach oben und fixierte ihn auf ihr Gesicht. Das hätte eigentlich helfen müssen, aber das tat es nicht. Ihre Lippen waren leicht gekräuselt, prall und voll. Sie hielt die untere Ecke mit den Zähnen fest und schwieg für einen Moment. »Ich schätze, wir sind jetzt wohl Nachbarn.«

»Sieht so aus«, antwortete ich und ignorierte das Klopfen meines Herzens gegen meine Rippen und das

Anschwellen meines Schwanzes. »Wenn du etwas brauchst, sag einfach Bescheid.

»Wie lange bleibst du?«

»Mindestens noch ein paar Monate. Zwischen den Jobs renoviere ich das Erdgeschoss. Ich bin dort, weil ich auch mein eigenes Haus fertig baue.«

Jasmine nippte an ihrem Kaffee und ich war neidisch auf ihre Lippen, als sie mit der Zunge über die Unterseite strich und einen Tropfen Kaffee auffing.

»Dann werden wir für eine Weile Nachbarn sein. Ich denke, ich bleibe zumindest den Sommer über. Du wirst gar nicht merken, dass ich da bin. Ich verspreche, dass ich eine gute Nachbarin bin«, sagte sie mit einem subtilen Grinsen.

Sie hatte keine Ahnung, welche Wirkung sie auf mich hatte. Ich schaffte es zu nicken und nahm einen Schluck von meinem Kaffee, weil ich den vollen, bitteren Geschmack brauchte. »Ich bin auf dem Weg zur Wache. Wir sehen uns später«, verabschiedete ich mich von ihr und zwang meine Füße buchstäblich dazu, wegzugehen.

Auf dem Weg zur Wache redete ich mir ein, dass das Verlangen, das mich jedes Mal packte, wenn ich in Jasmines Nähe war, abklingen würde. Das musste es.

Später am Nachmittag drehte ich mich um und schaute auf die Flammen, die am Himmel züngelten. Wir waren gerade dabei, einen kontrollierten Brand in der Nähe von Willow Brook zu löschen. Die Besitzer des Grundstücks hatten uns die Erlaubnis gegeben, dieses Feuer zu legen. Sie profitierten davon, dass wir die abgestorbenen Fichten abbrennen ließen und wir konnten unseren Einsatzkräften eine Trainingsmöglichkeit bieten.

Es war ein klarer, wolkenloser Tag, und es war windstill. Die Hälfte unserer Mannschaft war gerade fertig, während der Rest nachrückte, um bei der Brandbekämpfung nach dem Abklingen der Flammen zu helfen. Ich beobachtete das Flackern der Flammen und lauschte einen Moment lang dem Geräusch der brennenden Bäume. Als ich mich umdrehte, um zu gehen, hörte ich meinen Namen. Als ich aufblickte, sah ich Levi auf mich zukommen.

In dem Moment, als ich ihn sah, schoss mir Jasmine durch den Kopf. Verdammt noch mal. Ich durfte nicht so besessen von seiner Schwester sein. Er kam auf mich zu und grinste halb. »Hey, ihr habt es uns ja schön heiß gemacht«, sagte er lachend.

»Es ist nicht so schlimm. Ihr werdet noch eine Weile zu tun haben, aber es lässt schon nach.«

Levi nickte, sein Blick wurde nüchterner. »Übrigens, danke noch mal, dass du dich neulich um Jasmine gekümmert hast.«

»Klar doch. Das würde ich für jeden Freund tun.«

Beinahe hätte ich erwähnt, dass sie jetzt meine Nachbarin war – eine, die unangenehm nahe wohnte. Aber ich tat es nicht. Das Letzte, was ich tun sollte, war, mich mit Levi über seine verdammt heiße Schwester zu unterhalten, die mich tagein, tagaus in Versuchung führte.

Je weniger ich an Jasmine dachte, desto besser.

Kapitel Zehn

JASMINE

Ich saß am runden Tisch in der Küche meiner Eltern und blickte auf das Feld hinter dem Haus. Es war schon spät und die Sonne begann gerade erst unterzugehen. Von der Küche aus hatte man einen schönen Blick auf eine Wiese, an deren Ende sich ein Bach durch die Bäume schlängelte, und die Berge in der Ferne. Ich glaubte nicht, dass ich irgendwo in Alaska hinschauen konnte, ohne den Satz »mit den Bergen in der Ferne« zu beenden.

Levis Stimme holte meine Aufmerksamkeit zurück. Als ich über den Tisch schaute, sah ich sein Grinsen, als er über Lucys runden Bauch rieb.

Lucy verdrehte die Augen. »Willst du das für den Rest meiner Schwangerschaft jeden Tag machen?«, fragte sie lächelnd. Sie war erst ein paar Monate schwanger und Levi ging ihr jetzt schon auf die Nerven, obwohl sie es gelassen nahm. Meine Mutter schaute zwischen den beiden hin und her und lächelte nachsichtig. Levi und ich hatten unsere blauen Augen von ihr geerbt, während mein Haar dunkler war als das blonde, das sie beide hatten.

»Ich bin sicher, dass er das wird. Lass ihn doch einfach noch ein bisschen gewähren«, schlug sie vor.

Lucy lachte wieder und warf ein Lächeln in Levis Richtung. »Das tue ich.«

Levi senkte den Kopf und drückte ihr einen Kuss auf den Nacken, woraufhin Lucys Wangen rosa anliefen. Mein Herz machte einen heftigen Satz. Die beiden hatten etwas so Liebenswertes an sich. Mein älterer Bruder, der früher nur ein Player war, hatte sich so sehr in Lucy verliebt, dass es schwer vorstellbar war, dass er jemals etwas anderes als wahnsinnig verliebt in sie gewesen war.

Was Lucy anging, so war sie eher kratzbürstig und nicht gerade ein warmherziger Mensch. Doch bei Levi war es offensichtlich, dass er ihre Abwehrmechanismen durchbrach.

Emotionen durchzuckten mich mit einem Blitz. Ich würde nicht sagen, dass ich Glen vermisste, ich war immer noch so wütend und verletzt, aber eine Zeit lang hatte ich wirklich geglaubt, endlich etwas richtig gemacht zu haben. Ich hatte mir ein Leben aufgebaut, das mir ein Ventil für meine Kunst bot, und ich war dabei, einen verantwortungsvollen und aufrechten Mann zu heiraten.

Meine Erfahrungen mit Männern vor Glen waren nicht besonders beständig gewesen. Ich schien ein Händchen dafür zu haben, Männer anzuziehen, die nichts weiter wollten als eine weitere Kerbe an ihrem Bettpfosten, während ich auf der Suche nach etwas völlig anderem war. Glen schien mehr zu wollen, zumindest hatte ich mir das eingeredet.

Ich stützte mich mit den Ellbogen auf dem Tisch ab, griff nach meinem Wasser und nahm einen Schluck. Meine Mutter schaute in meine Richtung. »Na, Liebes, schon eine Idee, was du vorhast?«

Ich unterdrückte einen Seufzer. Diese Frage hörte ich im Durchschnitt fünfmal am Tag. Heute Morgen, als ich Donovan gesehen hatte, war mir aufgefallen, dass er der einzige Mensch war, der mich nicht fragte: »Wie gehts weiter?«

Ich zwang mich zu einem Lächeln und versuchte, meinen Tonfall lässig zu halten. »Ich weiß es noch nicht, Mom. Dank Janet habe ich eine Bleibe, also werde ich mich dort einquartieren. Amelia erwähnte, dass Quinn mit einer Frau in Diamond Creek befreundet ist, die dort eine Galerie betreibt und ein paar andere verwaltet. Du erinnerst dich doch an Quinn Haynes, oder?«

»Natürlich!«, rief meine Mutter aus. »Ich bin mit seiner Mutter befreundet. Ach du meine Güte. Sie ist so stolz auf Quinn. Er leitet jetzt die Familienklinik in Diamond Creek und ein weiteres Baby ist unterwegs.«

Levi gluckste und warf mir einen Blick zu. »Wage es nicht, Mom zu unterstellen, sie könnte jemanden vergessen.«

»Haha, ich weiß. Wie auch immer, ich werde Quinns Freundin anrufen. Das ist auf jeden Fall eine Möglichkeit. Auch wenn sie nicht daran interessiert ist, meine Töpferwaren zu verkaufen, hat sie vielleicht ein paar Empfehlungen für mich. Dann muss ich einen Ort finden, an dem ich meinen Brennofen und meine Drehscheibe aufstellen kann.«

»Übrigens, darüber habe ich auch schon nachgedacht«, warf Lucy ein. »Wann immer du einen Ort findest, können Amelia und ich nebenbei mithelfen, wenn du willst.«

Ein Anflug von Aufregung durchzuckte mich. Es fühlte sich an, als wäre mein ganzes Leben aus dem Gleichgewicht geraten, und das war es auch, seit ich Glen und Lisa erwischt hatte. Das Töpfern erdete mich und gab mir das Gefühl, bei Verstand zu sein. Es waren zwar nur ein paar Wochen vergangen, aber ich vermisste es. Jetzt, wo mein ganzes Leben auf den Kopf gestellt wurde, konnte ich das gut gebrauchen.

»Nun, lasst mich erst mal sehen, wo. Dann werde ich sehen, was zu tun ist. Sobald ich etwas Geld habe, kann ich euch bezahlen.«

Lucy schüttelte entschieden den Kopf. Sie und ihre beste Freundin Amelia betrieben eine Baufirma. »Du brauchst mich nicht bezahlen. Ich kann mir nicht vorstellen, dass es viel Arbeit für uns wäre, vielleicht ein oder zwei Tage höchstens.«

Ich spürte die Augen meiner Mutter, meines Vaters und auch die von Levi auf mir. Irgendwie hatte ich immer das Gefühl, dass ich in unserer Familie diejenige war, um die man sich kümmern musste.

»Das wäre großartig«, sagte ich schließlich. »Aber ich werde es euch trotzdem zurückzahlen, auf die eine oder andere Weise.«

Mein Vater, der definitiv der Ruhigste in unserer Familie war, zwinkerte mir zu. »Was mich betrifft, ist mir alles recht, um dich hier zu behalten. Wenn du meine Hilfe brauchst, brauchst du nur zu fragen.«

Levi legte seinen Arm auf Lucys Stuhllehne und strich ihr mit den Fingern durch die Haarspitzen. Er blickte zu Boden, der Stolz in seinen Augen war offensichtlich. »Lucy und Amelia sind die Besten in der Stadt.«

Die Spannung in mir löste sich ein wenig. Ich war immer noch völlig durcheinander, sowohl geistig als auch emotional. Nach allem, was in der letzten Woche passiert war, wusste ich nicht mehr, wo oben und unten war.

Das Gespräch wurde fortgesetzt, und eine Weile später brachen wir alle gemeinsam auf. Als ich am

Fuße der Treppe, die zur Terrasse führte, stehen blieb, fing Levi meinen Blick auf. »Weißt du, du hättest nicht ausziehen müssen.«

In den Tagen, seit ich in die Suite eingezogen war, haben wir uns jedes Mal, wenn wir uns getroffen haben, in irgendeiner Form darüber unterhalten. Offensichtlich hatte ich seine Gefühle verletzt. Aber er verstand nicht, warum ich etwas Freiraum brauchte. Im schwindenden Licht unterdrückte ich einen weiteren Seufzer.

»Ich weiß, Levi. Aber so habe ich das Gefühl, auf eigenen Beinen zu stehen.«

Lucy ergriff das Wort und stupste Levi mit ihrem Ellbogen an. »Babe, ich habe ihr oft genug gesagt, dass sie gerne bleiben kann. Ich glaube, sie will vielleicht nicht, dass ihr großer Bruder ihr im Nacken sitzt.«

Lucy überraschte mich immer wieder mit ihrer scharfen Wahrnehmung. Ich hatte kein Wort zu ihr gesagt, aber sie hatte es offensichtlich verstanden. In Levis Miene blitzte Verärgerung auf und seine satten blauen Augen verengten sich.

»Ich saß ihr doch nicht im Nacken.« Seine Augen blickten wieder zu mir. »Wenn du nicht vorhast, länger zu bleiben, solltest du Mom und Dad keine Hoffnungen machen.«

Jetzt war ich wütend. Ich spürte, wie meine Wangen heiß wurden und eine Mischung aus Schmerz und Wut in mir aufstieg, während ich Levi anstarrte. Mein lebenslustiger, witziger Bruder war ein sehr fürsorglicher Mensch, und wie so viele Geschwister gerieten wir manchmal aneinander. Außerdem hatten wir eine Vorgeschichte, die seine Neigung, mich übertrieben beschützen zu wollen, nur noch verstärkte.

Die Vergangenheit war Vergangenheit, aber manchmal hinterließ sie Narben. Ich wusste, wie töricht ich mich fühlte, also konnte ich mir nur vorstellen, wie töricht ich wohl wirken musste. Ich hatte es geschafft, mich mit einem Arschloch zu verloben, das mich verarscht hatte, und hatte an einem Nachmittag sowohl meine Beherrschung als auch meinen Job verloren. Jetzt war ich wieder zu Hause und verließ mich darauf, dass meine Familie und meine Freunde mir durch diese Situation helfen würden.

Ich starrte ihn an, und was immer er in meinen Augen sah, er kniff die seinen zusammen und schüttelte heftig den Kopf. Lucy schwieg, ihre Augen waren geweitet, als sie zwischen uns hin und her blickte.

Ihre Unsicherheit war ungewohnt. Wenn es eine Sache gab, auf die ich mich bei Lucy verlassen konnte, dann die, dass sie ihre Meinung sagen würde.

Ich schluckte die Enge hinunter, die sich in meinem Hals und meiner Brust bildete. Als Levi seine Augen öffnete, sah ich nichts als Bedauern darin.

»Es tut mir leid, Jasmine«, sagte er mit leiser Stimme und schmerzverzerrtem Blick. »Ich habe es nicht so gemeint, wie es herauskam.«

»Ist schon okay. Es ist ja nicht so, dass ich nicht verstehe, warum du es gesagt hast. Das tue ich. Vielleicht bin ich mir nicht bei allem sicher, was ich mache, aber ich bin hier und habe nicht vor, irgendwo hinzugehen. Ich muss gehen«, sagte ich, drehte mich um und eilte davon.

»Jasmine«, rief Lucy hinter mir.

Ich spürte ihre sanfte, aber dennoch stählerne Präsenz, als sie mich einholte. »Brauchst du irgendetwas?«, fragte sie leise.

»Alles in Ordnung. Ich muss nur gehen.« Ich schaute an ihr vorbei, als Levi auf mich zukam.

Ich winkte und kletterte in mein Auto, bevor das Gespräch fortgesetzt werden konnte. Auf der Fahrt zurück in die Stadt zu Janets B&B – meinem vorübergehenden Zuhause – fühlte ich mich ruhelos und nervös. Levis Worte hatten an einer alten, schmerzhaften Wahrheit gerüttelt, die unter einer Narbe verborgen gewesen war. Das tat weh.

Ich wollte nicht nachdenken. Ein paar Minuten später hielt ich an, warf mir meine Handtasche über die Schulter und schritt über den Parkplatz. Ich trat ins Erdgeschoss und schloss die Tür hinter mir. Das rhythmische Geräusch von hämmernden Gegenständen hallte durch das Untergeschoss. Ich nahm an, dass Donovan an etwas arbeiten musste. Als ich mich umdrehte, um in einen der Räume zu schauen, die er gerade renovierte, wurde mein Mund trocken.

Da war ein Unterschied zwischen dem voll bekleideten Donovan und einem Donovan, der nur eine ausgeblichene schwarze Jeans und kein T-Shirt trug. Der Mann war eine ernste Bedrohung für meinen Verstand, doch jetzt gerade konnte ich nichts anderes tun, als zu versuchen, nicht auf dem Boden dahinzuschmelzen. Er hatte mich nicht kommen hören, also nutzten meine Augen den ungestörten Augenblick voll aus. Er hielt ein Kantholz an der Spitze dessen fest, was ich für eine neue Wand hielt. Sein Rücken zeigte sich mir in voller Pracht. Er bestand nur aus Muskeln. Meine Augen wanderten über die harten, vom Schweiß glänzenden Flächen.

Ein süßer Schmerz breitete sich zwischen meinen Schenkeln aus, und mein Puls beschleunigte sich zum Galopp.

Ich stand nur da und starrte ihn an, als er sich umdrehte. Seine Augen weiteten sich leicht, als er mich sah. Dennoch schien er sich in diesem Moment viel besser unter Kontrolle zu haben, während ich »heiß und erregt« auf ein völlig neues Niveau hob.

Ich zweifelte nicht eine Sekunde daran, dass meine Wangen in Flammen standen. Ich hätte ihm genauso gut auf der Stelle meine Eierstöcke übergeben können. So bedürftig fühlte ich mich.

Donovan, der hoffentlich nichts von meinem inneren Zustand mitbekam, senkte langsam seinen Arm und legte seine Hand locker um den Griff des Hammers. Selbst im Stillstand war er prächtig. Verdammt, ich wollte ihn. Er war einfach zum Anbeißen. Meine Augen folgten dem dunklen Haar, das hinter seinem Hosenbund verschwand. In meinen Fingern juckte es förmlich, ihn zu berühren.

Ehe ich mich versah, ging ich auf ihn zu, als würde ich von einem starken Sog angezogen. Ich machte mir nicht einmal die Mühe, mich zu wehren. Ich wollte Donovan, und zwar *jetzt*.

Kapitel Elf

DONOVAN

Jasmine schritt durch den Raum, ihr Haar flog in zerzausten Wellen um ihre Schultern und ihre saphirblauen Augen verdunkelten sich, als sie auf mich zukam. Die Frau erwischte mich unvorbereitet. Ich war nach einem eigentlich anstrengenden Tag nach Hause gekommen und kämpfte immer noch mit einem Gefühl der Ruhelosigkeit. Ich hatte mich in die Arbeit im Erdgeschoss gestürzt. Leider hatte das nicht gereicht, um mich zu entspannen.

In dem Moment, als ich Jasmines Anwesenheit hinter mir spürte, war es, als würde eine Peitsche durch die Luft schnalzen, wie ein Blitz an einem stürmischen Tag, der alles unter Strom setzt.

Sie trug ihre Cowboystiefel mit einem Rock – einem elastischen Baumwollrock, der ihre Hüften umschmeichelte und knapp unter den Knien auslief. Darüber trug sie eine lockere Bluse mit Rundhalsausschnitt, deren winzige Knöpfe das Tal zwischen ihren Brüsten hinunterwanderten – die durchsichtige cremefarbene Seide ließ mich glauben, dass ich die seidige Spitze ihres BHs dahinter sehen konnte. Ich hatte keine Ahnung, ob ich das wirklich konnte, aber mein Körper glaubte es. Sie brauchte nur zu existieren, und sie war eine Verführung.

Ich zwang mich dazu, ihr ins Gesicht zu schauen, als sie sich mir bis auf wenige Meter näherte. Ihre Wangen waren gerötet und ihre Augen weit aufgerissen. Ich wusste nicht, wie ich ihren Gesichtsausdruck deuten sollte. Und außerdem sollte ich das auch gar nicht tun. Ich musste einen klaren Abstand zwischen Jasmine und mir halten. Ich *durfte nicht* hinter der kleinen Schwester meines Freundes her sein.

Aber da gab es Bedürfnisse, und dann war da das Verlangen, das ich für sie empfand und das jeden Schaltkreis in meinem Gehirn kurzschließen ließ.

Ich wusste, dass ich das Begehren in ihren Augen flackern sah. In dem Moment, in dem sich unsere Blicke trafen, knallte die Peitsche erneut und versetzte die Luft mit Elektrizität in Wallung. Mein Schwanz schwoll an und ich schloss meine Hand fester um den Hammer, als würde mir der Griff helfen, die Kontrolle zu behalten.

Als sie mich einen Moment lang anstarrte, verschwand der harte Blick in ihren Augen und ich sah darin eine gewisse Verwundbarkeit. Irgendwie brachte mich das dazu, sie nur noch mehr zu wollen. Ein intensiver Beschützerinstinkt durchflutete mich. Dieser Beschützerinstinkt verstärkte nur noch das Bedürfnis, das ich bereits für sie empfand.

Wir standen einige Momente lang schweigend da, unsere Augen fest aufeinander gerichtet. Ich versuchte mir einzureden, dass ich meine Gefühle nicht ausleben konnte. Doch das unbändige Verlangen setzte alle rationalen Gedanken außer Kraft. Ich sagte mir, dass nichts passieren würde, solange sie nicht den ersten Schritt machte.

Sie machte zwei weitere Schritte und verringerte den Abstand zwischen uns. Ich spürte die Wärme ihres Körpers und ihr Duft schwebte zu mir – ein feiner Moschusduft, vermischt mit Erdbeeren. Kurzzeitig fragte ich mich, ob das ihr Shampoo war.

Sie griff nach dem Hammer in meiner Hand und nahm ihn mir ab.

»Den brauchst du nicht«, sagte sie und ihre heisere Stimme umhüllte mich wie Rauch, erhitzte die Luft und ließ einen weiteren heißen Schock der Lust durch meinen Körper jagen.

Ich hörte kaum, wie der Hammer auf den Boden fiel. Sie war nicht sehr groß, ihr Kopf reichte gerade bis zu meiner Schulter, als sie ihre Hand hob, um die Bartstoppeln an meinem Kinn entlangzufahren. Genau wie in der ersten Nacht, als ich sie kennenlernte, war ihre Berührung wie Feuer auf meiner Haut.

Obwohl ich mir gesagt hatte, dass sie den ersten Schritt machen musste, schob ich meine Hand in ihr Haar und umfasste ihren Nacken, als sie mich berührte. Ich hielt einen Moment lang still, fast so, als würde ich mich selbst testen, um herauszufinden, ob ich mich zurückhalten konnte.

Ich konnte es nicht. Im Handumdrehen war mein Mund auf ihrem. Der Punkt, an dem sich unsere Lippen berührten, war wie ein brennendes Streichholz, das in Benzin geworfen wurde. Es loderte heiß und hoch um uns herum. Ich hätte gar nicht sagen können, dass ich es langsam angehen wollte, denn das war unmöglich. In dem Moment, in dem ihre Lippen nachgaben und sie in meinen Mund seufzte, schob ich meine Zunge in ihren und unser Kuss wurde wild.

Ihre Zunge verschlang sich mit meiner und sie trat näher, während meine Hand von ihrem Haar über ihren Rücken zu ihrem süßen Hintern wanderte. Ich knurrte in ihren Mund, und sie wölbte sich gegen mich, ihre weichen Brüste drückten gegen meine Brust. Durch die dünne Seide ihrer Bluse konnte ich die festen Spitzen ihrer Brustwarzen spüren.

Verdammte Scheiße!

Ich wusste schon in dem Moment, als ich sie zum ersten Mal gesehen hatte, bevor ich überhaupt wusste, wer sie war, dass es so sein würde. Da gab es zum einen meinen Verstand und zum anderen meinen Körper. Mein Körper erkannte sie als einen Gegenpol zu meinem.

Ihre Hand wanderte über meine Brust und zeichnete ihre Bahnen nach. Überall, wo sie mich berührte, brannte es unter der Oberfläche meiner Haut. Wie konnte ich jemals glauben, dass ich mich zurückhalten könnte, dass ich vernünftig sein könnte, dass ich diesem brennenden, sehnsüchtigen, weißglühenden Verlangen nach ihr nicht nachgeben würde. Meine Zurückhaltung – oder das bisschen, das mir geblieben war – verbrannte zu Asche in der sengenden Hitze unseres Kusses.

In einer entfernten Ecke meines Geistes klopfte die Vernunft laut mit der Faust an die Tür und durchbrach den Dunst des Verlangens nur mit Mühe.

Am Hauch eines Fadens der Kontrolle hängend, riss ich meinen Mund los, vermisste sofort das Gefühl ihrer Lippen unter meinen und fuhr beinahe mit meiner Zunge an ihrem Hals entlang. Ich konnte das wilde Flattern ihres Pulses in ihrem Nacken sehen, ihr Duft umhüllte mich wie eine Droge.

Die entfernte Stimme zwang mich, zu sprechen.

»Bist du sicher, dass du das willst?«, fragte ich.

Ich konnte nicht sagen, ob diese Frage an mich selbst oder an Jasmine gerichtet war. Vielleicht auch beides.

Ihre Augen starrten mich an, benebelt vor Verlangen. Ihre Lippen waren geschwollen und rot von unserem Kuss und ihre Wangen gerötet. Sie bewegte sich nicht, jeder Zentimeter ihrer Stirn drückte gegen mich. Mitten im Wahnsinn unseres Kusses war mein Knie zwischen ihre Schenkel gerutscht. Ich konnte die feuchte Hitze ihrer Pussy durch die Stoffschichten zwischen uns spüren. Ich wusste, ohne sie zu berühren, dass sie heiß und glitschig war. Ich konnte es kaum erwarten, diese Vermutung zu bestätigen.

Sie starrte mich an und war vollkommen still. Das einzige Geräusch im Raum war unsere Atmung, ihre in kleinen Stößen und meine in rasenden Atemzügen. Mein Herzschlag donnerte in meinen Ohren.

»Ich bin mir sicher«, antwortete sie schließlich mit ihrer heiseren Stimme, die mich umhüllte und die Seile des Verlangens um uns herum noch enger machte.

Ich war so außer mir, dass ich für eine Sekunde meine Frage vergaß. Ihre Mundwinkel verzogen sich zu einem halben Grinsen. »Bist *du* dir sicher?«

Die Stimme der Vernunft, die immer noch nicht ganz verstummt war, meldete sich zu Wort. »Dein Bruder ist mein Freund«, murmelte ich.

Oh, diese Antwort gefiel ihr nicht.

Sie kniff die Augen zusammen und ihr Blick wurde noch dunkler. »Levi ist nicht mein Aufpasser. Er hat ganz sicher kein Mitspracherecht in meinem Sexualleben«, sagte sie und hob ihr Kinn an, beinahe herausfordernd.

Wir standen da, die Luft war schwer, als würde ein Sturm aufziehen – schwer, mächtig und bereit, entfesselt zu werden.

Meine Verteidigung war gebrochen, meine Kontrolle nicht mehr als ein ausgefranster Faden.

Wenn ich vorher noch die Kraft gehabt hätte, von Jasmine wegzugehen, konnte ich es spätestens ab dem Moment, als sie mir wieder in die Augen sah und ihren Kopf senkte, um Küsse auf meine Brust zu streuen, nicht mehr.

Ihre Lippen auf mir zu spüren, war wie in Lava getaucht zu werden. Ein Stöhnen entwich ihr, dann hob sich ihr Kopf und ihre Lippen lagen wieder auf meinen. Wir waren sofort wieder an dem Punkt, an dem wir vorher gewesen waren, Lippen und Zungen vermengten sich in Bissen und Küssen – heiß, feucht und innig.

Ihr Fuß legte sich um meine Wade, während ihre Hand über meinen Rücken strich und ihre Nägel leicht über meine Haut kratzten – gerade genug, um das Feuer in mir zu schüren. Ich drückte sie an mich und knurrte, als ich meine Lippen losriss, um endlich ihre Haut zu schmecken. Ich bahnte mir einen feuchten Weg an ihrem Hals entlang, sie schmeckte süß und salzig und roch himmlisch. Ich wollte sie verschlingen.

Ihre Beine schlangen sich leicht um meine Hüften, ihr Rock rutschte hoch. Ich machte ein paar Schritte und schob ihre Hüften auf eine Arbeitsfläche an der Wand. Ich zog mich zurück und nahm mir einen Moment Zeit, um ihren Anblick zu genießen. Ihr Atem kam in leisen Zügen und ihre Brustwarzen drückten mit jedem Einatmen gegen meine Brust. Mit ihren rosigen Wangen, den geschwollenen Lippen und der Hitze ihrer Mitte, die gegen meinen Schwanz drückte, konnte ich kaum noch klar denken, denn das Verlangen schlug in mir wie eine Trommel und übertönte alles.

Sie hob ihre Hände und griff zwischen ihre Brüste. Innerhalb von Sekunden hatte sie ihre Bluse aufgeknöpft. Ich wusste nicht, was sie antrieb, aber ich spürte, dass es unter ihrer Oberfläche brodelte. Nicht, dass ich mich hätte zurückhalten können, dafür war es längst zu spät. In dem Moment, als ihre Bluse aufflog und mein Blick nach unten glitt, war ich so verloren, dass ich keinen Ausweg mehr sehen konnte.

Sie trug einen cremefarbenen Spitzen-BH, die prallen Perlen ihrer Brüste drückten rosa gegen die Spitze und reizten mich. Sie schwollen an und quollen aus den kleinen Körbchen hervor. Ich streckte meine Finger aus und fuhr mit dem Handrücken über ihren Bauch, und es erfüllte mich mit Genugtuung, als ihr Atem durch ihre Zähne stieß. Ich hielt ihren Blick fest, während ich mit meinen Fingern unter den weichen Rundungen ihrer Brüste entlangfuhr und eine in meine Handfläche nahm. Ich fuhr mit dem Daumen über ihre feste Brustwarze und beobachtete, wie ihre Augen aufblitzten. Ihre Lippen öffneten sich und ich konnte ihren Herzschlag auf meiner Handfläche spüren, der heftig und schnell schlug. Wie meiner.

»Was willst du?«, meine Frage rutschte mir unbewusst heraus.

Denn obwohl ich innerlich gefesselt war und sie mehr wollte als jemals jemanden zuvor, hatte sie einen Hauch von Verwundbarkeit an sich, eine Sanftheit, die mich innehalten ließ.

»Dich. Jetzt«, sagte sie ohne Umschweife.

Ich neigte meinen Kopf und fuhr mit meiner Zunge an ihrem Hals entlang, atmete ihren Duft ein und schmeckte den salzigen Geruch ihrer Haut. Ich fuhr mit meiner Zunge über die Linie ihres Schlüsselbeins und hinunter zwischen das Tal ihrer Brüste. Mit meiner Zunge wirbelte ich über die Spitze und umkreiste eine ihrer festen kleinen Brustwarzen, saugte und knabberte leicht daran und genoss ihren

Schrei, als sie ihre Hände in meinem Haar vergrub. Der leichte Schmerz, den sie beim Festhalten meines Haares verursachte, war ein Kontrast zum Verlangen, das mich verzehrte, und gleichzeitig eine Erleichterung.

Ich hob meinen Kopf, trat zurück, legte meine Handflächen um ihre Waden und schob sie an ihren Beinen hinauf, um ihre Knie zu spreizen. Ihre Haut war wie Honig, bernsteinfarben, und ihre hellblauen Augen stachen hervor.

Ich musste sie berühren, alles von ihr. Mit ihren Cowboystiefeln und ihren Füßen, die vom Tisch baumelten, und ihrem Rock, der sich um ihre Taille raffte, brachte mich ihr Anblick fast um den Verstand. Sie sah wollüstig und wild aus, und ich wollte sie so sehr, dass es wehtat.

Als meine Hände ihre Oberschenkel erreichten, packte ich ihre Hüften und zerrte sie an den Rand der Arbeitsplatte. Als ich an ihr hinunterschaute, sah ich, dass sie einen bequemen blauen Baumwollschlüpfer trug. Irgendwie machte mich das noch mehr an. Ich biss die Zähne zusammen und behielt die Kontrolle. Egal, wie sehr ich sie wollte – und verdammt, ich wollte sie so sehr, dass es wehtat –, heute Abend ging es nicht um meine Bedürfnisse.

Ich musste sie kosten, aber ich wollte mehr als nur eine wilde Nacht, also würde ich warten, denn es fühlte sich alles zu überstürzt an. Heute Abend ging es um sie.

Als meine Daumen den Scheitelpunkt ihrer Oberschenkel erreichten, fuhr ich an ihren Hüften entlang, deren seidig weiche Haut mich reizte. Sie zitterte unter meiner Berührung und eine Gänsehaut bildete sich auf ihrer Haut. Ich fuhr mit meinen Fingern über die feuchte Baumwolle zwischen ihren Schenkeln. Als ich einen Finger unter den Rand schob, stöhnte ich fast laut auf beim Anblick ihrer rosafarbenen, geschwollenen Pussy, die glänzend und glitschig vor Verlangen war.

Ich lebte zwar nicht wie ein Mönch, aber es war schon eine Weile her. Jasmine würde mich bis an meine Grenzen bringen. Ich ließ meinen Blick nach oben schweifen und fuhr mit meinen Fingern durch ihre Schamlippen. Sie war triefend nass, die Innenseiten ihrer Schenkel feucht von ihren Säften.

»Sieh mich an«, murmelte ich.

Ich musste sie sehen, wenn sie kam. Ihre Brüste hoben und senkten sich schnell, mit kurzen, scharfen Stößen. Ihre Augen waren auf meine gerichtet und ihre Zunge fuhr über ihre Unterlippe. Mein Schwanz schwoll noch mehr an.

Ich versenkte einen Finger knöcheltief in ihrem Lustkanal und beobachtete, wie sie stöhnte und sich ihre Augenlider senkten. Ein weiterer Finger gesellte sich zu dem ersten. Während ich mit meinem Daumen über ihren Kitzler strich, beobachtete ich sie, während ich ihren Kanal sanft dehnte, bevor ich meine Finger herauszog und erneut versenkte.

Trotz all meiner Kontrolle musste ich noch mehr von ihr schmecken. Ich senkte meinen Kopf und fuhr mit meiner Zunge über ihre empfindlichste Stelle, während ich mit meinen Fingern in sie hinein – und wieder herauspumpte und das Spannen ihres Kanals genoss, der so glitschig und feucht um mich herum war. Ich wusste, wie es sich anfühlen würde, in ihr vergraben zu sein. Der verdammte Himmel.

Kleine Laute kamen aus ihrer Kehle, als ihre Hüften gegen mich wippten. Während ich sie langsam mit den Fingern fickte, fühlte ich mich beinahe berauscht von ihrem salzig-süßen Geschmack und davon, wie sie aufschrie und sich an meinen Haaren festhielt. Mit meiner freien Hand hielt ich ihre Hüften fest und meine Finger gruben sich in ihre Haut. Ich liebte ihre üppigen Kurven – sie war so verdammt schön, dass sie mir den Atem raubte.

Als ich spürte, wie sich ihr Körper anspannte, fuhr ich mit meiner Zunge über ihren Kitzler und saugte ihn leicht in meinen Mund. Sie schrie auf und ihr Kanal verkrampfte sich um meine Finger. Mit einem letzten Lecken zog ich mich zurück und beobachtete, wie sie sich zurückbog und ihre prallen Brüste nach vorn wölbte. Sie war herrlich.

Kapitel Zwölf

JASMINE

Das Vergnügen erschütterte mich bis ins Mark. Es durchfuhr mich so heftig, dass ich nur noch diesen Moment kannte – mit Feuer, das mich mit seiner Flamme packte und durch mich hindurchstreute. Das Einzige, was mich stabilisierte, war das Gefühl von Donovans Hand auf meiner Hüfte und seinen Fingern, die in mir vergraben waren.

Als ich langsam wieder in meinen Körper zurückfand, riss ich die Augen auf und sah seinen Blick. Mein Herz klopfte heftig und schnell in meiner Brust. Ich hatte keine Ahnung, was ich sagen sollte. Er hatte mir gerade den intensivsten Orgasmus meines Lebens beschert.

Was ich mir gewünscht hatte – mich zu verlieren, mich zu vergessen, die innere Rastlosigkeit zu vertreiben –, war passiert. Und sei es nur, weil es mir unmöglich gewesen war, mich in dem Moment, als Donovans Lippen auf meine trafen, nicht völlig dem Gefühl hinzugeben.

Das hatte ich nicht erwartet – dieses brennende, sehnsüchtige Verlangen, das mich wild durcheinander wirbelte, bis mir schwindelig wurde und ich von ihm berauscht war.

Fassungslos starrte ich ihn an und der Nebel in meinem Kopf begann sich zu lichten. Da stand er, in seiner ganzen Pracht, mit seiner muskulösen Brust und dem dunklen Haar, das sich über seine harten Bauchmuskeln verteilte. Aber ich war noch nicht fertig. Ich griff zwischen uns nach den Knöpfen seines Hosenschlitzes, öffnete sie blitzschnell und fuhr mit meiner Hand über die harte, heiße Kante seines Schwanzes.

Oh, ich war so am Arsch. Natürlich trug Donovan Ryan keine Unterwäsche. Die heiße, samtige Haut erwachte unter meiner Berührung zum Leben. Er war schon verdammt steif, aber als ich seinen Schwanz freigelegt hatte und meine Handfläche um ihn legte, um ihn leicht zu drücken, zischte sein Atem zwischen seinen Zähnen hervor und ein leises Knurren entwich seiner Kehle.

Auch sein Schwanz war wunderschön. Er war dick und lang und füllte meine Hand aus, als ich zu seinem Gesicht hinaufblickte. Er trat zurück und schob meine Hand sanft weg.

»Noch nicht«, murmelte er und umschloss sich selbst in einer Faust.

In mir kribbelte es und die Wände meines Kanals krampften sich zusammen, als ich sah, wie er seinen eigenen Schwanz umfasste. Ich wollte ihn. In mir. Es spielte keine Rolle, dass ich gerade vor Vergnügen fast den Verstand verloren hatte. Sein Anblick ließ das Verlangen in mir aufsteigen und durch meine Adern fließen.

»Noch nicht, was?«

Sein haselnussbrauner Blick hielt meinen fest und

seine Augen wurden schmal. »Manche Dinge hebt man sich besser für später auf.«

Ich wollte ihm widersprechen, aber noch bevor ich den Mund aufmachen konnte, trat er zwischen meine Knie und ließ seinen Blick an mir heruntergleiten. Im Eifer des Gefechts hatte er meine Hüften ganz nah an den Rand der Arbeitsfläche gezerrt. Meine Beine baumelten über die Kante und meine Pussy war direkt darauf, geschwollen, glitschig und feucht.

Er trat näher, schob die dicke Spitze seines Schwanzes durch meinen Spalt und neckte meinen Kitzler. Mit brennenden Sinnen schrie ich auf.

Aus weiter Ferne hörte ich mich betteln: »Bitte ...«

»Später«, murmelte er.

Er trat wieder näher und ließ die Unterseite seines Schwanzes über meine Pussy gleiten. Meine Säfte durchtränkten ihn. Ich war so glitschig nass, dass er mühelos hin und her rutschte.

Sofort stöhnte ich vor Verlangen und sehnte mich nach einer weiteren süßen Erlösung. Ich schaute zwischen uns hinunter. Er umfasste eine meiner Brüste mit seiner Handfläche und neckte meine Brustwarze, während sein Schwanz hin und her glitt und mich in den Wahnsinn trieb. Ich sah, wie ein Tropfen Sperma von seiner Schwanzspitze abperlte und sich mit meinen Säften vermischte.

Ich war außer mir, als meine Hüften sich ihm entgegenstreckten. Dann durchfuhr mich wieder die Lust, mein Geschlecht krampfte sich zusammen und verkrampfte sich. Ich sah zu, wie er noch einmal über mich glitt, bevor er mit einem leisen Stöhnen kam und auf meinen Bauch spritzte, während seine Finger in meine Brustwarze kniffen. Der subtile Schmerz war wie ein Ankerpunkt, während ich innerlich explodierte und in Einzelteile zerfiel.

Durch den dichten Nebel, der mich umgab, kam ich langsam wieder zu Bewusstsein. Ich fühlte mich, als würde ich aus einem Koma der Lust erwachen.

Ich fühlte mich plötzlich unwohl und hatte fast Angst, ihm in die Augen zu sehen. Normalerweise hatte ich mehr Kontrolle und konnte das Geschehen besser steuern. Bei ihm konnte ich nichts kontrollieren. Ich war viel zu nah an der Grenze zur Verwundbarkeit.

Ich befahl mir streng, kein Feigling zu sein, und hob langsam meinen Blick. Sein Blick bohrte sich in mich.

Es tat fast weh, ihn anzuschauen. Ich fühlte mich entblößt, innerlich und äußerlich vollkommen nackt. Mein ganzer Körper errötete. Als er mich ansah, wusste ich nicht, wie ich das, was ich in seinen Augen sah, deuten sollte. Es fühlte sich an, als würde er mit einem Blick eine Saite in mir zum Schwingen bringen, von der ich nicht einmal wusste, dass sie existierte.

Seine Hand lockerte langsam ihren Griff um meine Hüfte, und er trat zurück und murmelte etwas vor sich hin, während er sich umsah. Er griff nach etwas, und meine Augen folgten sofort der Beugung seiner Bauchmuskeln, als er sich streckte. Er schnappte sich das, was ich für sein T-Shirt hielt, von der Ecke der Arbeitsplatte. Schnell wischte er meinen Bauch und seinen Schwanz ab, bevor er seine Jeans zuknöpfte. Ich saß immer noch da, mein Höschen zur Seite geschoben und mein Rock zerknittert um meine Taille.

Ich fühlte mich regelrecht schmutzig. Ich hatte eine wilde Seite, auch wenn ich sie nicht oft auslebte. Das war das Verrückte an dieser Situation. Ich war seit drei Jahren mit niemandem außer Glen zusammen gewesen.

Ich zwang mich, mich zu bewegen, hob meine Hüften von der Arbeitsfläche und rutschte auf den Boden. Meine Stiefel schlugen mit einem lauten *Knall* in dem halbfertigen Raum auf dem Boden auf, während mein Rock um meine Hüften fiel und ich mein Höschen zurechtrückte. In diesem Moment wollte ich am liebsten neben Donovan ins Bett kriechen und mich in seine starke, schützende Umarmung hüllen. Aber das machte überhaupt keinen Sinn.

Nun, das war unangenehm.

Als ich aufblickte, blieben seine Augen an meinen hängen. Plötzlich kippte ich über die Kante der Verletzlichkeit – nackt und roh, innerlich und äußerlich. Alles in mir verlangte nach ihm, doch ich zwang mich, einen Schritt zurückzutreten, und mühte mir ein strahlendes Lächeln ab.

»Ich muss gehen. Ich bin sicher, wir sehen uns«, sagte ich schnell und drehte mich weg.

Als ich die Tür öffnete, wurde mir klar, dass ich wie eine Idiotin ausgesehen haben musste. Ich nahm all meinen Mut zusammen und drehte mich um, als ich versuchte, meine Bluse zuzuknöpfen, und merkte, dass sie noch offen hing.

Donovan stand vor mir, seine Hand ruhte auf der Kante der Arbeitsplatte, auf der er mich gerade in den Wahnsinn getrieben hatte. Seine Haut war feucht und schweißnass. Mein Blick glitt hinunter zu den tief eingekerbten Muskeln, die unter seinem Hosenbund verschwanden.

Im Nu raubte er mir wieder den Atem.

Meine Wangen waren heiß, als mein Blick wieder zu seinen Augen wanderte. Ich hatte keine Ahnung, was er dachte. Sein Blick war unergründlich.

Ich holte tief Luft und schenkte ihm dann ein weiteres Lächeln. »Das war mehr, als ich erwartet hatte«, sagte ich und versuchte, meinen Ton leicht und kokett zu halten. Er wusste ja nicht, dass er mir gerade die zwei besten Orgasmen meines Lebens beschert hatte.

Das war alles, was ich zustande brachte. Die Fassade des Mutes, die ich mir über die Schultern geworfen hatte, als ich meine Bluse zuknöpfte, war bereits am Bröckeln.

Mit einem Winken drehte ich mich wieder weg, schloss die Tür hinter mir und eilte die Treppe hinauf, wobei meine Stiefel laut auf jeder Stufe aufsetzten. Ich stürmte in meine Suite und knallte fast die Tür zu. Im letzten Moment fing ich sie auf und schloss sie leise ab. Nicht, weil ich Angst hatte, dass er reinkommen könnte. Vielmehr brauchte ich eine Art Barriere zwischen mir und meinem Bedürfnis, ihn aufzusuchen.

Denn innerlich brannte ich bereits. Schon wieder.

Die Ablenkung, die ich mir eigentlich gewünscht hatte, hatte sich als sehr gründlich erwiesen. Doch jetzt trudelte ich, als wäre ich in den Ozean geschleudert worden, und das Verlangen durchströmte mich so heftig, dass ich in seinem Sog gefangen war und mich kaum noch über Wasser halten konnte.

Ich lehnte mich gegen die Tür, mein Atem kam in kurzen Zügen und ich merkte erst spät, dass ich meine Handtasche unten vergessen hatte.

Fuck, fuck, fuck. Mein Kopf pochte gegen die Tür. *Was für eine Idiotin.*

Normalerweise war ich kein Feigling, aber im Moment konnte ich mich nicht dazu durchringen, wieder nach unten zu gehen und Donovan gegenüberzutreten. Ich stieß mich von der Tür ab und beschloss, zu warten, bis ich ihn nach oben kommen hörte, bevor ich auf Zehenspitzen nach unten schlich, um meine Handtasche zu holen.

Ich schlüpfte aus meinen Stiefeln und ging durch den Raum, um aus dem Fenster zu schauen. Janets B&B bot einen Blick auf die Main Street, die der schönste Teil der Innenstadt von Willow Brook war. Hübsche Schaufenster, bunte Blumen und fröhliche Farben zeugten von den Touristen, die in die Stadt strömten. Das Obergeschoss des B&B war hoch genug gelegen, um über die Gebäude auf der anderen Straßenseite hinweg auf den Schwanensee zu blicken.

Der Himmel wurde vom Sonnenlicht durchflutet, das noch nachwirkte. Mandarinenfarbene und violette Streifen schimmerten auf der Oberfläche des Sees. Es war spät und ich hätte müde sein müssen, aber ich war es nicht.

Ich war innerlich und äußerlich aufgewühlt. Nachdem Levi unabsichtlich einen wunden Punkt getroffen hatte, war ich verunsichert nach Hause gekommen, hatte einen Blick auf Donovan geworfen und gedacht, ich könnte mich in ihm verlieren.

Damit hatte ich auch recht gehabt. Doch ich hatte nicht mit den Auswirkungen gerechnet. Aber wie hätte ich auch wissen können, wie es sich anfühlen würde, so intim mit ihm zu sein?

Ich atmete tief durch und versuchte, den Nachhall meines Höhepunkts zu verdrängen. Mein Puls lief immer noch auf Hochtouren und brummte, nachdem mein Körper vor Lust zersprungen war. Zweimal.

Ich hörte Donovans Schritte auf der Treppe. Jeder Tritt auf dem Hartholzboden hallte nach. Mein Herz begann wieder zu rasen und beschleunigte sich, als ich darauf wartete, dass er die Tür öffnete und schloss.

Ich dachte, ich würde ihm ein paar Minuten Zeit lassen, bevor ich mich nach unten schlich, um meine Tasche zu suchen. Die Schritte kamen immer weiter, direkt zu meiner Tür. Es folgte ein leises Klopfen.

Ich überlegte, ob ich nicht öffnen sollte, denn ich vermutete, dass er meine Handtasche hatte. Ich war noch nicht bereit, ihm gegenüberzutreten, aber ich hielt es für das Beste. Ich musste lernen, mich gegen ihn und die Wirkung, die er auf mich hatte, zu wappnen. Mit einem tiefen Atemzug schritt ich zurück durch den Raum und schwang die Tür auf. Er war größer, als ich ihn in Erinnerung hatte, selbst wenn es nur ein paar Augenblicke her war. Mir fehlte die zusätzliche Höhe durch meine Cowboystiefel.

Ich stand da in meiner halb aufgeknöpften Bluse, meinem zerknitterten Rock und meinen Socken. Donovan begegnete meinem Blick und der Hauch eines Lächelns umspielte seine Lippen, was dazu führte, dass sich mein Bauch in einen freien Fall begab.

Seine Augen wanderten nach unten und sein Lächeln wurde noch breiter, als sein Blick zu mir zurückkehrte. Als ich an mir herunterschaute, bemerkte ich, dass ich zwei verschiedene Socken trug – eine leuchtend rosa mit Sternen und die andere neongrün mit Blitzen.

Ich mochte es, mich mit meinen Socken auszutoben. Als ich zu ihm zurückblickte, zuckte ich verlegen mit den Schultern. »Meine Socken passen nicht zusammen«, sagte ich und stellte das Offensichtliche fest.

»Nicht wirklich«, antwortete er mit einem Hauch von südländischem Tonfall, der mir das Herz aufgehen ließ. Gott, ich könnte ihm den ganzen Tag zuhören. Praktischerweise fuhr er für mich fort. »Du hast deine Handtasche unten vergessen.«

Er hob sie hoch, und ich streckte die Hand aus, um sie ihm abzunehmen, wobei meine Fingerspitzen seine Knöchel berührten. Schon dieser kleine Kontakt löste ein Kribbeln in mir aus.

Als ich ihm in die Augen schaute, war ich wie hypnotisiert von dem Farbenspiel aus Grün und Bernstein mit goldenen Flecken, das immer dunkler wurde, je länger ich seinen Blick festhielt.

»Wir sind noch nicht fertig miteinander.« Er strich mir eine lose Haarsträhne von der Wange und steckte sie mir hinters Ohr. »Gute Nacht, Süße.«

Er ließ seine Hand sinken und wandte sich ab. Ich stand einfach nur da und war fassungslos, als er durch den Flur und die Tür zu seiner Suite schritt und sie leise hinter sich schloss.

O. Mein. Gott.

Kapitel Dreizehn

DONOVAN

In der Ferne trieb Rauch über den Himmel. Fred, unser Pilot für diesen Nachmittag, sprach in sein Mikrofon-Headset und schaute dann zu Levi hinüber.

»Wir sind fast da«, hörte ich Fred über das gleichmäßige Hämmern der Rotorblätter sagen.

Wir waren auf dem Weg zu einem Feuer im westlichen Teil Alaskas. Ein Großteil Alaskas bestand aus der Region Interior. Das Gebiet, das wir ansteuerten, lag am Rande dieser Region, aber nicht ganz an der Küste – dort, wo der Fichtenwald allmählich in Tundra übergeht und der Wind über das trockene Land peitscht. Wir landeten etwa eine Flugstunde nördlich von Willow Brook.

Wir hatten dieses Jahr eine schwierige Feuersaison, aber es schien, als hätten wir bisher in jedem meiner Jahre hier eine schwierige Feuersaison gehabt. Die Feuersaison wurde überall im Westen immer schlimmer. Bevor ich hierherkam, hatte ich ein paar Jahre in Nordkalifornien gearbeitet, und dort war es genauso schlimm. Längere, heißere und trockenere Sommer führten zu mehr Bränden.

Der kleine Vorteil in Alaska war, dass es hier viel weniger Gebiete gab, in denen Menschen und Häuser geschützt werden mussten. Allerdings konnten die Brände schnell außer Kontrolle geraten, ohne dass jemand sie bemerkte. Da kleine Flugzeuge das ganze Jahr über den Himmel Alaskas überflogen, wurden Brände in unbesiedelten Gebieten meist aus der Luft bemerkt. Dieses Gebiet bestand hauptsächlich aus Wald - Tausende von Hektar, die größtenteils unbebaut waren und in denen es nur vereinzelt Jagdhütten und Lodges gab. Wir mussten das Feuer unter Kontrolle bringen, bevor es sich zu einem größeren Brand ausweitete und ein paar nahe gelegene Gemeinden bedrohte.

Innerhalb weniger Minuten landete Fred den Hubschrauber im Hauptquartier des Löschteams. Willow Brook Fire & Rescue war Basis für zwei Hotshot-Teams und ein örtliches Team. In dieser Crew teilte ich mir die Aufgaben des Vorarbeiters mit Levi. Cade Masters war der Einsatzleiter unserer Mannschaft. Er war bereits am Vortag eingeflogen worden.

Insgesamt waren wir fünfundzwanzig Leute vor Ort. Natürlich kamen wir nicht alle zur gleichen Zeit an. Die Hälfte der Crew kam gestern, der Rest heute. Am Rande des Brandes gab es mehrere Lager. Ich half Fred, die Ausrüstung unter dem Hubschrauber auszuladen. Er grinste mich an und zwinkerte mir zu, als ich mich abwandte. Fred beförderte unsere Crews oft durch Alaska. Sein wettergegerbtes Gesicht begrüßte uns meist nach ein paar Wochen zermürbender Arbeit.

Wir meldeten uns am Sammelpunkt an, wo eine Crew aus Fairbanks gerade eine Schicht beendete. Cade war damit beschäftigt, sich mit ihrem Einsatzleiter zu besprechen. Ich warf einen Blick auf Levi, der mit dem Kinn auf die Ausrüstung auf dem Boden deutete. Mit ein paar Aufrufen trommelten wir die Mannschaft zusammen und machten uns bereit.

Ich stützte eine Hand auf meine Hüfte, als ich ein paar Minuten später eine Flasche Wasser leerte, und blickte in die Ferne, wo die Flammen hoch am Himmel züngelten und Bäume umstürzten. Wir waren dabei, uns in zwei Gruppen aufzuteilen, um verschiedene Gebiete zu bearbeiten, Feuerschneisen zu schlagen und die Landschaft zu unserem Vorteil zu nutzen.

Ich freute mich auf die Arbeit, schon allein deshalb, weil ich in den letzten Tagen verdammt abgelenkt gewesen war. In dem Moment, als ich mitbekam, dass Jasmine gegenüber von mir eingezogen war, löste sich jede geistige Ausgeglichenheit in Luft auf. Ich war definitiv die Motte, sie war die Flamme. Es war mir scheißegal, ob ich mich verbrannte oder nicht.

Letzte Nacht hatte es mich all meine Disziplin gekostet, mich nicht in ihr zu versenken. Aber aus irgendeinem verdammten Grund war ich entschlossen, das zu verhindern. Ich konnte nicht aufhören, daran zu denken, wie sich ihre Spalte um meine Finger krampfte und wie ihr Gesicht aussah, als sie explodierte.

Es war verrückt, etwas mit ihr anfangen zu wollen. Levi würde mir den Kopf abreißen, wenn er wüsste, welche Gedanken ich über seine Schwester hatte. Nun, es waren nicht mehr nur Gedanken. Und genau wie ich gestern Abend gesagt hatte, waren wir noch nicht fertig miteinander. Das wollte ich auch gar nicht.

Ich erinnerte mich an die Röte auf ihren Wangen, als sie die Tür geöffnet hatte, ihr Haar wild um die Schultern gewickelt. Ihre Bluse war nur halb zugeknöpft und die süße Wölbung einer ihrer Brüste war zu sehen.

Ich redete mir ein, dass es nur Lust war – rohe, primitive Lust. Doch in einem kleinen Winkel meines Geistes konnte ich den verletzlichen Blick in ihren Augen nicht vergessen. Am liebsten hätte ich sie fest in meine Arme genommen und ihr gezeigt, dass sie mir gehört.

Genau das war das Problem. Wenn es um Jasmine ging, dachte ich verrückte Dinge.

Jemand rief meinen Namen und ich schaute zu Levi hinüber, der nach mir winkte. Mit einem kräftigen mentalen Kopfschütteln joggte ich zu ihm hinüber.

»Können wir?«, fragte ich.

»Ja. Wie besprochen, nimmst du die Hälfte der Mannschaft mit auf die andere Seite«, antwortete er und deutete auf die Bäume.

Ich blickte hinüber und überprüfte die Gegend. Die Bäume waren noch grün und noch nicht verbrannt. Das Land fiel zu einer felsigen Steilküste ab. Angeblich gab es auf der anderen Seite der Klippe einen Bach. Ich würde mit der Hälfte des Teams eine breite Feuerschneise bis zum Bach anlegen und diese dann zu unserem Vorteil nutzen.

In der Zwischenzeit würde Levi mit der anderen Hälfte der Mannschaft einer Schlucht auf der anderen Seite des Feuers folgen, um eine weitere Feuerschneise zu schlagen. Wir schlossen an die Arbeit der Fairbanks-Crew an. Sie waren seit zwei Wochen im Einsatz und waren dabei, abzuziehen, erschöpft und müde. Das Feuer brannte im Kern heftig, der im Moment noch meilenweit von hier entfernt lag.

»Verstanden«, antwortete ich.

Levi fuhr sich seufzend mit einer Hand durch die

Haare. »Hoffen wir, dass wir gegen den Wind ankommen«, sagte er, als er sich abwandte.

Als Feuerwehrmann war der Wind normalerweise dein Feind. Sauerstoff war Treibstoff für Brände. Egal, aus welcher Richtung der Wind wehte, er fachte die Flammen an.

Heute Nachmittag und in den nächsten Tagen sollte es eigentlich ruhig sein, aber dann kündigte der Wetterbericht ein paar Stürme an. Stürme würden den benötigten Regen bringen, aber wir hofften auf wenig Wind.

Jasmine war vorübergehend aus meinen Gedanken verschwunden, eine willkommene Erleichterung für den Moment. Ich trommelte meine Hälfte der Mannschaft zusammen und wir machten uns mit der Ausrüstung auf dem Rücken auf den Weg in das unwegsame Gelände.

Das Anlegen der Feuerschneise war eine anstrengende Arbeit, und ich war froh über alles, was mich ablenken würde. Jasmine hatte ein paar Steine in der Mauer, die ich um mein Herz gebaut hatte, aus dem Weg geräumt. Sie hatte alte Erinnerungen wachgerüttelt, die ich lieber in der Vergangenheit lassen wollte.

Selbst als ich mich nachts unter dem Sternenhimmel in die schwere Arbeit stürzte, schwirrte Jasmine durch meine Gedanken.

Ich versuchte mir immer wieder einzureden, dass es nur daran lag, dass sie so verdammt schön war und die Anziehung zwischen uns so heiß brannte. Doch die Erinnerungen, die sie wachgerufen hatte, erzählten mir eine andere Geschichte. Sie verrieten mir, dass sie die einzige Frau seit Jahren war, bei der ich mich nach mehr als nur einer flüchtigen Begegnung sehnte.

Eines späten Nachmittags, in unserer zweiten Woche an diesem Brand, arbeitete ich mit der

Kettensäge, um das dichte Gestrüpp zu entfernen. Wir hatten eine Feuerschneise von fast einer halben Meile Breite geschaffen, die sich meilenweit am Rande der Bäume entlang zog. Wir folgten dem Bach, der breiter wurde und sich mit einem Fluss kreuzte.

»Donovan!«, rief Levi.

Ich warf einen Blick über meine Schulter, ließ die Kupplung der Kettensäge los und legte den Schalter um, um sie auszuschalten. Ich stellte sie vorsichtig ab und schnappte mir eine Wasserflasche vom Boden, die ich zügig leerte.

»Was gibt's?«, rief ich ihm entgegen.

Levi und ich näherten uns einander und trafen uns auf halbem Weg zwischen den umgestürzten Bäumen. Das Geräusch von Äxten und Kettensägen summte um uns herum weiter. Levi sah müde aus, genau wie ich mich fühlte.

Er strich sich mit dem Ärmel über das Gesicht, zog seine schweren Arbeitshandschuhe aus und klopfte sie seitlich an sein Bein. »Ich habe gerade den Funkspruch von Cade erhalten. Morgen zieht Regen auf, also sollten wir ausfliegen können. Wir haben das Feuer auf der anderen Seite gut im Griff«, erklärte er.

Ich nickte und strich mir mit dem Ärmel über die Stirn. Der Schweiß rann mir in einem Rinnsal den Rücken hinunter. »Guter Deal. Wie weit wollen wir heute kommen, bevor wir die Jungs ausruhen lassen?«

Levi zeigte ein müdes Grinsen. »Ich bin so verdammt müde, dass ich am liebsten sofort aufhören würde. Aber wir haben noch einige Stunden Tageslicht zur Verfügung. Ich sage, wir machen weiter bis zum Fluss. Was hältst du davon?«

»Ganz deiner Meinung«, antwortete ich.

»Gut. Dann haben wir genug Zeit, um zu Abend zu

essen und vielleicht den halben Weg zurück zum Hauptlager zu laufen«, antwortete er.

Wir unterhielten uns noch ein paar Minuten, bevor wir uns wieder trennten, um uns bei der Mannschaft zu melden und die Aufgaben für den Nachmittag zu verteilen. Immer wenn man wusste, dass der Einsatz bald zu Ende war, strengte man sich noch mehr an. Der Beruf des Feuerwehrmanns war einer der körperlich anstrengendsten Jobs der Welt. Die Männer und Frauen, die ihn ausübten, setzten neue Maßstäbe in Sachen Hingabe.

Während ich mich in den Nachmittag stürzte, erinnerte ich mich an eine andere Zeit, die nur wenige Jahre zurücklag. Ich liebte meine Crew hier, liebte die Kameradschaft, die Ehrenhaftigkeit und das Vertrauen. Ich vertraute jeder einzelnen Person in dieser Crew mein Leben an.

Damals in Georgia wuchsen mein bester Kumpel Bill und ich zusammen auf. Wir wollten beide das Gleiche, als wir anfingen, bei der örtlichen Feuerwehr zu arbeiten. Wir verließen Georgia, um in Kalifornien gemeinsam eine Ausbildung zum Hotshot zu machen. Genau wie meiner Crew jetzt hatte ich Bill mein Leben anvertraut. Allein der Gedanke an ihn verursachte einen bitteren Nachgeschmack in meiner Kehle. Es gibt verschiedene Arten von Vertrauen. Ich nahm immer noch an, dass Bill mir in einer Situation, in der es um Leben und Tod ging, zur Seite stehen würde.

Doch er hatte mein Vertrauen in ihn persönlich zerstört.

Wir waren zusammen aufs College gegangen, wie so viele andere Freunde auch. Ich wusste nicht einmal, warum ich aufs College ging, da ich genau wusste, was ich machen wollte. Aber ich hatte es getan, weil ich dachte, ich müsse es tun. Ich hatte mich in Katie Sharp verliebt, oder sie zumindest begehrt, oder so ähnlich. Sie war genau so, wie ich es mir vorgestellt hatte – verdammt mutig, schön und klug. Sie hat sich im Hinterland nichts gefallen lassen. Sie war zwar keine Feuerwehrfrau, aber dieses Leben war auch nur etwas für die Wenigsten.

Wir waren auf dem College drei Jahre lang zusammen und ich habe sie später gebeten, mich zu heiraten. Weil ich ein verdammter Idiot war und das Offensichtliche nicht erkannt hatte, kam ich eines Abends nach Hause, in die Wohnung, die ich mit ihr teilte, und die Wahrheit klatschte mir ins Gesicht.

Bill und ich waren beide Feuerwehrmänner. Als wir nach Kalifornien gezogen waren, war Katie mit mir gekommen. Nach unserer Ausbildung nahmen wir Jobs in verschiedenen Teams an, weil sie gerade verfügbar waren. Nach einem einwöchigen Einsatz bei einem Feuer in Arizona war ich einen Tag früher nach Hause gekommen. Als ich müde zu Hause ankam und mir nichts sehnlicher wünschte als eine Dusche und eine Nacht mit Katie, fand ich sie stattdessen in unserer Küche, wo sie Bill einen blies.

Bis heute bin ich mir nicht sicher, was schlimmer war. Der Verrat war sehr verworren. Mein jahrelanger bester Freund hatte sich zu diesem Zeitpunkt schon seit Monaten hinter meinem Rücken mit meiner Freundin getroffen. Zumindest fand ich das heraus, nachdem ich mich umgehört hatte. Ich hatte Katie nicht mehr gesehen, seit ich sie mit ihren Lippen an Bills Schwanz vorgefunden hatte. Das vorletzte Mal, dass ich mit Bill gesprochen hatte, war, als ich ihn rausgezerrt und verprügelt hatte, während seine Jeans noch um seine Hüften hing.

Das Krasse daran? Es war schon schlimm genug,

dass mein bester Freund mit meiner Freundin herumgevögelt hatte, aber er versuchte, es wiedergutzumachen und mich anzurufen und zu *reden*. Ich schätze, er fühlte sich am Ende schuldig. Zu dem Zeitpunkt war das aber vollkommen egal. Jedenfalls für mich. Freunde taten sich so etwas nicht an. Doch in letzter Zeit waren die Wut und die Verbitterung verflogen. Ich vermisste Bill. Ich vermisste den verdammten Freund, der mich verraten hatte.

Seitdem war ich nicht mehr auf der Suche nach Liebe. Ich hatte sogar beschlossen, dass ich ohne sie besser dran war. Nachdem ich jahrelang dafür aufgezogen worden war, dass ich so jung schon sesshaft werden wollte, hatte ich einen ganz anderen Weg eingeschlagen, und das funktionierte ganz gut. Ich hatte noch keine Frau getroffen, bei der ich mehr wollte als nur ein paar Nächte im Bett.

Jasmine war anders. Vielleicht lag es daran, dass sie so verdammt sexy war, aber allein ihr Anblick ließ meinen Schwanz schmerzen. Ihr Anblick veranlasste mich dazu, nicht über meine Bitterkeit nachzudenken.

Unruhig und genervt von der Tatsache, dass meine Gedanken in eine Richtung gingen, die sie seit Jahren nicht mehr eingeschlagen hatten, schob ich das Gefühl der Bitterkeit beiseite. Jasmine, die schöne, sexy Jasmine, hatte die Fäden an den zerfledderten Rändern meines Herzens gelöst.

Ich glaubte nicht einmal, dass sie sich darum bemüht hatte. Aus ihrer Bemerkung über ihren Ex wusste ich, dass sie mit Verrat bestens vertraut war. Ich wusste nur, dass ich nie wieder dieses verletzliche Flackern in den Tiefen ihrer Augen sehen wollte. Ich wollte es aushalten, damit sie es nicht tun musste.

Stunden später konnte ich mich endlich von Jasmine losreißen. Dazu musste mir zwar fast ein

Baum auf den Kopf fallen, aber was soll's? Was auch immer nötig war.

An jenem Abend im endlosen Sonnenuntergang in Alaska machten die Jungs und ich es uns auf dem Boden bequem. Kein Lagerfeuer für uns. Trotzdem aßen und lachten wir. Eine Weile später lag ich auf dem Rücken und starrte in den Himmel. Es war weit nach Mitternacht und die Dunkelheit brach endlich herein. Die Sterne funkelten am Himmel, der Mond ging zur Seite hin auf und in der Ferne roch es nach Rauch.

Jasmine drängte sich wieder einmal in meine Gedanken. Ich schlief ein und sehnte mich nach dem Gefühl, sie an mir zu spüren.

Kapitel Vierzehn

JASMINE

Als ich mein Auto angehalten hatte, suchte ich die Gegend ab. Die Midnight Sun Arts Galerie befand sich an einer Promenade am felsigen Strand, zusammen mit einer Reihe anderer Geschäfte. Die Kachemak Bay glitzerte in der Sonne gleich hinter der Promenade. Über der Bucht ragten Berge auf und in der Ferne leuchtete ein Gletscher in einem unwirklichen Blau. Mount Augustine, ein Vulkan, der jenseits der Bucht Wache hielt, prägte die Aussicht. Als ich aus dem Auto stieg, wehte eine salzige Brise und kräuselte die Wasseroberfläche. Ich atmete tief durch, nahm meinen Mut zusammen und ging die Stufen zur Uferpromenade hinauf.

Diamond Creek lag ein paar Stunden südlich von Willow Brook an der Küste der Kachemak Bay. Wie Willow Brook war auch diese kleine Stadt in den Sommermonaten ein Touristenmagnet. Als ich die Galerie betrat, schaute ich mich um und nahm die hohe Decke, das helle Licht und die cremefarbenen Wände in Augenschein. Die Kunstwerke hingen auf allen verfügbaren Flächen und waren überall in der Galerie verteilt.

Ich schlängelte mich durch den Raum, atmete tief ein und ließ einen Seufzer los. Ich liebte es, von Kunst umgeben zu sein.

»Hallo«, rief eine Stimme, als die Schritte auf dem Hartholzboden widerhallten. »Kann ich Ihnen helfen?«

Eine Frau umrundete eine der Vitrinen und trat in mein Blickfeld. Sie hatte kurzes dunkles Haar, das ihr in die Stirn fiel. Es war struppig geschnitten und hatte auf der einen Seite einen rosa und auf der anderen einen violetten Schopf. Sie war etwa mittelgroß und hatte eine kurvige Figur. Sie trug eine weite lila Baumwollbluse über einem schwarzen Rock, der ihr bis zu den Knien reichte. Cowboystiefel und klobiger Silberschmuck vervollständigten ihr Ensemble. Sie war wunderschön.

In dem Moment, als sie mich sah, lächelte sie. »Oh, bist du Jasmine?«

»Bist du Risa?«, fragte ich mit einem Lächeln zurück. Denn wenn sie wusste, wer ich war, musste sie wohl Risa sein.

»Ich bin definitiv Risa. Schön, dich kennenzulernen«, sagte sie, schritt schnell auf mich zu und hielt mir ihre Hand hin.

Ihr Händedruck war fest. Sie tappte zurück, ihr Lächeln war warm und ihre Augen leuchteten. »Ich bin so froh, dass du gekommen bist, und wenn du ein paar Minuten warten musstest, tut es mir leid. Ich war mit einem Telefonat im Hinterzimmer beschäftigt.«

Es befanden sich noch andere Kunden im Raum. Sie lehnte sich näher heran und senkte ihre Stimme. »Was dagegen, wenn ich mich kurz um ein paar Kunden kümmere? Danach können wir uns gerne hinten unterhalten. In ein paar Minuten kommt jemand anderes, der den vorderen Bereich abdecken wird.«

»Natürlich. Ich schaue mich mal um.«

»Mach das«, sagte sie mit einem kleinen Winken, bevor sie durch den Raum schritt.

Risa Thomas war Mitinhaberin von Midnight Sun Arts in Diamond Creek. Amelia, Lucys beste Freundin, hatte sie durch Risas Freundschaft mit Amelias älterem Bruder Quinn, der zufällig hier in Diamond Creek wohnte, mit mir in Kontakt gebracht. Ich kannte Quinn, aber ich hatte ihn seit Jahren nicht mehr gesehen. Er war ein paar Jahrgänge über mir, als ich in der Highschool war, gerade alt genug, um ihn nicht wirklich gut zu kennen.

Ich hatte schon überlegt, Risa anzurufen, aber sie kam mir zuvor. Sie schickte mir neulich eine E-Mail und bat mich, in der Galerie vorbeizuschauen. Sie war auf der Suche nach weiteren Töpferwaren für diese Galerie und auch für einige andere Galerien, die sie mit ihren Partnern betrieb.

Midnight Sun Arts in Anchorage war eine der meistbesuchten Galerien dort. Ich hätte mich nicht getraut, sie anzusprechen. Obwohl ich in San Francisco in die Kunstwelt involviert war, was eigentlich viel einschüchternder hätte sein müssen, hatte ich dort ein paar Kontakte, da ich an einem der lokalen Kunstprogramme teilgenommen hatte.

In Alaska hatte ich keine solchen Kontakte, und Selbstvertrauen war nicht meine Stärke, wenn es darum ging, mich als Künstlerin zu etablieren. Ich schlenderte langsam durch die Galerie. Risa hatte eine hervorragende Auswahl an Gemälden, Fotografien, Töpferwaren, Schmuck, Holzschnitzereien und vielem mehr. Die Preise waren höher, als ich es in dieser Gegend erwartet hätte, aber ich hatte keinen wirklichen Überblick über den lokalen Kunstmarkt.

Ich hatte Risa einen Link zu meiner Website gemailt, auf der Fotos von Töpferwaren zu sehen waren, die ich auf Ausstellungen und in Galerien in San Francisco verkauft hatte. Ich war nervös und ich hasste dieses Gefühl. Gerade als ich anfing zu denken, dass die Kunst, die sie hier ausstellte, zu edel für meine Arbeit war, kam ich um die Ecke und fand eine äußerst charmante und skurrile Sammlung von bemalten Möbeln. Das war genau das Richtige für mich. Meine Töpferwaren waren eher von der verspielten Sorte.

Risas Stimme erklang wieder, als sie um die Ecke bog. »Da bist du ja!« Ich drehte mich um und sah ihr warmes Lächeln vor mir. »Komm schon. Wir können jetzt eigentlich nach hinten gehen. Meine Nachmittagshilfe ist gerade gekommen.«

Ich folgte ihr durch die Auslagen nach hinten. Sie hielt inne und stellte mir ein freundliches Mädchen namens Kayla vor, bevor sie mich um den Tresen herum und durch eine Hintertür in einen Flur führte. Wir traten in ein kleines Büro und mein Blick fiel sofort auf das Fenster, das einen atemberaubenden Blick auf die Bucht bot.

Ihre Galerie lag direkt an der Küste in der Nähe des Otter Cove Harbor. Abgesehen davon, dass sie den ganzen Tag von Kunstwerken umgeben war, hatte sie auch noch eine spektakuläre Aussicht. Die Kachemak Bay erstreckte sich vor uns. Möwen flatterten und kreischten am Rande des Wassers.

»Setz dich«, sagte Risa und wies auf einen kleinen runden Tisch. »Willst du einen Kaffee?«

»Gern«, sagte ich.

Sie trat an einen kleinen Tresen und füllte schnell zwei Tassen. Ich hörte das ferne Summen eines Geräts, aber ich wusste nicht, was es war. Als sie an den Tisch zurückkehrte, nahm sie einen Schluck und streckte ihre Beine aus. Sie strich sich die Haare aus der Stirn und neigte dann den Kopf zur Seite.

»Also, wie ich schon in meiner E-Mail geschrieben habe, habe ich deine Arbeit bereits online gesehen. Ich würde sie gerne in unseren Galerien ausstellen. Wir haben diese Galerie und weitere in Anchorage, Juneau und Fairbanks. Wir verkaufen eine Menge. Ich weiß, dass du mich wahrscheinlich für verrückt halten wirst, aber ich könnte mir gut vorstellen, dass wir mit all unseren Galerien alle zwei Wochen eine Bestellung von dir brauchen würden. Meine einzige Sorge im Moment ist, ob du einen Ort hast, an dem du arbeiten kannst. Ich weiß, dass du in San Francisco gelebt hast und gerade nach Alaska zurückgekehrt bist.«

Ich war so sehr damit beschäftigt, mein Gehirn zu sortieren und mich zu orientieren, dass ich kaum mitbekam, was sie sagte. Wenn sie meinte, was sie sagte, hätte ich im Grunde einen Vollzeitjob als Töpferin mit Verkauf. Das wäre mehr als genug, um mich über Wasser zu halten.

Sie musste meine Überraschung gespürt haben, denn sie lachte leise. »Ich habe dir doch gesagt, dass wir viel zu tun haben. Hier ist es anders als in den Städten. Ich meine, wahrscheinlich wird in San Francisco an einem Tag wesentlich umsatzstärker verkauft als bei uns. Aber Touristen lieben es, Dinge zu kaufen, nur um behaupten zu können, dass sie sie hier gekauft haben. Einheimische Künstler werden bevorzugt, und das ist eine ganz andere Art von Kundschaft. Du bist in Alaska geboren und aufge-wachsen. Deine Arbeit ist schön, lustig und praktisch. Vertrau mir, ich kann sowas verdammt gut verkaufen.«

Ich begegnete Risas warmem Blick und spürte, wie ich nickte. Ich konnte ihr Angebot nicht ganz glauben und war darauf vorbereitet, dass es nicht zustande kommen würde. Sie schien zuversichtlich zu sein, aber bei mir lief immer etwas schief. Aber ich war nicht dumm, und ich wollte das hier. So sehr. Ich wusste, dass ich mir genau überlegen musste, wie und wo ich ein Studio einrichten wollte, aber ich würde es auf jeden Fall durchziehen.

Als ich nickte, klatschte sie in die Hände. »Perfekt. Wir brauchen wirklich mehr Töpferwaren. Die Leute lieben sie, weil sie nicht nur schön sind, sondern auch nützlich. Die Möbel, die du dir da draußen angesehen hast?« Als ich nickte, fuhr sie fort: »Die verkaufen wir wie verrückt. Sie sind wild und flippig und genau wie die Töpferwaren sind sie auch praktisch. Als ich deine Sachen online gesehen habe, musste ich an diese Möbel denken. Es ist eine ganz andere Art von Kunst, aber sie hat die gleiche skurrile Ausstrahlung.«

»Das habe ich auch gedacht, als ich es gesehen habe«, fügte ich hinzu und ein Lächeln umspielte meine Mundwinkel. Freude schwirrte in mir. Nach allem, was im letzten Monat passiert war, fühlte ich mich ins Leben zurückkatapultiert. Das war etwas Positives, etwas, an dem ich mich festhalten konnte.

»Komm schon«, sagte Risa. »Ich bringe dich nach oben. Dann kannst du Jessa kennenlernen. Sie ist diejenige, die all diese Möbel baut. Sie wohnt hier in Diamond Creek und hat einen Raum im oberen Stockwerk gemietet. Ich male gerne, aber ich bin nicht sehr künstlerisch. Ich mache Schilder und andere Sachen für alle unsere Galerien. Im Moment sind nur

Jessa und ich da oben. Ich lasse die anderen beiden Zimmer renovieren.«

Ich folgte ihr den Flur hinunter und die Treppe hinauf in einen weiteren Flur mit zwei Türen auf jeder Seite. Das entfernte Brummen, das ich vorhin gehört hatte, wurde stärker und ich nahm an, dass es sich um die Renovierungsarbeiten handelte, die sie erwähnt hatte.

Risa zeigte mir schnell ihren Raum, in dem ein Arbeitstisch stand und überall Farben und Poster verstreut waren. Schnell schaute sie nebenan nach, aber sie musste feststellen, dass Jessa nicht da war. Allein der Blick in den Raum ließ mein Herz höherschlagen. Die Farbe war überall auf den schweren Stoff getropft, der auf dem Boden drapiert war, und die unfertigen Möbelstücke lagen verstreut herum.

»Vielleicht kannst du sie kennenlernen, wenn du wieder mal hier bist«, sagte Risa, als sie sich abwandte.

Während sie sprach, wurde das Brummen in einem Raum auf der anderen Seite des Flurs leiser. Sie hielt an der Tür inne, um sie zu öffnen und rief: »Hey, wie läuft's denn hier?«

Als sich die Tür öffnete, wehte eine dicke Staubwolke in den Flur und traf mich mitten ins Gesicht.

»Oh!«

Ich nieste, und dann noch einmal und noch einmal und noch einmal, während ich versuchte, zu Atem zu kommen. Es war zu viel. Innerhalb von Sekunden steckte ich mitten in einem Asthmaanfall.

Risa schien schnell zu begreifen, was los war, knallte die Tür zu und entschuldigte sich ausgiebig, während sie mich den Flur hinunterschob. Keuchend und röchelnd bekam ich kaum noch Luft, sodass sie mich quasi im Schlepptau mit sich zog. Sie brachte mich die Treppe hinunter und in ihr Büro. Ich hörte sie undeutlich fragen, ob ich einen Inhalator hätte. Ich versuchte, in meiner Handtasche herumzufummeln, aber sie nahm sie mir ab, holte schnell den Inhalator heraus und reichte ihn mir.

Ein paar Minuten später hatte ich meinen Atem wieder.

»Es tut mir so leid. Ich habe gar nicht nachgedacht. So viel Staub löst das normalerweise bei mir aus.«

»Du brauchst dich nicht zu entschuldigen«, sagte Risa und drückte meine Hand. »Ich bin die Idiotin, die beschlossen hat, die Tür zu öffnen, während sie die Rigipsplatten abschleifen."

»Du konntest nicht wissen, dass ich Asthma habe«, sagte ich und holte langsam und gleichmäßig Luft. Es war schwer in Worte zu fassen, wie gut es sich anfühlte zu atmen, wenn man das Gefühl kannte, es nicht zu können.

»Brauchst du noch mehr davon?«, fragte sie und deutete auf den Inhalator, den ich in meiner Faust hielt.

Nach einem weiteren Zug des Inhalators fühlte sich meine Lunge befreit an. Mit einem Seufzer lehnte ich mich im Stuhl zurück. »Asthma ist echt nervig.«

»Wie gehst du damit um, wenn du töpferst?«, fragte sie.

»Na ja, da gibt es nicht allzu viel Staub, wenn ich das richtig mache. Ich liebe es. Ich hatte mein Atelier in San Francisco mit einem Luftfiltersystem ausgestattet. Ich bin sicher, dass ich das auch in Willow Brook einrichten kann.«

In dem Moment, als ich das sagte, musste ich an Donovan denken, der mit nacktem Oberkörper unten in Janets B&B arbeitete. So schlecht stand es um mich, wenn es um Donovan ging. Eine beiläufige Bemerkung ließ meine Gedanken in seine Richtung kreisen. Ich zwang mich, meine Aufmerksamkeit wegzulenken.

Es klopfte an der Tür. Risa schaute rüber und rief: »Herein.«

Ein Polizeibeamter trat durch die Tür. Als Risas Blick auf ihm landete, wurde ihr Lächeln breiter. Sie stand auf und lief an seine Seite. Der Polizist beugte sich zu ihr herunter und küsste sie kurz auf die Lippen.

»Ich hatte einen Einsatz hier in der Nähe und dachte, ich schaue kurz vorbei, bevor ich zum Revier zurückfahre«, erklärte der Polizist.

Risa schob ihren Ellbogen durch seinen und fing meinen Blick auf. »Das ist mein Mann, Darren. Liebling«, sagte sie und gestikulierte zwischen uns, »das ist Jasmine Phillips. Quinns Schwester hat mich ihretwegen angerufen. Ich versuche, sie dazu zu bringen, mir all ihre Töpferwaren zu überlassen.«

Darren grinste in meine Richtung. »Freut mich, dich kennenzulernen. Lass dich von ihr nicht zu sehr unter Druck setzen, sonst krallt sie sich tatsächlich alle deine Töpferwaren. Sie wollte neulich gar nicht mehr aufhören, darüber zu reden.«

Risa stupste ihn mit ihrem Ellbogen an. »Ich liebe es, neue Sachen zu finden«, sagte sie mit einem verlegenen Grinsen.

Sie passten gut zueinander. Risa war wunderschön, und Darren sah mit seinen dunkelbraunen Haaren und Augen gut aus.

»Ich muss los, Babe«, sagte er. »Ich wollte nur kurz vorbeischauen.«

Risa drehte sich mit ihm zur Tür. Er neigte wieder den Kopf und drückte ihr einen Kuss auf die Seite ihres Halses. Es war eher unschuldig, aber die Intimität zwischen ihnen war so stark, dass ich das Gefühl hatte, zu stören. Sie liebten sich eindeutig. Das war es, was ich wollte. Aus heiterem Himmel spannte sich meine Brust vor Erregung an. Ich zwang meinen Blick von ihnen weg und stand auf, um zum Fenster zu gehen.

»Ist diese Aussicht nicht einfach lächerlich schön?«, fragte Risa über meine Schulter hinweg.

Als ich mich umdrehte, lächelte ich und zwang mich, nicht über das persönliche Chaos in meinem Leben nachzudenken. Irgendwie hatte mich mein Asthmaanfall aus dem Gleichgewicht gebracht und mich daran erinnert, wie ungewiss alles in meinem Leben war. »Das ist sie. Meine Eltern brachten uns im Sommer manchmal hierher. Es ist so schön. Wie auch immer, ich sollte gehen. Ich will zurück in Willow Brook sein, bevor es zu spät wird.«

»Du rufst mich doch an, sobald du denkst, uns beliefern zu können, oder?«, hakte Risa nach.

Es fühlte sich immer noch nicht ganz real an, dass sie meine Töpferwaren verkaufen wollte. »Bist du sicher?«, fragte ich.

»Natürlich bin ich mir sicher! Sobald du eine Bestandsaufnahme gemacht hast, sagst du mir Bescheid und wir klären, wie viel wir pro Woche brauchen. Meine Partner in Anchorage können sich auch jederzeit mit dir treffen. Ich werde erst in ein paar Monaten wieder dort sein, deshalb hatte ich gehofft, du könntest hierherkommen. Danke, dass du den Weg auf dich genommen hast«, sagte sie mit einem weiteren warmen Lächeln.

Die Anspannung, die sich in mir aufgestaut hatte, löste sich ein wenig. »Ich bin froh, dass ich herge-kommen bin. Ich muss sagen, dein Enthusiasmus ist ein wenig überraschend. Ich mag meine Arbeit, aber

...« Meine Worte gerieten ins Stocken, weil ich nicht sicher war, was ich sagen wollte.

»Ich kann mir gar nicht vorstellen, wie es ist, Kunst in einer Stadt wie San Francisco zu verkaufen«, sagte sie. »Wir haben eine Galerie in Seattle eröffnet und ich fahre vielleicht einmal im Jahr dorthin. Das ist etwas ganz anderes. Ich liebe Kunst, aber ich mag die Überheblichkeit nicht, die sie manchmal mit sich bringt.«

»So kann man es auch ausdrücken«, sagte ich lachend. »Wie auch immer, ich werde dir eine E-Mail schreiben oder dich anrufen. Mein Ziel ist es, hoffentlich in den nächsten Wochen einen Studioraum zu finden.«

»Bist du sicher, dass du fahren kannst?«, fragte sie, als ich meinen Inhalator zurück in meine Handtasche steckte und mir die Tasche über die Schulter hängte.

»Oh, mir geht's gut. Glaub mir. Das war auf keinen Fall der schlimmste Asthmaanfall, den ich je hatte. Er hat mich nur überrumpelt.«

Risa kam auf mich zu und umarmte mich kurz. »Wir werden Freundinnen. Ich weiß es einfach. Du bist zwar nicht hier unten in Diamond Creek, aber durch deine Töpferei werden wir viel in Kontakt sein. Wenn du irgendetwas brauchst, lass es mich einfach wissen.«

JASMINE

Als ich am späten Nachmittag nach Hause fuhr, fühlte ich mich ein wenig aus dem Konzept gebracht. Zwischen Risa, die mir diese unglaubliche Chance in den Schoß gelegt hatte, und meinem unerwarteten Asthmaanfall fühlte ich mich einfach etwas neben der Spur.

Asthma war ein Teil meines Lebens, seit ich ein kleines Mädchen war. Ich hatte es gehasst. Als ich klein war, hatte ich ein paar zu viele schlimme Asthmaanfälle gehabt. Ich dachte nicht gerne darüber nach, aber mein Asthma hatte einen Teil dazu beigetragen, einen Keil zwischen Levi und mich zu treiben, als wir jünger waren. Levi war vier Jahre älter als ich und ließ mich nur gelegentlich mit ihm mitgehen.

Einmal hatte ich meinen Inhalator vergessen, als wir in der Nähe wandern waren, nicht lange, nachdem wir nach Willow Brook gezogen waren. Es war ein ganz normaler Sommertag in Alaska. Wir waren am Schwanensee, aber auf der anderen Seite davon. Als ich merkte, dass ich meinen Inhalator nicht dabei hatte, wusste ich, dass ich Levi hätte sagen sollen, dass wir zurückgehen müssen. Aber wir waren mit ein paar anderen Freunden unterwegs, nur ein Haufen wilder Kinder, die herumtollten.

Wenn man jung ist und den Ernst gewisser Dinge noch nicht ganz begreift, denkt man, dass man sie wegdenken kann. An diesem Nachmittag bekam ich einen schrecklichen Asthmaanfall und Levi trug mich zurück ins Wildlands, wo unsere Eltern gerade zu Mittag aßen.

Ich erinnere mich, dass ich so große Angst hatte, wie noch nie zuvor. Ich hatte schon öfter Asthmaanfälle gehabt, aber das war das erste und einzige Mal in meinem Leben, dass ich meinen Inhalator nicht dabei hatte. Ich war fast blau angelaufen, als er mich ins Wildlands brachte, und meine Eltern waren entsetzt. Und zwar zu Recht.

Levi war schon immer ein überfürsorglicher Bruder gewesen. Nicht auf die nervige, herrische Art, sondern er hat sich einfach um mich gekümmert. Seit diesem Tag war es noch schlimmer geworden. Von Natur aus war Levi ein unkomplizierter, humorvoller Typ. Aber seit diesem Tag war die Pubertät für mich nicht mehr so lustig, wenn er im Haus war.

Als Erwachsene kann ich zurückblicken und erkennen, dass er an diesem Tag zu Tode erschrocken sein musste. Er war alt genug gewesen, um die Angst in den Gesichtern meiner Eltern zu sehen. Ich erinnerte mich kaum an diesen Nachmittag, obwohl ich mich lebhaft daran erinnerte, dass ich nicht atmen konnte und wie beängstigend das war.

Gerade jetzt, als ich auf dem Highway Richtung Norden fuhr, flankiert vom Meer und den Bergen, atmete ich tief ein und aus. Luft ist ein Geschenk, das man nicht zu schätzen weiß, wenn man nicht schon einmal erlebt hat, dass die Lunge nicht funktioniert.

Ich wusste, dass ein Teil von mir defensiv war. Ich hatte so hart dafür gekämpft, zu zeigen, dass ich die Dinge selbst in die Hand nehmen konnte, dass ich es nicht nötig hatte, von jemandem beaufsichtigt zu werden. Die permanente Beaufsichtigung und die Sorgen meiner Eltern und Levi waren einer der Gründe, warum ich Willow Brook verlassen hatte. Doch irgendwie bin ich wie ein Bumerang zurückgeflogen.

Das Leben hatte mich zurückgeschleudert. Ich wollte ihnen zeigen, dass ich auf mich selbst aufpassen kann, aber alles, was ich ihnen gezeigt hatte, war, wie sehr ich sie brauchte.

Als ich nach Hause fuhr, überlegte ich, wo ich ein Atelier einrichten könnte. Ich brauchte Platz für meine Töpferscheibe, meinen Brennofen, einen Arbeitstisch, einen Glasurbereich und ein Lager. Ich dankte den Sternen, dass mein alter Brennofen und meine alte Drehscheibe aus der Schulzeit noch in der Garage meiner Eltern standen. In dem Atelier, in dem ich in San Francisco gearbeitet hatte, hatten Leihgeräte zur Verfügung gestanden. Obwohl ich die teureren Geräte bereits hatte, musste ich immer noch einen Raum finden und ihn einrichten lassen. Entweder musste ich einen großen Gefallen von Lucy und Amelia einfordern ... oder ich konnte Donovan fragen. Ich konnte gar nicht glauben, dass ich ihn um Hilfe bitten wollte.

Ich wusste nicht, warum, aber das schien mir die einfachere Lösung zu sein. Auch wenn Lucy bereits ihre Hilfe angeboten hatte, bedeutete das, dass Levi einbezogen werden würde. Ich hasste diesen alten wunden Punkt zwischen uns.

Manchmal, wenn ich ehrlich zu mir selbst war, wusste ich, dass ein Teil meines Wunsches, meine

Flügel auszubreiten und von Willow Brook wegzufliegen, auf den Nachmittag zurückging, an dem er mir wahrscheinlich das Leben gerettet hatte. Es war seltsam, wie Ereignisse den Verlauf eines Lebens verändern können.

Es war nur ein Asthmaanfall. Asthma war etwas, das so viele Menschen hatten. Doch ich war unvorsichtig gewesen und wäre deswegen fast gestorben. Das hatte die Dynamik in meiner Beziehung zu Levi, den ich abgöttisch liebte und es immer noch tat, und zu meinen Eltern tiefgreifend verändert.

Es wurde in unserer Familie nicht ausgesprochen, aber ich hatte seitdem versucht, meine Unachtsamkeit wiedergutzumachen und zu zeigen, dass ich jemand anderes war. Stattdessen hatte ich das schlechte Urteilsvermögen, mich mit einem Arschloch zu verloben, das mich verarschte. Dann hatte ich mich von meinem Temperament überwältigen lassen und dadurch meinen Job verloren.

Jetzt war ich wieder in Alaska, dem Ort, dem mein Herz schon immer gehört hatte. Es war schwer, einen Ort zu vermissen und sich trotzdem so sehr zu bemühen, sich fernab davon zu beweisen.

Ich hasste es, von Menschen abhängig zu sein.

Die Landschaft zog an mir vorbei, als ich von Diamond Creek nach Norden fuhr. Der Sterling Highway schlängelte sich an der Küste entlang. Hier und da zweigte er weiter ins Landesinnere ab, doch das Cook Inlet war fast die ganze Strecke über sichtbar. Auf der anderen Seite ragten die Berge in die Höhe. Selbst jetzt, im Hochsommer, lag auf einigen der höchsten Gipfel noch ein wenig Schnee. Ein eisblauer Gletscher glitzerte in der hellen Sonne. Es war später Nachmittag, und die Sonne würde erst in einigen Stunden untergehen.

Schließlich bog ich auf den Seward Highway ab, den Highway, der mich durch Anchorage führen würde, bevor ich nach Westen nach Willow Brook fuhr. Der Seward Highway führte durch die Chugach Mountains. Für eine Weile verschwand der Ozean aus dem Blickfeld, als ich durch die Bäume und entlang des Trail Creek fuhr. Die Landschaft war so schön, dass ich fast zu Tränen gerührt war.

Hinter dem Pass fuhr ich am Turnagain Arm entlang, dem Teil des Highways, der sich an die Füße der Berge schmiegt, die das salzige Meerwasser des Cook Inlet küssen. Ich erinnerte mich daran, dass ich als kleines Mädchen dachte, die Berge seien auf der anderen Seite so nah, dass ich sie berühren könnte, wenn ich mich nur weit genug strecken könnte.

Der Verkehr staute sich ein Stück weit und die Fahrzeuge wurden langsamer, um die Belugawale zu beobachten, die durch die Bucht zogen und ihre weißen Silhouetten aufblitzen ließen, während sie sich durch die Wasseroberfläche bewegten. Ein Rabe flog an der Seite meines Autos vorbei, sein Ruf war deutlich und klar.

Stunden nachdem ich Diamond Creek verlassen hatte, bog ich auf die Nebenstraße ab, die mich nach Willow Brook führen würde. Als ich in die Stadt einfuhr, pochte mein Herz und ich beschloss, dass ich bald irgendwie versuchen würde, diesen Nachmittag, an dem Levi mir das Leben gerettet hatte, ein für alle Mal zu bereinigen.

Das Seltsame an der ganzen Sache war, dass es nichts Dramatisches an sich hatte. Ich hatte keine aufregende Geschichte über meinen Beinahe-Tod zu erzählen. Meine Geschichte vom Beinahe-Tod war ein Asthmaanfall. Ich hatte nur vergessen, meinen Inhalator mitzunehmen. Ich war zu stur gewesen, um ihn zu holen.

Als ich vor Janets kleinem B&B anhielt, fühlte ich mich ausgelaugt und verletzlich. Trotz der großartigen Neuigkeiten von Risa hatte dieser Tag irgendwie an alten Wunden gerieben – er hatte das Gefühl geschürt, dass ich nie ganz auf eigenen Füßen stehen konnte, dieses Gefühl der Verletzlichkeit. So großartig Risas Angebot auch war – es war *weit mehr* als großartig, ohne Frage –, es traf doch einen Nerv. Sie war so zuversichtlich, dass alles klappen würde. Aber was, wenn nicht?

Ich schüttelte den Kopf, als ich mein Auto vor dem B&B parkte. Es war ganze zwei Wochen her, dass ich Donovan das letzte Mal gesehen hatte.

Als ich seinen Truck vor dem Haus parken sah, war es, als würde eine Glocke klingeln und Vibrationen durch meinen Körper schwirren. Ich wusste nicht, was schlimmer war – ihn zu sehen oder ihn nicht zu sehen. Ich hatte ihn seit jener Nacht nicht mehr gesehen, in der das, was zwischen uns passiert war, so intim war, dass ich jedes Mal, wenn ich daran dachte, sofort rot wurde.

Ich atmete tief durch und sagte mir, dass ich ihn nicht sehen würde, weil das am einfachsten wäre, und ging leise nach unten. Ich gab es nur ungern zu, aber seit ich ihn hier unten ohne Hemd bei der Arbeit vorgefunden hatte, fragte ich mich jede Nacht, ob ich ihn wohl wieder hier finden würde. Ich hatte nicht den Mut, mich umzuhören und herauszufinden, wann er vom Einsatz zurück sein würde. Er gehörte zu Levis Team, also waren sie zusammen dort draußen. Ich war zu verunsichert von meinen Gefühlen für Donovan, um mich zu trauen, Lucy zu fragen, wann Levi zurück sein würde.

Das war ein Hinweis darauf, wie lächerlich ich mich fühlte. Heute Abend war es im Erdgeschoss totenstill. Nur das Licht im Flur war an. Ich ging hindurch, fühlte mich innerlich ein wenig zerschlagen angesichts meiner wirren Gedanken und machte mich auf den Weg nach oben.

Als ich den Treppenabsatz erklomm, fuhr ich fast aus der Haut, als ich Donovan am anderen Ende des Flurs sah, ohne Shirt und mit dem Fenster hantierend. Er schien mich nicht gehört zu haben, also nahm ich mir einen Moment Zeit, um den Anblick seines Rückens zu genießen. Hätte man mir, bevor ich Donovan kennengelernt hatte, gesagt, dass mich der Rücken eines Mannes antörnt, hätte ich gelacht. Aber das war nun schon das zweite Mal, dass ich Donovans Rücken ohne Shirt sah und ganz heiß wurde.

Er hatte einen Arm nach oben gestreckt, die Muskeln in seinen Schultern spannten sich an, als er das Fenster kräftig anstieß.

»Verdammt noch mal«, murmelte er vor sich hin. »Geh einfach auf.«

Meine Frage rutschte mir heraus, bevor ich darüber nachdenken konnte, mehr aus Reflex als alles andere. »Brauchst du Hilfe?«

Er erstarrte. Noch bevor er sich umdrehte, fühlte sich die Luft geladen an. Das Brummen der Elektrizität begann am Boden und hob sich empor bis in den gesamten Korridor. Er ließ seinen Arm sinken und drehte sich langsam um. Mein Mund wurde trocken. Seine Brust war ein Kunstwerk – alles harte Flächen. Es juckte mich, ihn zu berühren, jeden einzelnen Winkel zu erkunden.

Ich schaffte es, ihm in die Augen zu sehen, ohne den Blick abzuwenden, obwohl ich wusste, dass meine

Wangen knallrot waren. Ich fühlte mich wie in Flammen, innerlich und äußerlich.

Seine Augen hielten die meinen fest, sein Blick war abschätzend, prüfend. Es fühlte sich an, als könne er direkt durch mich hindurchsehen. Innerlich war ich schon ganz durcheinander und fühlte mich plötzlich noch verletzlicher.

Er sah müde aus und in seinen Augen lag ein Hauch von Abgeschlagenheit.

»Bist du gerade erst zurückgekommen?«, erkundigte ich mich.

»Ja, bin ich. Vor etwa einer Stunde.«

Ich konnte einfach nur dastehen, während das Bedürfnis durch meine Adern rauschte.

»Ich könnte tatsächlich etwas Hilfe gebrauchen«, fügte er nach einer Pause hinzu.

Einen Moment lang vergaß ich, dass ich ihm eine Frage gestellt hatte. Dann erinnerte ich mich.

»Oh! Okay.«

Er stand am Ende des Flurs, vielleicht einen halben Meter von mir entfernt. Ich ging auf ihn zu und hielt an der Tür inne, um meine Handtasche abzustellen. Als ich mich ihm näherte, spürte ich bei jedem Schritt, wie sein Blick auf mir brannte. Ich trug meine Lieblings-Cowboystiefel. Ich trug sie so oft, dass sie schon fast wie gute alte Freunde waren. Das Leder war weich und abgenutzt, schmiegte sich an meine Waden und passte mir perfekt. Ich trug einen gewirbelten Rock, der mir nur bis zu den Knien reichte, und eine lockere Bluse über einem marineblauen Seidentop.

Ich hatte nicht viel darüber nachgedacht, wie ich aussah, bis seine Augen an meinem Körper auf und ab wanderten, während ich mich ihm näherte. Meine Brustwarzen zogen sich zu kleinen Spitzen zusammen, so fest, dass sie schmerzten.

Wenn meine Brustwarzen sprechen könnten, wäre ich mir ziemlich sicher, dass sie Donovans Namen rufen und ihn um ein Lecken und vielleicht ein Zwicken mit seinen Zähnen bitten würden. Das Verlangen kribbelte zwischen meinen Schenkeln. Ich sagte mir, dass jetzt ein guter Zeitpunkt wäre, um ihm zu erklären, dass ich ihm bei dem, was er mit dem Fenster vorhatte, nicht helfen konnte. Denn es war gefährlich, ihm so nahezukommen, wenn ich mich so verletzlich und bedürftig fühlte.

Aber das Verlangen in mir war viel stärker und übertönte alles andere. Es war herrisch, schnauzte mich an, knallte wie eine Peitsche und trieb jeden meiner Schritte vorwärts. Ich erreichte ihn und erschauderte fast innerlich.

»Versuchst du, das Fenster zu öffnen?«, fragte ich albern.

Natürlich versucht er, es zu öffnen. Dummkopf.

Meine kritische Stimme war geübt und wusste immer, wann sie sich einschalten musste.

Ich ignorierte sie und versuchte, zu Atem zu kommen und mich wie ein normaler Mensch zu verhalten. Dies war ein freundlicher Nachbar, der Hilfe mit dem Fenster im Flur brauchte.

Die kleinste Andeutung eines Grinsens zog seinen Mundwinkel nach oben, und Schmetterlinge flogen in meinem Bauch und wirbelten wie verrückt herum.

»Ja, ich versuche, es zu öffnen. Ich dachte, wir könnten die frische Luft hier oben gebrauchen«, sagte er schließlich. »Wenn du an dieser Ecke drückst, drücke ich oben.«

Ich beobachtete, wie sich seine Hand über den Rand des Fensterrahmens krümmte. Mein Gott, allein der Anblick seiner Hand brachte meinen Lustkanal zum Beben. Mein Höschen wurde direkt feucht. Seine

Hände sahen robust und stark aus, seine Finger waren lang und kräftig. Ich erinnerte mich lebhaft daran, wie sie sich in mir anfühlten.

Ich versuchte, meine Gedanken davon abzubringen. Lieber Gott, ich half ihm, ein Fenster zu öffnen, und war so erregt, dass ich kaum klar denken konnte. Ich bezweifelte, dass er auch nur im Entferntesten so sehr von mir erregt war wie ich von ihm.

Nach einem kurzen Moment, in dem wir beide einen kleinen Schubs gaben, löste sich das Fenster, glitt auf und brachte einen frischen Luftzug in den Flur. Die kühle, späte Abendluft schlug gegen meine Haut, und meine Brustwarzen spannten sich noch mehr an.

Kapitel Sechzehn

DONOVAN

Ich legte meine Hand auf die Seite des Fensterrahmens und hielt ihn fest umklammert. Ich brauchte etwas, an dem ich mich festhalten konnte und das mich davon abhielt, die üppigen Kurven von Jasmines süßem Hintern zu streicheln. Ich wollte ihre kleinen, festen Brustwarzen schmecken, die sich gegen das marineblaue Seidentop pressten, das sie trug.

Ich hatte ihre Hilfe nicht wirklich gebraucht, um das Fenster zu öffnen. Ich wollte sie nur viel näher bei mir haben. Jetzt trennte uns nicht mehr als ein Meter. Das Verlangen knisterte in der Luft, seine Wucht stach in mich hinein und schickte einen Schuss Blut direkt zu meinem ohnehin schon schmerzenden Schwanz.

Nach zwei Wochen in der Wildnis war ich verdammt müde. Wenn ich nach Hause kam, war Sex meistens das Letzte, woran ich dachte. Normalerweise trank ich ein Bier und aß im Wildlands zu Abend, ging nach Hause und fiel ins Bett.

Heute Abend war ich rastlos, also holte ich mir eine Pizza und kam direkt hierher, um zu duschen. Ich versuchte, meine Enttäuschung zu verdrängen, als ich ankam und keine Spur von Jasmine fand.

Doch jetzt war sie hier, direkt neben mir. Ihre Haare fielen ihr in unordentlichen Wellen um die Schultern. Sie trug ihre Cowboystiefel und ihren koketten, kleinen Rock. Alles, woran ich bei ihrem Anblick denken konnte, war, ihn hochzukrempeln und sie nach vorn zu beugen, damit ich ihren süßen Hintern sehen konnte.

Und als wäre ihr Rock nicht schon verlockend genug, trug sie auch noch eine offene Bluse über ihrem seidigen Unterhemd, deren Stoff die Kurven ihrer Brüste hervorhob. Ich beobachtete, wie sich ihre Brustwarzen gegen die Seide drückten, als sie sich mir im Flur näherte, und hoffte inständig, dass sie mich genauso begehrte wie ich sie.

Denn so verrückt es auch war, wir waren noch lange nicht fertig miteinander. Nicht einmal annähernd.

Schließlich ließ ich das Fensterbrett los und drehte mich zu ihr um. Ich erwartete fast, dass sie einen Schritt zurücktreten würde, aber das tat sie nicht. Sie blieb genau dort stehen, ihre Hüfte gegen den unteren Rahmen des Fensters gelehnt, ihre Hand war darüber aufgestützt. Ich konnte das Flattern ihres Pulses in ihrem Nacken sehen und unterdrückte den Drang, meinen Kopf zu senken und mit meiner Zunge darüberzufahren. Ich hatte nicht vergessen, wie sie schmeckte. Verdammt, ich hatte nicht eine einzige Sekunde des letzten Mals vergessen, als ich sie gesehen hatte.

Es waren zwei lange Wochen vergangen. Das Einzige, was mich von Jasmine abgelenkt hatte, war, dass ich wie ein Verrückter arbeitete. Glücklicherweise verlangte mein Job genau das. Ich hätte eigentlich viel zu müde sein müssen, um sie so sehr zu wollen.

Doch jetzt, wo sie in der Nähe war, brannte mein Körper bei ihrem Duft und der Hitze, die sie ausstrahlte beinahe. Alle Argumente, die ich mir einredete, warum ich nichts mit ihr anfangen sollte, lösten sich in Luft auf.

Als die kühle Luft durch das Fenster wehte, hob ich eine Hand und strich ihr die Haare aus dem Gesicht. Ich musste sie berühren. Ich steckte ihr eine Strähne hinters Ohr und fuhr mit der Fingerspitze an ihrem Hals entlang, genoss das Zischen ihres Atems und die Gänsehaut, die durch meine Berührung entstand.

Ich erwartete immer wieder, dass sie einen Schritt zurücktreten würde. Aber sie tat es nicht.

»Wie geht es dir?«, fragte ich.

Ich war gefangen in ihrem intensiven, blauen Blick. Ich strich mit meinem Daumen über den heftig pochenden Puls in ihrem Nacken.

»Mir geht es gut«, flüsterte sie mit heiserer, rauer Stimme. Allein ihr Klang war wie ein Funke auf mein Benzin.

Ihre Zunge schoss heraus und strich von unten nach oben. Ihr Atem stockte erneut. »Wie geht es dir?«, fragte sie dann.

Ihr Duft enthielt einen Hauch von Erdbeere. Er war wie eine Droge, die meine Gedanken vernebelte.

»Mir geht's gut. Müde«, fügte ich achselzuckend hinzu.

»Oh, ich wollte dich nicht aufhalten. Ich kann mir vorstellen, dass du das bist. Zwei Wochen im Hinterland sind anstrengend.«

Sie trat einen Schritt zurück. In dem Moment wurde mir klar, dass sie meine Bemerkung als Aufforderung interpretierte, diesen Moment zwischen uns zu beenden.

Oh, verdammt, nein.

Ich wollte Jasmine. Und zwar jetzt.

Es war mir egal, wie sehr ich auf sie reagierte und wie sie durch meine Defensive schlüpfte, wie Rauch durch eine Fensterritze. Ich musste sie einfach haben.

Ich trat noch näher an sie heran, als sie begann, sich zu entfernen, und legte meine freie Hand um ihre Taille, um ihren Hintern zu streicheln.

»Wohin gehst du?«

Ich murmelte meine Frage, während ich Küsse auf die weiche Haut ihres Halses hauchte.

Sie schnappte nach Luft. »Ich dachte, du wärst müde.«

»Bin ich auch, aber ich will dich.«

Als ich mein Knie zwischen ihre Schenkel schob, stöhnte sie auf.

Ich zog mich zurück, denn ich war zwar verrückt und halb von Sinnen vor lauter Lust auf sie, aber ich musste sicherstellen, dass wir dasselbe wollten.

»Wenn du das nicht willst, ist das in Ordnung. Vielleicht ...«

Ich wollte gerade sagen, dass ich sie vielleicht falsch verstanden hatte. Aber sie schüttelte den Kopf, also ließ ich meine Worte verstummen.

»Ich will das«, sagte sie, und ihre Worte waren fast eindringlich.

»Gut«, murmelte ich.

Ich packte ihren Hintern fester und genoss das weiche Gefühl ihres Fleisches, als ich mit meinen Hüften gegen ihre stieß. Ihr Atem ging zischend und sie biss sich mit den Zähnen auf die Unterlippe, und der Anblick, wie sie sich in das pralle Rosa gruben, versetzte mir einen heißen Schock.

Normalerweise hatte ich mich unter Kontrolle, aber bei Jasmine hing ich immer am seidenen Faden.

Ich neigte meinen Kopf und küsste ihren süßen, verdammt scharfen Mund. In dem Moment, in dem sich unsere Lippen trafen, war es, als würde ein Blitz zwischen uns einschlagen und meinen ganzen Körper elektrisieren. Unser Kuss wurde sofort heiß, feucht und intensiv. Ich tauchte in die warme Süße ihres Mundes ein und ihre Zunge traf meine, Schlag für Schlag. Als sie in meinen Mund stöhnte, während ich meine Erregung in ihre Hüften schaukelte, gab ich alles, um sie nicht gleich hier auf dem Flur zu nehmen. Ihre Hüften schaukelten über meinem Knie und ich wusste, dass sie ihrem eigenen Vergnügen nachjagte.

Die nächsten Minuten vergingen wie im Flug. Ihre Hände waren genauso gierig wie meine. Sie tastete meine Brust und meinen Rücken ab, ihre Nägel kratzten auf meiner Haut. Ich riss meine Lippen los und zerrte an ihrem Top. Der dehnbare, seidige Stoff gab gerade so weit nach, dass ich es bis unter ihre Brüste ziehen konnte.

Ich wich zurück und sah, wie sie sich in einem schwarzen Spitzen-BH darüber wölbten. Ihre Brustwarzen spannten sich gegen die Spitze. Als ich meinen Blick nach oben richtete, waren ihre Augen geweitet, benebelt und unfokussiert. Ihr Kopf rollte zurück an die Wand. Sie kletterte praktisch meinen Körper hinauf, während ich sie mit meinen Armen festhielt und sie an die Wand drückte.

Wir starrten uns an, die Luft um uns herum war schwer und dick vor Verlangen. Ich konnte nicht denken, ganz und gar nicht. Später würde sich dieser Moment in mein Gehirn einbrennen. Mein Verlangen nach ihr war so stark, dass ich nicht aufhören konnte. Parallel zu diesem Verlangen zog sich mein Herz

zusammen, als ich ihr in die Augen sah. Die Verletzlichkeit, die in ihren Tiefen aufflackerte, sorgte dafür,
dass ich mich wie ein verdammter Höhlenmensch
fühlte.

Ich fuhr mit meiner Hand über die weiche
Wölbung ihres Bauches und umfasste eine ihrer
Brüste, deren Gewicht schwer in meiner Handfläche
lag. Ich fuhr mit dem Daumen über die Spitze und die
straffe Spitze ihrer Brustwarze und beobachtete, wie
sich ihre Augenlider senkten und ihr Atem in einem
gedämpften Stöhnen entwich.

Mit Jasmine erlebte ich etwas, das ich noch nie
zuvor erlebt hatte. Ein Aufeinanderprallen dieses drin-
genden, unbändigen Bedürfnisses, das mich dazu
brachte, sie zu beanspruchen und sie so hart und
schnell ranzunehmen, dass wir uns beide dabei verloren. Dieses Bedürfnis war eine Welle, die auf eine
andere traf – das Bedürfnis, ihre Reaktion in vollen
Zügen zu genießen, alles so lange wie möglich hinaus-
zuzögern, weil nichts besser sein konnte als das hier.
Nicht, dass ich jemals darüber nachgedacht hätte.

Ich neigte meinen Kopf und fuhr mit meiner
Zunge über die Spitze und lächelte, als sie aufstöhnte
und sich mir entgegenkrümmte. Ich ließ eine Brustwarze zwischen meinen Fingern rollen und neckte die
andere mit meinen Lippen, Zähnen und meiner Zunge
und erfreute mich an ihrem Keuchen, als sie meinen
Namen mit einem kleinen Wimmern murmelte.

Ich brauchte mehr. *Jetzt.*

Widerwillig hob ich meinen Kopf, schlang meine
Hände um ihre Hüften und hob sie hoch zu mir. Ihr
Rock spannte sich um ihre Hüften, während sie ihre
Beine um meine Taille schlang und anwinkelte.

Ich konnte die feuchte Hitze in ihrem Inneren

spüren, als sie ihre Hüften gegen meine Erregung stemmte.

»Fuck, Jasmine«, murmelte ich, als ich mich von der Wand wegdrehte und sie fest an mich drückte. Ihre Lippen knabberten an meinem Hals, neckten mich und versetzten mir einen heftigen Lustschock, der sich in mir entlud.

Ich schritt zügig den Flur hinunter und fummelte an meiner Tür herum. In ein paar Sekunden waren wir drinnen. Ich steuerte direkt auf mein Schlafzimmer zu. Nachdem ich sie auf das Bett gelegt hatte, richtete ich mich auf und sah sie an.

Ihr Rock hing zerknittert um ihre Hüften und die schwarze Seide zwischen ihren Schenkeln betörte mich. Ihr Haar war ein wildes Durcheinander und ihre Lippen waren von unseren Küssen geschwollen. Meine Bartstoppeln hatten die empfindliche Haut an ihren Brüsten zerkratzt und sie gerötet.

Mit ihren geröteten Wangen und dunklen Augen, ihren Brüsten, die über den BH quollen, und ihrer wirren Kleidung war sie die erotischste Frau, die ich je gesehen hatte. Sie stützte sich auf ihre Ellbogen und griff nach meinem Hosenschlitz.

»Zu viele Klamotten«, murmelte sie.

»Das gilt auch für dich«, stieß ich hervor.

Sie erhob sich und stand vom Bett auf. Während sie ihre Stiefel freikickte, schlüpfte sie aus ihrem Rock und warf ihre Bluse und ihr Top zur Seite. Schließlich stand sie nur noch mit ihrem schwarzen Seidenhöschen und ihrem schwarzen Spitzen-BH vor mir.

Ich konnte sie nur anstarren. Verdammt, ich hätte kommen können, allein von ihrem Anblick. Sie ließ ihre Hand in der Luft kreisen, bevor sie sie auf ihre Hüfte stützte und ihren Kopf zur Seite neigte.

»Mach schon, Donovan«, stichelte sie und ihre Augen funkelten.

Ich entledigte mich meiner Jeans und holte ein Kondom vom Nachttisch. Als ich mich umdrehte, war sie splitterfasernackt. Ein Blick raubte mir den Atem. Sie schob ein Knie aufs Bett und krabbelte darauf. Mit einer schnellen Bewegung war ich hinter ihr und griff nach ihren Hüften, bevor sie sich umdrehte.

»Noch nicht«, murmelte ich. »Ich muss dich schmecken und ich liebe deinen Arsch.«

Sie kicherte und das Geräusch war wie ein Band aus Seide, das sich um mein Herz legte.

Ich fuhr mit meiner Handfläche ihre Wirbelsäule entlang und beobachtete, wie ihr Körper reagierte – ihre Taille neigte sich mit einem Keuchen, als ich zwischen ihre Schenkel eintauchte. Sie war klatschnass und glitschig vor Verlangen.

Ich versenkte zwei Finger knöcheltief in ihr und schaute ihr in die Augen, als sich ihre Hüften unter meiner Berührung nach hinten wölbten. Sie stöhnte meinen Namen, als ich meine Finger herauszog und sie wieder in ihr vergrub, während sich ihr Kanal um mich herum zusammenzog.

Ich musste ihr Gesicht sehen. Ich drehte sie um und drückte ihre Knie auseinander, bevor ich mein Gesicht in ihrem Schoß vergrub. Sie schmeckte salzig und süß, einfach himmlisch. Ich reizte sie und fickte sie langsam mit meinen Fingern, während ich sie schmeckte und erforschte. Als ihre Schreie um mich herum ertönten und ihr Körper sich zu verkrampfen begann, saugte ich ihren Kitzler zwischen meine Zähne und sah auf, während ich meine Finger noch einmal in ihr bewegte.

Sie stieß meinen Namen in einem schrillen Schrei aus und ihr ganzer Körper spannte sich an, während sie sich fest um meine Finger presste. Ich hing am Ende eines ausgefransten Fadens der Kontrolle. Es riss, und ich zog mich schlagartig zurück, rollte blitzschnell ein Kondom auf und positionierte mich zwischen ihren Schenkeln.

»Jasmine.«

Ihr Haar lag wirr auf meinen Kissen, ihre Augen funkelten saphirblau, als sie sie aufriss. Ich hielt still, die Spitze meines Schwanzes an ihrem Eingang.

»Donovan, bitte«, murmelte sie.

Der Faden riss und ich drang in ihre glitschige Hitze ein und beobachtete, wie ihre Augen weit aufgerissen wurden.

Kapitel Siebzehn

JASMINE

»Jasmine«, murmelte Donovan, seine Stimme war tief und rau.

Ich riss die Augen auf und schaute zu ihm hoch. Er stand über mir, eine Hand umklammerte seinen Schwanz, die andere lag seitlich an meiner Hüfte.

Mein Körper bebte noch immer von dem intensiven Orgasmus, der mich gerade überrollt hatte. Aber ich brauchte bereits mehr. Ich brauchte das Gefühl, von ihm ausgefüllt zu werden.

»Donovan, bitte.«

Ich hörte das Flehen in meiner Stimme. Aber ich war jenseits von Besorgnis und Scham. Ich steckte in einem Netz des Wahnsinns. Alles, was ich wusste, war, was mein Körper brauchte. Sein Körper war ein Kunstwerk – komplett hart und mit ein paar Narben übersät. Donovan hatte nichts Poliertes an sich – er war ein ungeschliffener, wilder Mann, dessen pure Männlichkeit so intensiv war, dass er mich mit seiner bloßen Existenz überwältigte.

Meine Hüften wölbten sich ihm entgegen, und schließlich drang er in mich ein. Es fühlte sich so gut an, so intensiv, dass ich zu diesem Zeitpunkt kaum noch bei Bewusstsein war und in einem Dunst aus Verlangen und Vibration trieb. Er füllte mich vollständig aus – jeder Zentimeter von ihm.

Er hielt für einen Moment still, während sich mein Körper an ihn anpasste. Ich wollte nicht, dass er langsam machte. Ich wollte es heftig und schnell. Ich wollte fast, dass es schmerzhaft war, denn ich wusste nicht, was sonst das wilde Verlangen in mir stillen würde. Ich öffnete die Augen und beugte mich ihm entgegen, indem ich meine Beine um seine Hüften schlang und meine Fersen die harten Muskeln seines Hinterns anspornten.

Dann bewegte er sich endlich, zog sich zurück und sank in mich hinein. Er begann langsam, während er sich über mir ausbreitete. Seine Härte drängte sich gegen mein weiches Inneres, seine Lippen lagen auf meinem Hals, während ich unter ihm verrückt wurde – ich schrie auf, meine Nägel kratzten über seine Haut, als er begann, seine Hüften in mich zu stoßen, mit jedem Stoß tiefer. Er murmelte heiße, schmutzige Worte, während sich mein Inneres immer fester zusammenzog und ich einer weiteren süßen Erlösung hinterherjagte.

Er richtete sich leicht auf, griff zwischen uns und fuhr mit seinen Fingern über meine Klitoris. Ich brach sofort wieder auseinander, mein Geschlecht pulsierte und pochte, während ich von Kopf bis Fuß zitterte, dieser Orgasmus war noch intensiver als der letzte. Mit einem letzten tiefen Stoß erschauderte er und ein rauer Schrei prasselte auf mich nieder.

Als ich langsam wieder zu Atem kam, spürte ich, wie er sich umdrehte und mich auf sich zog. Ich sackte an ihm zusammen, entkräftet und befriedigt.

Ich lehnte mich an Donovans muskulöse Brust und

lauschte dem Geräusch seines Herzschlags an meinem Ohr – zuerst hart und schnell, dann immer langsamer, genau wie mein eigener.

Schließlich hob ich meinen Kopf und stützte mein Kinn auf meine Faust. Als hätte er meinen Blick auf sich gespürt, öffnete er seine Augen – sein grüngoldener Blick traf auf den meinen. Obwohl er immer noch in mir war und ich gerade zwei explosive Orgasmen gehabt hatte, flatterte mein Bauch beim Anblick seiner Augen und der darin herrschenden Glut erneut auf, und eine Mischung aus Hitze und Elektrizität wirbelte durch meinen Körper.

Ich wusste nicht genau, was ich sagen sollte. Er ersparte mir das Grübeln über meine Worte, indem er mit seiner Handfläche beruhigend über meinen Rücken strich. »Das war ein schöner Empfang«, sagte er mit rauer Stimme.

Als sich seine Mundwinkel zu einem langsamen Lächeln verzogen, begann ich zu kichern. Ich war nicht schüchtern, wenn es um Sex ging, aber ich war auch nicht an diese Intensität gewöhnt, an dieses rauschende Gefühl in mir. Ich wollte nicht zu viel darüber nachdenken, denn ich wusste nicht, was ich davon halten sollte. Er erhob sich und hob mich mühelos mit sich, als er vom Bett aufstand. Ich kicherte – wieder – und fühlte mich leicht und beschwingt.

»Na, das war einfach«, murmelte ich.

Sein leises Kichern an meinem Ohr ließ mir einen heißen Schauer über den Rücken laufen.

»Wohin gehen wir?«, fragte ich.

»Duschen«, sagte er einfach.

Nach ein paar Schritten waren wir im Badezimmer, das an das Schlafzimmer angrenzte. Seine Suite war ein Gegenstück zu meiner. Das Badezimmer war fast genau dasselbe, nur dass alles umgekehrt war. Als wir drin waren, setzte er mich ab, entledigte sich mit einer Hand schnell seines Kondoms und stellte mit der anderen die Dusche an. Dann standen wir unter der Dusche und der Dampf umgab uns. Ehe ich mich versah, wickelte er mich in ein Handtuch und wir fielen ins Bett.

Es kam mir gar nicht in den Sinn, mich durch den Flur zu meinem eigenen Bett zu begeben. Denn es fühlte sich so verdammt gut an, von seiner Stärke umhüllt zu sein. Er zog mich an seinen harten, muskulösen Körper, wo ich meinen Kopf an seine Schulter lehnte und tief und fest schlief, zu gesättigt, zu entspannt, um irgendetwas anderes zu tun.

Irgendwann in der Nacht wachte ich auf, als ich Donovans Hände auf meinem Körper spürte, seinen Atem, der meine Haut kitzelte, und seine Finger, die in meinen glitschigen Kanal glitten. Er hatte sich von hinten um mich geschlungen und ich konnte die harte, heiße, samtige Haut seines Schwanzes an meinem Hintern spüren.

Ich hörte leise, wie er ein Kondom überzog, bevor er meinen Schenkel anhob und seine pralle Eichel an meinen Eingang drückte. Seine Zähne knabberten an meinem Hals, und ich keuchte und schrie auf, als er sich in mich schob.

In einem schläfrigen, sinnlichen Rausch fickte er mich langsam von hinten. Ich zersprang vor Lust, die mich von innen heraus zerriss. Ich genoss das Gefühl, als er sich anspannte und leise meinen Namen in mein Ohr knurrte, als er seine eigene Erlösung fand.

Ich war in seinen Armen eingeschlossen, zufrieden in seiner Umarmung. Ich fühlte mich sinnlich, schläfrig und so sehr mit ihm verbunden, dass mein Herz ein paar Schläge lang stotterte, bevor es wieder seinen Rhythmus fand. Ich erinnerte mich an nichts anderes als daran, in seinen Armen wieder eingeschlafen zu sein. Ich hatte keine Ahnung, wie viel Zeit vergangen war.

Einige Zeit später wachte ich verwirrt auf. Nach einem Moment spürte ich, wie sich die Matratze bewegte, als sein Gewicht sie verließ. »Ist alles in Ordnung?«, fragte ich.

»Einsatz bei einem Brand«, antwortete er, seine Stimme war schlaftrunken.

Nun war ich hellwach und setzte mich auf. »Du meinst, du musst wieder raus?«

Donovan drehte sich zu mir um. In dem fahlen Licht der Morgendämmerung sah er so gut aus, dass mir der Atem stockte. Er stand da, während das frühe Sonnenlicht durch die Jalousien fiel und Schatten und Licht über seine muskulöse Gestalt strichen. Splitterfasernackt traf sein Blick den meinen, wobei er noch dunkler wurde, als er an mir herunterglitt.

Ich hatte gar nicht darauf geachtet, dass ich nackt war und das Laken bis zu meiner Taille hinuntergerutscht war. Meine Brustwarzen richteten sich auf und reckten sich ihm förmlich entgegen, als sein heißer Blick über sie glitt.

»Nein, nicht diese Art von Feuer«, sagte er. Seine Augen wanderten zurück zu meinem Gesicht. »Es ist ein Feuer in einer nahe gelegenen Stadt. Unsere Mannschaft steht als Verstärkung auf Abruf bereit.«

Er kam zurück zum Bett, seine Hand fuhr in mein Haar. Er erwischte meine Lippen in einem heftigen, schnellen Kuss, seine Zunge tauchte ein, als wolle er sie für sich beanspruchen, bevor er sich zurückzog.

»Ich würde gerne bleiben, aber ich muss gehen«, sagte er, drehte sich um und ging schnell ins Bad.

Als das Geräusch der Dusche zu hören war, saß ich

auf dem Bett, meine Pussy pochte und meine Brustwarzen spannten sich an. Ich wusste, dass jetzt absolut nicht die Zeit war, schüchtern zu sein. Ich schwang meine Beine aus dem Bett und schaute mich nach meinen Klamotten um. Ich machte mir gar nicht erst die Mühe, mich anzuziehen, sondern sammelte meine Sachen vom Boden auf und eilte durch den Flur, wobei ich meine vergessene Handtasche auf dem Weg mitnahm.

Innerhalb weniger Minuten hatte ich mir ein T-Shirt und eine Jogginghose übergeworfen, eine Kanne Kaffee gekocht und war zu Donovan zurückgekehrt, ohne zu klopfen. Ich trat durch die Tür, als er gerade aus dem Schlafzimmer kam. Er lächelte langsam, als er den Kaffeebecher in meiner Hand sah.

»Hier«, sagte ich und reichte ihm den Kaffee und etwas Blaubeergebäck. »Es ist nicht viel, aber immerhin etwas.«

Als er auf mich zusteuerte, zog er sich sein T-Shirt über den Kopf und verbarg so seine prächtige Brust vor meinen Augen. Das war wirklich eine ziemliche Enttäuschung. Ob angezogen oder nicht, Donovan war der heißeste Mann, den ich je getroffen hatte.

»Danke«, sagte er knapp, nahm den Reisebecher entgegen und trank einen Schluck. »Oh, der ist gut.«

»Vielleicht nicht so gut wie der von Janet, aber ich kann ganz gut Kaffee kochen. Wenn du ihn gerne schwarz trinkst, versteht sich.«

»Das tue ich«, sagte er und seine dunkle Stimme ließ mich erschaudern. »Ich muss los.«

Er stieg in seine Stiefel neben der Tür und griff mit der freien Hand nach seiner Jacke. Als er sich umdrehte, ließ er seinen Blick über mich schweifen.

»Pass auf dich auf«, rief ich, als ich ihm auf den Flur folgte.

Er grinste mich an und zwinkerte mir über die Schulter zu. »Immer.«

Ich lauschte seinen Schritten, als er die Treppe hinunterjoggte und nach draußen verschwand. Erst dann kehrte ich in meine Suite zurück.

Als ich mich ein paar Minuten später unter der Dusche einseifte, bemerkte ich den Schmerz zwischen meinen Schenkeln. Donovan war – wie erwartet – gut bestückt. Er hatte mich letzte Nacht so gründlich gefickt, wie ich noch nie in meinem Leben gefickt worden war. Ich lehnte meinen Kopf zurück unters Wasser und dachte, dass ich anfing, ihn wirklich zu mögen. Ich wusste nicht, ob das so ein kluger Plan war. Vielleicht war es sogar völlig verrückt. Schließlich war es erst ein paar Wochen her, dass ich in einem Anfall von Wut aus San Francisco geflohen war und meinen fremdgehenden Verlobten verlassen hatte.

Kapitel Achtzehn

JASMINE

Am selben Morgen ging ich zu meinen Eltern nach Hause zum Frühstück. Meine Mutter, Gloria Phillips, empfing mich auf der Veranda. Sie hatte ihr Haar zu einem Pferdeschwanz zusammengebunden und lächelte mich warm an. Ihr blondes Haar war jetzt grau meliert, aber ihre blauen Augen leuchteten wie immer. Sie war die Art von Schönheit, die mit Falten besser aussah. Sie verliehen ihr einfach eine zeitlose Ausstrahlung.

Sie trug eine königsblaue, weite Baumwollhose und ein erdiges, graues T-Shirt. Sobald ich auf die Veranda trat, zog sie mich in eine Umarmung, drückte mir einen Kuss auf die Wange und schlang dann ihren Ellbogen um meinen. Ich ging neben ihr in die Küche.

»Dein Vater ist unterwegs, also ist es der perfekte Tag für ein Frühstück. Ich mache Omeletts und habe schon Kaffee aufgesetzt.«

Ich ließ mich auf einen Hocker an der Theke fallen. Das Haus meiner Eltern war ein zweistöckiges Gebäude im Landhausstil mit einer Rundumveranda. Die Küche war groß und offen, mit einem Tisch an den Fenstern, die einen Blick auf die Felder hinter dem Haus boten.

Drei Arbeitsflächen säumten die Küchenwände und in der Mitte befand sich eine Insel mit einer Herdplatte. Es war bequem, ihr gegenüberzusitzen und ihr beim Kochen zuzusehen. Ich wusste, dass sie abwinken würde, wenn ich ihr meine Hilfe anbot, also ließ ich sie kochen. Ich liebte es auch zu kochen. Die Küche war einer meiner Lieblingsorte, vor allem weil wir dort als Familie die meiste Zeit verbrachten. Egal, wo wir wohnten, die Küche war der Herzschlag des Hauses. Meine Mutter hantierte herum, während sie Eier verquirlte, Gemüse schnippelte und Käse raspelte. Währenddessen nippte ich an meinem Kaffee und wir unterhielten uns zwanglos.

Als die Omeletts fertig waren, trug ich die Teller zum Tisch hinüber. Sie setzte sich schräg gegenüber von mir. Es war noch ziemlich früh. Ich war schon seit dem Morgengrauen wach, als Donovan den Funkspruch erhielt, dass es einen Brand gab. Ich vermutete, dass Levi bei ihm war, aber ich hütete mich, darüber zu sprechen.

Levis Job war es, tagein, tagaus zu Bränden auszurücken. Wenn ich zu dieser Tageszeit andeuten würde, dass ich wusste, dass er bereits bei einem Feuer war, würde sich meine Mutter wahrscheinlich fragen, warum.

Nach ein paar Bissen beschloss ich, meine besten Neuigkeiten zu erzählen. »Also, Amelia hat mich mit der Frau zusammengebracht, die die Midnight Sun Arts Galerien betreibt.«

Meine Mutter lächelte langsam. »Ich weiß. Lucy hat erwähnt, dass Amelia ihr von dir erzählt hat. Du wirst sie also anrufen?«

Zum ersten Mal hatte ich Neuigkeiten, von denen

meine Mutter noch nichts wusste. »Nun, sie hat sich bereits bei mir gemeldet. Ich habe mir gestern den Tag Zeit genommen, um runter nach Diamond Creek zu fahren. Sie wäre eine Weile nicht mehr in Anchorage gewesen und ich hatte genügend Zeit. Sobald ich einen Raum gefunden habe, in dem ich meine Töpferwaren herstellen kann, will sie meine Arbeiten in allen Galerien ausstellen. Sie haben eine Galerie in Fairbanks, Juneau, eine in Anchorage, die in Diamond Creek und sogar eine in Seattle.«

»O Schatz! Das ist eine wunderbare Nachricht. Ich freu mich so für dich!«

In meiner Brust krampften sich die Emotionen zusammen. Ich war weggezogen, um eine Karriere in dem zu machen, was ich liebte, aber bis jetzt hatte ich mich immer nur durchgeschlagen. Ich hätte nicht gedacht, dass ich in Willow Brook mit Kunst meinen Lebensunterhalt bestreiten könnte, aber Risa ließ mich glauben, dass es möglich wäre.

»Aufregend, nicht wahr?«

Meine Mutter grinste und nahm einen Schluck Kaffee. »Apropos Brennofen, darüber habe ich auch mit Janet gesprochen«, sagte sie.

»Mom, du weißt, dass ich mich selbst um die Dinge kümmern kann.«

»Ich weiß, dass du das kannst. Du kümmerst dich schon seit Jahren um alles selbst. Es ist aber nichts Schlimmes, wenn jemand versucht, dir zu helfen.«

»Ich weiß, ich weiß. Es ist nur ...« Meine Worte verstummten, als meine Mutter den Kopf schüttelte.

»Schatz, es ist in Ordnung, Freunde und Familie zu haben, die einem helfen. Wir kümmern uns alle umeinander.«

Da ich mich nicht streiten wollte und mir klar war, dass ich ein paar Ideen brauchte, wo ich meinen

Arbeitsplatz einrichten konnte, nahm ich einen Schluck Kaffee und neigte den Kopf zur Seite. »Okay, worüber hast du mit Janet gesprochen?«

»Ich habe ihr nur gesagt, dass du, wenn du hier bleibst, wahrscheinlich einen Platz für dein Atelier suchst. Ich weiß nicht genau, woran du dabei gedacht hast, aber ich weiß, dass du genug Platz brauchst, um zu arbeiten und deinen Brennofen aufzustellen. Stimmt's?«

»Ja, sicher. Also, was hat Janet gesagt?«

»Nun, du weißt, dass das Café in der alten Feuerwache liegt?«

»Natürlich weiß ich das, Mom«, sagte ich lachend.

Sie zuckte mit den Schultern. »Hinten gibt es einen ganzen Lagerraum, den sie gar nicht benutzt. Er steht einfach leer. Ursprünglich gab es zwei Garagen – die Hauptgarage, in der sich jetzt das Café befindet, und die hintere Garage. Sie sagte, du kannst mit dem Raum da hinten machen, was du willst. Sie hat sogar gesagt, dass sie davon ausgeht, dass du dafür Miete zahlen möchtest, also kannst du dich mit ihr einigen, sobald du dich eingerichtet hast.«

Meine Mutter war offensichtlich sehr zufrieden mit sich selbst, wie ihr Grinsen zeigte. Ihr Grinsen wurde noch breiter, als ich antwortete: »Das klingt, als könnte es funktionieren. Ich werde mit ihr reden.« Als ich einen Schluck Kaffee nahm, fügte ich hinzu: »Und danke.«

Sie zwinkerte mir zu. »Ich versuche, dich nicht unter Druck zu setzen, aber ich bemühe mich auch, es dir leicht zu machen, zu bleiben. Du weißt, dass dein Vater und ich uns freuen würden, wenn du hier wärst. Du weißt, wie sehr wir dich vermissen.«

»Ich weiß, Mom. Ich habe euch auch vermisst.«

Eine Sache, die ich an meiner Mutter liebte, war,

dass sie nicht dazu neigte, sich über Dinge den Kopf zu zerbrechen. Sobald wir dieses Gespräch beendet hatten, wechselte sie das Thema. Sie plauderte über ihre Arbeit, ein paar Projekte, an denen mein Vater arbeitete, und darüber, wie sehr sie sich auf ihr erstes Enkelkind freute.

Es *war* schön, zu Hause zu sein. Ich habe es immer genossen, zu Besuch zu kommen, aber es war ein anderes Gefühl, zu bleiben. Ich hatte das Gefühl, dass ich mich entspannen konnte und nicht so sehr versuchen musste, alles unterzubringen.

Nachdem wir gefrühstückt hatten, bekam ich noch eine Umarmung von meiner Mutter und fuhr dann direkt in die Stadt zum Firehouse Café. Angesichts Risas Angebot brauchte ich einen Plan, und zwar lieber heute als morgen.

Als ich das Café betrat, war es wie immer sehr voll, aber Janet stand nicht an der Theke. Der junge Mann namens Daniel stand dort, seine Hände arbeiteten blitzschnell, während er Kaffee für die Kunden vorbereitete. Eine Schar von Touristen hatte sich vor dem Tresen versammelt. Er schaute auf und lächelte mich an. »Bist du wegen Janet hier? Oder wegen etwas anderem?«

»Beides.« Ich konnte immer noch einen Kaffee vertragen, also bestellte ich einen Shot in the Dark.

Nachdem ich bezahlt und er mir den Kaffee überreicht hatte, wies er mir den Weg in die Bäckerei im hinteren Teil, wo Janet arbeitete. Ich fand sie an dem breiten Edelstahltisch in der Mitte des Raumes. Sie trug eine mit Mehl bestäubte Schürze und war damit beschäftigt, Teig zu kneten.

»Hey, Janet«, rief ich, als sich die Tür hinter mir schloss.

Sie schaute lächelnd auf und schob sich mit dem

Ellbogen eine lose Haarsträhne aus den Augen. »Hi, Jasmine, schön, dich zu sehen. Setz dich doch«, sagte sie und hob ihr Kinn in Richtung des Hockers neben dem Tisch, der direkt gegenüber von ihrem Arbeitsplatz stand.

Ich rutschte auf den Hocker und ließ meine Handtasche auf den Boden gleiten. Ich sah ihr ein paar Minuten lang beim Kneten zu, während ich an meinem Kaffee nippte.

»Meine Mutter hat erwähnt, dass sie mit dir über einen Platz für mich zum Arbeiten gesprochen hat«, sagte ich schließlich und wusste nicht, warum ich so nervös war zu fragen.

Janet war wie Familie für mich. Ich nahm an, dass meine Angst damit zu tun hatte, wie viel mir das alles bedeutete. Jetzt, wo ich möglicherweise eine Chance verpassen konnte, wenn ich nicht bald einen Ort fand, an dem ich mit dem Töpfern beginnen konnte, war ich noch nervöser.

Im Hinterkopf dachte ich, dass ich notfalls in Anchorage herumtelefonieren könnte, um herauszufinden, ob mir jemand ein Gemeinschaftsatelier zur Verfügung stellen würde. Aber ich hatte dort keine Beziehungen und das könnte genauso viel Zeit in Anspruch nehmen wie das hier.

Janet schaute mit einem warmen Lächeln auf. »Das stimmt. Der Raum steht einfach so leer. Als Dan noch lebte, nutzte er ihn als seine persönliche Garage. Dort hat er an seinem Auto herumgeschraubt und all sein Werkzeug aufbewahrt und so weiter. Lange Zeit habe ich all seine Sachen einfach dort gelassen. Vor ein paar Jahren habe ich mich endlich dazu durchgerungen, alles wegzugeben, und jetzt steht der Raum leer. Ich denke, er wäre perfekt für das, was du vorhast. Ich habe deiner Mutter schon gesagt, dass du alles tun kannst, was du brauchst, um es herzurichten. Und sobald du dir die Miete leisten kannst, werden wir uns etwas einfallen lassen.«

Ein Lächeln blühte in mir auf, als ich zu Janet hinübersah. »Das könnte auf jeden Fall funktionieren«, sagte ich schließlich.

Mir war fast schwindelig vor Aufregung. Die ganze Zeit über hatte ich mich mit Gelegenheitsjobs und der Arbeit in Galerien durchgeschlagen und irgendwie versucht, einen Punkt zu erreichen, an dem ich haupt-beruflich töpfern konnte. Die ganze Zeit über hatte ich mir eingeredet, dass ich es nur außerhalb von Willow Brook schaffen könnte. Seltsamerweise bewies mir das Universum ganz geschickt das Gegenteil. Vielleicht konnte ich alles genau hier haben.

Janet knetete den Teig weiter und rollte ihn zu einer ordentlichen Kugel, bevor sie ihn in eine geölte Schüssel legte. Sie wischte sich die Hände an ihrer Schürze ab und stemmte sie in ihre Hüften, während sie zu mir herüberlächelte.

»Perfekt«, sagte sie. Sie drehte sich um und wusch sich die Hände in einem Waschbecken hinter ihr. Mit einem Blick über die Schulter deutete sie auf eine Tür im hinteren Teil der Küche, neben dem großen, begehbaren Gefrierschrank.

»Ich muss hier weitermachen. Ich muss noch ein paar Dinge vorbereiten, aber du kannst ja schon mal einen Blick darauf werfen. Meinetwegen kannst du da hinten alles Notwendige tun. Ich besorge dir einen Schlüssel, damit du von außen reinkommen kannst. Ich nehme an, dass du dich um ein paar Dinge kümmern musst, um den Raum einzurichten. Sag mir einfach Bescheid, wenn du etwas brauchst.«

Ich stand auf, umrundete den Tisch und zog Janet in eine kurze Umarmung. Sie drückte mich fest an sich, als ich zurücktrat und schnappte sich ein Handtuch, um ihre Hände abzutrocknen. »Wir sind froh, dass du wieder zu Hause bist, Schatz.«

Jemand rief ihren Namen. »Die Pflicht ruft«, meinte sie über ihre Schulter, bevor sie davoneilte. »Sieh dich um und sag mir, was du brauchst.«

Die Schwingtür zischte, als sie hindurchging. Ich schnappte mir meine Handtasche vom Boden und ging mit dem Kaffee in der Hand nach hinten.

Ich erinnerte mich vage daran, dass ich schon einmal hier gewesen war, als Janets Mann noch lebte. Damals lagerte hier ein Haufen Werkzeug, und er hatte immer irgendein Projekt am Laufen. Jetzt war es nur noch ein großer leerer Raum. Der Betonboden war in demselben sanften Blau gefärbt wie die Fassade. Ich kicherte leise und fragte mich, wann Janet das getan hatte. Die Wände waren kahl und hatten an zwei Seiten Regale. Es fühlte sich an wie eine Garage, weil es eine Garage *war*. Die große Tür war geschlossen und daneben befand sich eine Einzeltür. Fenster auf beiden Seiten ließen Licht herein. Staubflocken schwebten in der Luft umher, die von den einfallenden Sonnenstrahlen aufgefangen wurden.

Ich schlenderte durch den leeren Raum und überlegte, wie ich ihn am besten einrichten sollte. Ich stellte mir vor, dass ich meinen Brennofen in eine Ecke stellen würde, mit einem Arbeitstisch in der Mitte und meinem Drehteller in einer anderen Ecke.

Ich atmete tief durch und überlegte, wen ich bitten sollte, mir beim Einrichten zu helfen. Lucy hatte es mir angeboten, aber ich wusste, dass sie und Amelia zu dieser Jahreszeit sehr beschäftigt waren. Die Bausaison in Alaska war kurz und verrückt. Levi oder mein Vater wären eine andere Möglichkeit. Mein Widerstreben, um Hilfe zu bitten, war ein kleiner Stolperstein, aber ich würde ihn überwinden. Ich musste es.

Um diese Hürde zu überwinden, holte ich mein Handy aus der Tasche und setzte mich auf eine Bank vor Jánets B&B. Ich suchte schnell Risas Nummer heraus und wählte sie.

Sie nahm nach dem dritten Klingeln ab. »Hallo?«

»Hi Risa, hier ist Jasmine.«

»Oh, hey«, sagte sie mit warmer Stimme. »Gibt es Neuigkeiten für mich?«

»Deshalb rufe ich an. Ich habe einen Raum für mein Studio gefunden. Gib mir noch ein paar Wochen, dann kann ich mit dir über einen konkreten Zeitplan sprechen. Bist du dir immer noch sicher?«

Risa lachte. »Natürlich bin ich mir sicher! Ich habe bereits mit Ethan und Jack, den Besitzern der anderen Galerien, gesprochen. Sie sind total begeistert. Sag uns einfach Bescheid, wann es losgeht, damit wir überall Ausstellungsflächen haben.«

Ich freute mich riesig und mir stiegen die Tränen in die Augen. Das würde perfekt werden. Der beängstigende Teil, nämlich zu hoffen, dass die Leute meine Arbeit tatsächlich kaufen, würde später kommen. Aber jetzt musste ich erst einmal dorthin kommen.

Kapitel Neunzehn

DONOVAN

Ich lehnte mich mit dem Rücken gegen einen umgestürzten Baum am Boden und neigte meinen Kopf, um in den Himmel zu schauen. Seit meiner Nacht mit Jasmine war eine Woche vergangen. Seitdem hatte ich sie nicht mehr gesehen, aber sobald ich einen freien Moment hatte, konnte ich kaum aufhören, an sie zu denken. Nachdem unsere Mannschaft zu einem Feuer in einer Nachbarstadt gerufen worden war, kehrte ich in jener Nacht nach Hause zurück, aber es war schon spät gewesen.

Am nächsten Morgen war ich schon vor der Morgendämmerung aufgestanden, als unsere Mannschaft zu einem weiteren Brand im Landesinneren gerufen wurde. Diese Einsätze waren nicht ungewöhnlich. Wir hatten den ganzen Sommer über mit ihnen zu tun.

Trotzdem ärgerte es mich, dass ich keine Gelegenheit gehabt hatte, Jasmine zu sehen, bevor ich wieder für so lange Zeit wegging.

Und was hättest du getan? Du warst derjenige, der gesagt hat, dass nichts mit ihr geschehen dürfe. Das hast du verbockt.

Mein Verstand verhöhnte mich. Verdammt, ich hatte das Versprechen, das ich mir selbst gegeben hatte, zu Schutt und Asche verbrannt.

Sie war einfach zu verlockend, und es fühlte sich zu gut an, mit ihr zusammen zu sein. Mit ihr zusammen zu sein, war ein Stück vom Himmel – ein heißes, brennendes, sehnsüchtiges Stück Himmel.

Zum ersten Mal seit Jahren interessierte ich mich tatsächlich für eine Frau. Ich war keineswegs ein Mönch gewesen, seit meine Verlobung in die Brüche gegangen war, aber ich hatte mich an einen begrenzten Pfad gehalten, der »zwanglos« hieß. Offen gestanden, war ich noch keiner Frau begegnet, die mich auf andere Weise in Versuchung geführt hätte. Jasmine hatte die Fäden, die sich um mein Herz gelegt hatten, so schnell entwirrt, dass ich nicht wusste, wie mir geschah.

Es war spät und wir hatten uns für die Nacht niedergelassen. Der Geruch von Rauch lag in der Luft und die Sterne schienen über uns, als die Nacht den Himmel eroberte. Wir waren jetzt ein gutes Stück vom Feuer entfernt. Wir hatten verdammt hart gearbeitet, um Feuerschneisen zu schlagen und das Feuer bis zu diesem Punkt einzudämmen. Man hatte uns mitgeteilt, dass wir morgen zurück nach Willow Brook aufbrechen würden. Da wir alle müde und erschöpft waren, waren wir reif für eine Pause.

Zum ersten Mal seit Jahren hatte ich etwas, oder besser gesagt jemanden, auf den ich mich freuen konnte, wenn ich nach Hause kam. Wenig später lag ich auf meinem Schlafsack, den Kopf auf die Hände gestützt, starrte in den Himmel und schlief mit dem Gedanken an Jasmine und den Blick in ihren Augen, als sie explodierte, ein.

Am nächsten Tag beobachtete ich, wie die Landschaft unter dem Hubschrauber vorbeizog. Wir flogen über einen Teil des Waldes, in dem das Feuer ausgebrochen war und Hektar um Hektar an Fichten verwüstet hatte. Die geschwärzten Bäume hoben sich deutlich vom Himmel ab und die Landschaft sah trostlos aus. Doch mit einem Blick zur Seite konnte ich in der Ferne die Feuerschneisen sehen, die wir angelegt hatten, und einen breiten Fluss, der das Feuer in Schach hielt.

Eine weitere Löschmannschaft aus Fairbanks war heute Morgen eingeflogen worden, um sich um den letzten Teil des Feuers zu kümmern. Beim Blick nach vorn kamen die Berge in Sicht. Denali, das Herzstück der Alaskakette und der höchste Gipfel Nordamerikas, ragte in den Himmel – eine Festung von spektakulärer Schönheit. Seine schneebedeckte Spitze leuchtete vor dem blauen Himmel.

Die Sicht auf den Denali bedeutete, dass wir nur noch eine halbe Stunde von Willow Brook entfernt waren. Jasmine schwebte durch meine Gedanken – das Gefühl ihres Haares, weich und seidig, und das Gefühl ihres Kanals, glatt, anschmiegsam, heiß ... und das Gefühl von Heimat.

Für mich.

Ich verlor langsam den Verstand. Der Gedanke, dass sich irgendeine Frau für mich wie ein Zuhause anfühlen könnte – das war verrückt. Und gefährlich. Doch mein Körper wollte, was er wollte, und das Unvorstellbare schien zu geschehen. Bei Jasmine war die Lust mit Gefühlen verwoben. Ich wusste gar nicht, was ich davon halten sollte.

Levi sagte etwas und ich schaute zu ihm rüber. »Ja?«

Es war nicht einfach, sich im Hubschrauber zu unterhalten, vor allem nicht bei dem Brummen der Rotorblätter, die über uns kreisten.

»Ich meinte nur, dass es schön ist, nach Hause zu kommen«, sagte Levi.

Irgendwie hatte ich die Tatsache, dass er Jasmines älterer Bruder war, verdrängt. Doch in diesem Moment stürzte diese Tatsache auf mich ein. Wenn er wüsste, wie intim ich mit ihr war, würde er mir den Arsch versohlen. Ich beschloss, die Konsequenzen daraus erst einmal zu ignorieren.

»Es ist immer gut, nach Hause zu kommen«, antwortete ich. »Schaust du im Wildlands vorbei?«

Wir haben schon oft zusammen gegessen und etwas getrunken, wenn wir zurückkamen. Nachdem wir in der Wache geduscht hatten, war das ein idealer Abschluss nach mehreren Wochen harter Arbeit als Crew.

Levi zuckte mit den Schultern. »Wahrscheinlich schon, aber wenn Lucy mich zu Hause haben will, geh ich lieber heim«, sagte er und grinste kurz.

»Selbstverständlich. Wenn ich du wäre, würde ich alles tun, um Lucy nicht zu verärgern«, empfahl ich.

Levi gluckste. »Oh, das tue ich, glaub mir.«

Auf dem Revier ging die Geschichte um, dass Lucy früher besonders widerstandsfähig gegen Levis Anmachen und Flirtversuche gewesen war. Aber Levi war hartnäckig und er hatte schlichtweg den längeren Atem gehabt. Jetzt waren sie glücklich verheiratet und erwarteten ihr erstes Kind.

Bis ich Jasmine traf, hatte ich nicht einmal darüber nachgedacht, mit jemandem zusammenzuziehen. In diesem Moment schoss mir der Anblick von Jasmine mit einem prallen Babybauch durch den Kopf und ließ das Blut direkt in meinen Schwanz schießen.

Wenn das nicht zeigte, wie schlimm es um mich stand, dann weiß ich auch nicht.

Noch schlimmer war, dass es mir egal war, was Levi

von der Tatsache hielt, dass ich seine Schwester so sehr wollte, dass ich nicht vorhatte zu widerstehen. Ich würde heute Abend mit der Crew ins Wildlands gehen, schon allein deshalb, weil ich keine Familie zu Hause hatte und Fragen aufkommen könnten, wenn ich mich herausreden würde. Aber ich hatte nicht vor, lange zu bleiben, und ich würde heute Abend auf jeden Fall an Jasmines Tür klopfen.

Kapitel Zwanzig

DONOVAN

Ein paar Stunden später lehnte ich mich in meinem Stuhl an unserem Tisch im Wildlands zurück und schaute mich in der Bar um. Die Tische waren voll besetzt, und in der Ecke wurde Billard gespielt, während eine Band auf der Bühne im hinteren Teil des Lokals für eine Show später am Abend aufbaute.

Beck Steele lachte über etwas und stieß mich dann mit seinem Ellbogen an. »Weißt du, was ich meine?«, fragte er.

Ich wusste nicht wirklich, was er meinte, denn ich wusste nicht einmal, wovon er sprach. Seit wir gelandet waren, drehten sich meine Gedanken hauptsächlich um Jasmine.

Ich warf einen Blick in seine Richtung und zuckte mit den Schultern. »Nicht wirklich.«

Beck warf lachend den Kopf zurück. »Du weißt nicht mal, wovon ich rede, oder?«

Ich schüttelte glucksend den Kopf. »Nein, ich kann nicht behaupten, dass ich wirklich aufgepasst habe. Was meinst du?«

»Ha. Ich habe nur von der Entscheidung gesprochen, entweder hier im Landesinneren einen Brand zu löschen oder nach Arizona geschickt zu werden. Ich würde lieber hier arbeiten. Meinst du nicht auch?«

»Auf jeden Fall. Die Brände in Arizona sind verdammt heiß. Wenigstens ist es hier nicht auch noch brütend heiß, wenn wir in unserer schweren Ausrüstung unterwegs sind.«

Beck schaute zu Remy Martin hinüber und nickte. »Siehst du, genau was ich gesagt habe.«

Remy rollte mit den Augen und gluckste. »Alter, ich habe dir nicht widersprochen. Ich wollte nur sagen, dass es so oder so harte Arbeit ist.« Remy war erst vor Kurzem zu einer der Mannschaften von Willow Brook Fire & Rescue gestoßen und passte perfekt zu uns. Er hatte keine Probleme, mit Beck zu witzeln.

Cade Masters saß schräg gegenüber von uns. Er war der Einsatzleiter einer anderen Mannschaft auf der Wache. Er warf einen Blick auf Beck und rollte mit den Augen.

»Was?«, fragte Beck.

»Du findest einfach immer etwas zum Diskutieren.«

Becks Telefon lag auf dem Tisch zwischen uns und ich spürte die Vibration, bevor er es bemerkte. Nach einem Moment schaute er hinunter und nahm es in die Hand. »Hey, Schatz«, sagte er ins Telefon.

Ich blendete sein Gespräch aus und antwortete Cade, als er mich fragte, ob ich diesen Sommer Urlaub nehmen würde. »Nein. Ich bleibe lieber hier, zwischen den Bränden. Außerdem helfe ich Janet bei den Renovierungsarbeiten.«

»Wie geht es mit deinem Haus voran?«, fragte er. »Amelia meinte, dass sie dem Zeitplan ein wenig voraus sind.«

Amelia, Cades Frau, und Lucy von Kick A** Construction waren mit der Renovierung meines Hauses betraut. Ich hatte sie eingestellt, weil sie gut in ihrem Job waren. Es war nichts, was ich nicht auch selbst hätte machen können, aber mit meinem Zeitplan im Sommer passte es nicht gut, so ein großes Projekt in Angriff zu nehmen. Nicht, wenn ich den ganzen Sommer über unterwegs war.

Ich warf Cade einen Blick zu und nickte. »Es geht schneller voran, als ich dachte. Sie leisten verdammt gute Arbeit.«

»Natürlich tun sie das. Amelia kann besser bauen als ich«, antwortete er lachend.

»Darauf wette ich«, erwiderte ich. »Ich kenne mich auf dem Bau aus und ich bin mir ziemlich sicher, dass sie es auch besser machen als ich.«

Levi schaltete sich über den Tisch hinweg ein. »Stimmt, aber Amelia ist nicht so herrisch wie Lucy. Das garantier' ich euch.«

Cade lachte wieder und fuhr sich mit der Hand durch seine zotteligen braunen Locken. »Vielleicht, vielleicht auch nicht. Das kommt auf den Tag an. Nicht, dass es mich stören würde. Soweit ich das beurteilen kann, bist du so von Lucy angetan, dass es dir völlig egal ist, ob sie dein Leben regiert.«

Levi musste grinsen. »Absolut. Ich weiß, wer der Boss ist, und es ist mir scheißegal.«

Beck beendete seinen Anruf und stand vom Tisch auf. »Ich muss los, Leute. Maisie ist völlig fertig und Max hat gerade die ganze Couch vollgekotzt. Ich habe Papa-Dienst, wir sehen uns.«

Mit einem Winken drehte er sich um und ging. Unsere Runde löste sich langsam auf, nachdem er gegangen war.

Auf dem Weg nach draußen hielt ich auf dem

hinteren Parkplatz am Schwanensee inne. Ich hatte meinen Truck am B&B geparkt, also ging ich zu Fuß nach Hause. Die Sonne ging in der Ferne unter und warf einen rosa und violetten Schimmer auf die Oberfläche des Sees. Ein Paar Trompeterschwäne schwamm in der Nähe des Stegs, ihre Hälse waren anmutig gebogen. Sie sahen fast gespenstisch aus, ihre Silhouetten schimmerten silbrig im fahlen Licht der Abenddämmerung.

Als ich dort stand und auf den See hinausblickte, ging mir mein alter Freund Bill wieder durch den Kopf. Bill würde Willow Brook lieben. Damals in Georgia angelten wir immer an Seen wie diesem. Die Sommer dort waren heiß und feucht und die Mücken zahlreich. In Alaska gab es genauso viele Mücken wie in Georgia, aber die Luft war hier trockener und frischer und das Grün nicht ganz so dicht und üppig.

Ich hasste es, wie Bill unsere Freundschaft verraten hatte. Irgendwie hatte mich sein Verrat noch tiefer getroffen als der von Katie, denn er war mein Freund gewesen. Die alte Wut war jedoch zu einem kleinen Piekser verblasst. Ich vermisste ihn und unsere Freundschaft immer noch. Ich hatte gelernt, dass jemand dich zutiefst verletzen kann und du ihn dennoch vermissen kannst, auch wenn er nicht mehr Teil deines Lebens ist.

Was Katie betraf, so hatte sie versucht, mich nach ihrer Trennung anzurufen, entschuldigte sich schluchzend und sagte mir, sie wisse nicht, was sie sich dabei gedacht habe. Bei ihr brauchte ich keinen Schlussstrich. Oder besser gesagt, ich nahm an, dass ich ihn bereits gezogen hatte. In dem Moment, als ich herausfand, dass sie mich seit Monaten betrogen hatte, war es in meinem Kopf und in meinem Herzen bereits vorbei gewesen.

Ich hatte viele Fehler, aber es wäre mir nie in den Sinn gekommen, sie zu betrügen. Ich hatte Gelegenheiten gehabt und war nie in Versuchung geraten. Das hieß aber nicht, dass ich ein Idiot war. Ich wusste eine schöne Frau jederzeit zu schätzen, aber nicht ein einziges Mal hatte ich an mehr als das gedacht.

Ich wollte nicht ständig an die Vergangenheit denken und daran, was ich nicht ändern konnte. Ich wandte mich vom See ab und machte mich über die Main Street auf den Weg nach Hause. Um diese Zeit war die Dämmerung in Alaska ein träger Tanz. An den meisten Orten hielt die Dämmerung nur kurz an, doch hier dauerte sie stundenlang. Die Zeit zwischen Tag und Nacht fühlte sich schwebend an, fast magisch.

Menschen liefen immer noch die Straße entlang und stöberten in den Geschäften. Aus einigen Restaurants drangen Stimmen, als ich vorbeikam, und das Firehouse Café war gut besucht. An zwei Abenden in der Woche veranstaltete Janet eine Open Mic Night. Heute war einer dieser Abende, und die Menge strömte zu den Tischen auf dem Bürgersteig.

Ich ging weiter und dachte an Jasmine. Ich wollte sie sehen. Unbedingt. Ich war nicht in der Stimmung, mich deswegen zu rechtfertigen.

Nachdem ich nach der heißesten Nacht meines Lebens viel zu lange fortgewesen war, sehnte ich mich so sehr nach ihr. Als ich Janets B&B erreichte, löste sich die Anspannung, die ich in mir trug, in dem Moment, als ich Jasmines Auto dort stehen sah. Ich wusste weder, ob sie da sein würde, noch, ob sie mich so sehr wollte wie ich sie.

Als ich die Treppe hinaufging, dachte ich nur noch daran, wie lange ich noch darauf warten musste, in sie eindringen zu können. Ich trat über den Absatz der obersten Stufe und ließ meinen Blick zur Tür ihrer Suite schweifen.

Was auch immer wir miteinander hatten, es gab keine Wegweiser, die die Regeln festlegten. Meine Füße stoppten an ihrer Tür, die zufällig etwas näher an diesem Ende des Flurs lag als meine. Meine Hand hob sich von selbst und meine Fingerknöchel klopften scharf gegen ihre Tür.

Ich hörte ihre Schritte auf dem Boden und dann schwang die Tür auf. Bei ihrem Anblick verkrampfte sich jede Faser meines Körpers vor Vorfreude.

Ihr Haar war zu einem schiefen Pferdeschwanz gebunden und war zur Hälfte herausgerutscht. Lose Strähnen fielen um ihr Gesicht und umrahmten es. Sie trug ein eng anliegendes T-Shirt, das ihre Brüste umschmeichelte. Als ich an ihr hinunterblickte, sah ich, wie sich ihre Brustwarzen unter der Baumwolle spannten. Verdammt!

Sie trug keinen BH. Sie war eindeutig gemütlich gekleidet, trug nur dieses T-Shirt und eine Jogging-hose, die ihr niedrig auf den Hüften saß. Ich konnte einen schmalen Streifen Haut sehen, der zwischen ihrer Kleidung hervorlugte.

Es gelang mir, meinen Blick zu ihrem Gesicht zu lenken und die feine Wölbung ihrer Augenbrauen, ihre schrägen Wangenknochen und ihre vollen Lippen zu betrachten, die sich zu einem langsamen Lächeln verzogen. Sie sah überrascht aus, mich zu sehen.

»Donovan, ich wusste nicht, dass du zu Hause bist«, sagte sie zur Begrüßung.

»Ich bin erst heute Abend nach Hause gekommen.«

Wir standen einfach nur da und starrten uns an. Ich wollte gerade durch die Tür treten, als mir einfiel, dass ich sie vielleicht fragen sollte.

»Darf ich reinkommen?«

»Natürlich. Komm rein«, sagte sie und machte eine Geste, während sie mit geröteten Wangen einen Schritt zurücktrat.

Ich trat durch die Tür und ließ meinen Blick durch den Raum schweifen. Ihre Suite war ein Ebenbild der meinen – ein offenes Wohnzimmer mit einem Deckenlicht, einem Blick über die Main Street und einer kleinen, effizienten Küche im hinteren Bereich.

Ich erblickte einen leuchtend rosa BH, der von der Couch baumelte. Plötzlich war ich eifersüchtig auf ihn – eifersüchtig auf einen verdammten BH. Ich vermutete, dass die Seide ihre Brüste den ganzen Tag über umarmen konnte.

Ich war nicht ganz klar im Kopf. Oder besser gesagt, er schien überhaupt nicht mehr zu funktionieren.

Als die Tür hinter mir klickend zufiel, stand sie mit dem Rücken zur Tür, die Hand auf der Klinke. Die Vorstellung, wie sie sich an mich schmiegte, während ich sie an der Tür rannahm, schoss mir durch den Kopf.

Ich beschloss, dass ich diese Fantasie genauso gut in die Tat umsetzen könnte.

Ich trat zu ihr, hob eine Hand und strich ihr eine der losen Haarsträhnen aus der Stirn. »Darf ich das aufmachen?«, fragte ich, während ich ihren Pferdeschwanz festhielt.

Ihre Zunge schob sich heraus, hübsch und rosa, und strich über ihre Unterlippe. Ich wusste genau, wo ich sie haben wollte. Ich wollte alles auf einmal – meinen Mund zwischen ihren Schenkeln, ihre Lippen um meinen Schwanz, und irgendwie wollte ich mich gleichzeitig in ihrer heißen, glitschigen Hitze vergraben.

Ich würde einen Schritt nach dem anderen machen

müssen. Irgendwo in dieser heißen Fantasiewelt hatte ich meine Hand um ihr Haar geschlungen.

»Nein, es macht mir nichts aus«, murmelte sie schließlich.

Auf ihre Antwort hin schob ich meinen Finger unter das Gummiband, zog es heraus und sah zu, wie ihr Haar in bernsteinfarbenen Wellen locker um ihre Schultern fiel.

»Was dagegen, wenn ich dich küsse?«, fragte ich als Nächstes.

Ihre Haut war rosig und ihr Atem kam in kurzen, raschen Zügen. Ich wollte wissen, ob sie schon feucht war.

Sie schüttelte ihren Kopf und flüsterte: »Nein.«

Also trat ich näher heran und presste mich dicht an ihren weichen Körper. Sie war so ein Gegensatz zu mir. Ich dachte nicht viel über meinen Körper nach, es sei denn, ich hatte eine Verletzung, die mich daran hinderte, ihn einzusetzen. Mein Körper war ein Werkzeug, und er war ein wichtiger Teil meiner Arbeit. Ich musste stark und unzerbrechlich sein. Sie war weich, wo ich hart war.

Ich neigte meinen Kopf und wollte zuerst ihre Haut schmecken. Ich drückte ihr einen Kuss direkt hinter das Ohr, was eine Gänsehaut unter meinen Lippen erzeugte. Dann streute ich Küsse auf ihre Kehle, bevor ich mich auf den Weg zu ihrem Mund machte. Fuck! Sie schmeckte himmlisch – süß und salzig und so warm.

Sie seufzte in meinen Mund, als ich meine Lippen auf die ihren legte, und ihre Zunge glitt heraus, um sich mit meiner zu kreuzen. Ich fühlte mich wie betäubt, träge von der Hitze ihres Körpers und ihrem Duft, der mich umhüllte und in seinem Netz verschlang.

Unser Kuss war langsam und heiß, ihre Hüften schaukelten gegen die harte Kante meines Schwanzes.

Ich schaffte es, mich von ihr zu lösen, weil ich es einfach wissen musste. »Bist du feucht?«

Jasmine starrte mich an, ihre Pupillen waren geweitet, das Blau ihrer Augen war so dunkel, dass es fast marineblau wirkte. Sie nickte langsam und biss sich auf die Lippe. »Mhm.«

»Meinetwegen?«

Ihre Hüften beugten sich mir entgegen und sie nickte erneut. Ihre Hand glitt zwischen uns, als sie den Türgriff losließ. Sie schob sie unter den Bund ihrer Jogginghose. Ihre Berührung streifte meinen Schwanz, als sie zwischen ihre Oberschenkel griff.

Ich konnte es nicht sehen, aber ich wusste, dass sie ihre Pussy streichelte. Als sie ihre Finger herauszog, waren sie glitschig von ihrem Saft.

»Siehst du«, sagte sie und ihr Mundwinkel kräuselte sich leicht.

Ich beugte mich vor und nahm ihre Finger in den Mund, umspielte sie mit meiner Zunge und genoss den salzigen Geschmack.

Das war das Geilste, was ich je gesehen hatte.

Ich trat zurück und zerrte ihre Jogginghose runter, ihr Höschen gleich mit dazu. Ich war schon auf einem Knie, als ich zu ihr hochblickte. Ihr Bauch bebte unter ihren raschen Atemzügen, als sie mich ansah.

»Mach das noch mal«, befahl ich.

Ich brauchte es nicht weiter zu erläutern. Ihre Hand glitt wieder über ihren Bauch. Ihre Schenkel spreizten sich leicht und sie enthüllte ihre rosafarbene, feuchte und glitschige Pussy für meine Augen.

Mein Schwanz war so hart, dass es mich nicht gewundert hätte, wenn ich in meiner Hose gekommen wäre.

Ihre Finger tauchten in ihren geschwollenen Spalt ein, umkreisten ihren Kitzler und glitten hinein.

Ich musste sie schmecken. Ich beugte mich vor und fuhr mit meiner Zunge über ihre Schamlippen bis hin zu ihrem Kitzler.

»Hör nicht auf«, murmelte ich.

Während ihre Finger rein- und rausglitten, reizte ich sie mit meiner Zunge. Sie schmeckte so verdammt gut.

Sie war so empfänglich – ihr Atem entwich in kurzen Atemzügen, keuchend schaukelte sie ihre Hüften in meinen Mund. Als ich aufblickte, konnte ich sehen, wie ihr Kopf mit einem lauten Schlag gegen die Tür fiel. Sie murmelte meinen Namen und fuhr mit ihrer freien Hand in mein Haar.

»Ich muss spüren, wie du kommst«, murmelte ich und ließ meine Finger in sie gleiten. Sie schlug ihre Handfläche gegen die Tür und hielt sich fest, als ich meine Finger in ihren heißen, glitschigen Kanal versenkte. Innerhalb weniger Sekunden kam sie in einem lauten Schub und ihre Hüften bäumten sich gegen meinen Mund.

Der Wunsch, ihre Lippen um meinen Schwanz gewickelt zu sehen, verglühte in dem heftigen Bedürfnis, tief in ihr zu versinken.

Langsam zog ich meine Finger heraus und leckte sie ein letztes Mal, denn ich brauchte den Geschmack von ihr auf meiner Zunge. Als ich mich langsam aufrichtete, riss sie an den Knöpfen meines Hosenschlitzes, schob meine Jeans und meinen Slip um meine Hüften und legte ihre Hand um meinen Schwanz. Ich stöhnte auf, als ich spürte, wie ihr Griff mich sanft streichelte.

»Donovan«, murmelte sie, ihre Stimme war heiser.

Als ich zu ihr blickte, sah ich ihren dunklen Blick

auf mich gerichtet. Ihre Wangen waren gerötet und ihr Atem kam in kurzen Stößen. »Ja?«

»Ich brauche dich. Jetzt.«

Ich schob meine Handfläche unter eines ihrer Knie und hob ihr Bein an, während ich meinen Schwanz in meiner Faust packte und ihn durch ihre glitschige, feuchte Pussy vor und zurück zog.

Ich dachte nicht einmal nach. Ich wollte gerade in sie eindringen, als mir einfiel, dass ich ein Kondom brauchte. Ich erstarrte. Denn ich hatte keins dabei. In der Regel hatte ich keine dabei, wenn ich zu einem Brand ausrückte. Normalerweise kam ich auch nicht nach Hause und vögelte jemanden, bevor ich überhaupt durch meine Tür getreten war.

So verrückt machte mich Jasmine.

»Fuck«, murmelte ich. »Ich muss ...«

Meine Worte gingen in ein Knurren über, als sie ihre Hüften gegen mich stemmte und ihre glitschige Hitze meinen Schwanz reizte.

»Was?«, fragte sie.

»Kondom«, stieß ich hervor.

»Ich bekomme die Dreimonatsspritze«, keuchte sie. »Und ich bin clean. Versprochen. Wenn es sonst irgendeinen Grund gibt, warum wir eins brauchen, sag es mir bitte jetzt.«

Die unerotischste Unterhaltung der Welt wurde mit Jasmine sexy, jedes Wort war heiser und ihre Lippen rosa und geschwollen von unseren Küssen.

»Nicht nötig. Ich habe es seit Jahren nicht mehr ohne Kondom gemacht. Ich bin total clean. Bist du dir sicher? Es ist deine Entscheidung.« Ich konnte kaum glauben, dass ich einen vollständigen Satz zustande brachte, aber ich hatte es tatsächlich hinbekommen.

Sie nickte und schlang ihr Bein um meine Hüfte. Ich hob sie hoch und umfasste ihren Hintern mit einer

Hand, wobei mir die Tür als Stütze diente, als ich sie an mich presste. Ich wartete nicht ab. Ich setzte meinen Schwanz an ihrem Eingang an und versenkte ihn bis zum Anschlag in ihr. Ihr Kopf schlug gegen die Tür und sie schrie auf.

Ihr Kanal war so glitschig, so nass, so eng um meinen Schwanz, es war, als würde ich nach Hause kommen. Der pure Himmel.

Ich hielt einen Moment lang still. Sie war so eng. Als ich sie an mich drückte, hielt ich sie an den Hüften fest. Sie schaukelte auf mir, was mich anspornte. Schließlich zog ich mich zurück und sank wieder in sie hinein. Innerhalb von Sekunden schaukelten wir uns gegenseitig hoch. Ein langsamer Tanz der puren Lust. Es fühlte sich zu gut an, um von Dauer zu sein. Ich stürzte in einen Kessel voller Hitze, umgeben von ihrem Duft und dem Nebel unserer Lust, der uns beide umgab. Mit jedem Stoß pochte ihre Pussy und krampfte sich um mich zusammen.

Kapitel Einundzwanzig

JASMINE

Donovans Stärke umgab mich, als er mich an sich drückte. Er hielt mich mit Leichtigkeit, während er mich in einem schwindelerregenden, wahnsinnig langsamen Rhythmus fickte und bis zum Anschlag in mich eindrang – wieder und wieder und wieder.

Er dehnte mich und füllte mich aus, das Gefühl war so köstlich, dass ich mich wie unter Drogen gesetzt fühlte und vor Verlangen fast zusammenbrach. Jedes Mal, wenn er in mich eindrang, traf er diesen süßen Punkt in mir. Mit jedem Schwung seiner Hüften schickte der Druck gegen meinen Kitzler heiße Funken durch mich, während ich einer weiteren süßen Erlösung nachjagte.

Seine Finger gruben sich in meine Hüften, und ich hörte, wie ich seinen Namen murmelte, bettelte und flehte – verzweifelt, als sich der Druck in mir wieder sammelte und zu einer Welle anwuchs.

»Sieh mich an«, murmelte er, seine Stimme war ein warmes Kommando, dem ich mich nicht widersetzen konnte.

Als ich die Augen aufschlug, sah ich seinen Blick,

der mich mit unglaublicher Intensität anblickte. Mein Herz pochte heftig. Die Intimität, die uns umgab, war so intensiv, dass ich kaum Luft holen konnte. Die ganze Zeit über trieb mich das glitschige Ziehen und Gleiten seines Schwanzes höher und höher.

»So verdammt heiß«, murmelte er. »Ich will dich kommen sehen, Süße.«

Allein seine Stimme trieb mich in den Wahnsinn. Ein weiterer Stoß und ich brach auseinander, die Welle bäumte sich auf und brach, als mich die Lust überrollte.

Sein Griff um meine Hüften wurde fester und dann schrie er meinen Namen – ein rauer Schrei durch den Raum. Ich spürte, wie die Hitze seiner Erlösung mich erfüllte und die Lust meinen Körper durchschüttelte.

Seine Stirn sank an meine, während wir beide versuchten, wieder zu Atem zu kommen.

Ohne eine Sekunde zu verlieren, hob Donovan mich an und drehte sich um, wobei er seinen Kopf wegzog.

»Duschen«, murmelte er leise.

Es war keine Frage, aber auch nicht gerade eine Feststellung. Als ich nickte, drehte er sich um und ging zum Schlafzimmer. Da meine Suite ein Abbild der seinen war, wusste er natürlich, wohin er gehen musste. Er ließ mich nicht los, bis wir in der Dusche standen und das heiße Wasser über uns dampfte.

Erst dann zog er sich aus mir zurück und ließ mich auf den Fliesenboden sinken. Der Moment fühlte sich so intim an, mit dem Dampf, der uns umhüllte – als wären wir die einzigen beiden Menschen auf der Welt.

Gerade mal eine Woche hatte ich ihn nicht gesehen, und die Erleichterung, die mich überkam, als ich ihn vor meiner Tür erblickt hatte, war riesig. Ich wusste gar nicht, wie ich jemanden so schnell vermissen konnte, wie ich es bei ihm getan hatte.

Ich beobachtete ihn dabei, wie er sich gründlich einseifte. Der Mann war praktisch aus Stein gemeißelt, sein Körper bestand nur aus harten Flächen. Als ich aus dem Wasser trat und er sich umdrehte, um sich darunter zu stellen, bemerkte ich ein paar Narben auf seinem Rücken und eine lange, gezackte Narbe auf der Rückseite seines Bizeps.

Bevor ich überhaupt merkte, was ich tat, hob ich meinen Arm und fuhr mit den Fingerspitzen an der Narbe entlang.

Donovan drehte sich um und seine Augen trafen meine. »Ich habe mir bei einem Feuer in den Arm geschnitten. Ein loses Stück einer Verankerung ist heruntergefallen, als ich jemanden hinausgetragen habe«, erklärte er in sachlichem Ton.

Ich sah zu ihm auf und mein Herz pochte heftig und schnell in meiner Brust. »Oh.«

Er schwieg für einen Moment, seine Augen suchten meine, als er mit den Schultern zuckte. »Nur eine Narbe.«

Ich schaffte es zu lächeln, obwohl sich mein Herz zusammenzog. Als ich aus der Dusche trat, reichte ich ihm ein Handtuch und trocknete mich ebenfalls ab. Ich fragte mich, was mich an ihm so berührte.

Eigentlich hätte ich darüber betrübt sein müssen, dass mein Ex-Verlobter mich betrogen hatte. Auch wenn es wehtat und ich mich darüber ärgerte, vermisste ich Glen nicht wirklich. Das sagte schon alles.

Glen hatte mich noch nie so leidenschaftlich angesehen, wie Donovan es tat. An jenem Abend, an dem ich Donovan zum ersten Mal gesehen hatte, hatte mich sein Blick so sehr gepackt, dass er mich in seinen

Bann gezogen hatte. Er gab mir das Gefühl, eine Frau zu sein, wie es noch kein Mann zuvor geschafft hatte.

Als wir aus dem Schlafzimmer traten, nachdem Donovan seine Klamotten und ich meine Jogginghose und mein T-Shirt übergezogen hatte, sprach ich, bevor ich überhaupt darüber nachgedacht hatte.

»Hast du schon gegessen?«

Donovan stand mit bloßen Füßen da und drehte sich um, um mich anzuschauen. Mir stockte der Atem. Mit seinen feuchten Haaren und seiner von der Dusche geröteten Haut sah er so verdammt gut aus. Er trug nur eine ausgeblichene Jeans und ein schwarzes T-Shirt, und ich wollte ihm die Klamotten am liebsten wieder vom Leib reißen.

Da war etwas an dem Gefühl, in seinen Armen zu liegen, seine Aufmerksamkeit verzehrte mich fast. Er hüllte mich buchstäblich in seine Stärke ein.

»Ich hatte vorhin eine Kleinigkeit im Wildlands, aber ich habe schon wieder Hunger«, antwortete er mit leiser Stimme und suchte mit seinen Augen mein Gesicht ab.

»Wie wäre es, wenn ich uns etwas koche?«

Wir standen da und starrten uns einfach nur an. Irgendwie fühlte sich der Moment jetzt wichtig an.

»Das wäre schön«, sagte er schließlich.

Mein Herz krampfte sich zusammen, und ein Lächeln erblühte. »Okay. Ich liebe es, zu kochen.«

Die Küche hier, genau wie seine, hatte eine Arbeitsplatte an der Wand, mit einem kleinen Kühlschrank, einem Backofen und einem Herd. Gegenüber der Küchenzeile befand sich eine kleine Insel.

»Mal sehen, was ich zaubern kann«, sagte ich und deutete auf den Kühlschrank. »Ich habe sogar Bier.«

Donovan grinste. »Ich nehme alles, was du hast. Ich bin nicht wählerisch.«

»Ich habe sogar gutes Bier von der Diamond Creek Brewery. Ich war vor ein paar Tagen da unten.«

Ich reichte ihm eine Flasche, während er sich auf einen Hocker an der Arbeitsinsel setzte. Ich lehnte mich an den Kühlschrank und überprüfte die Optionen. »Wie wäre es mit Lasagne?«, rief ich über meine Schulter.

»Ist das nicht zu aufwendig? Du musst nichts Besonderes machen.«

Das tiefe Grollen seiner Stimme jagte mir einen kleinen Schauer über den Rücken.

Grundgütiger. Ich war so am Arsch. Dieser Mann hatte mir gerade zwei intensive, heiße Orgasmen beschert und ich war schon wieder drauf und dran, ihn zu bespringen.

Ich richtete mich auf und drehte mich wieder zu ihm um. »Das geht schnell. Ich habe alle Zutaten. Ich bereite alles vor, und in einer Stunde ist sie fertig.«

Er gluckste und das Geräusch ließ mir einen Schauer über den Rücken laufen. »Ich liebe Lasagne, also wenn du welche machen willst, nur zu.« Als ich anfing, fiel sein Blick auf mich. »Du bist also keine Vegetarierin?«

Sein südländischer Tonfall und die neckende Art seiner Stimme brachten mich zum Lachen. Ich schüttelte den Kopf. »Nein.«

Er zwinkerte mir zu und nahm einen Schluck von seinem Bier. »Ich dachte nur, weil du in San Francisco gelebt hast. Nichts für ungut.«

»Machst du Witze? Ich bin in Alaska geboren und aufgewachsen. Ich will nicht sagen, dass es hier nicht auch ein paar Vegetarier gibt, aber ich bin definitiv keine. Mein Vater hat mir das Jagen beigebracht, als ich in der Highschool war. Ich habe tatsächlich ein Tier getötet und gegessen.«

Donovan lächelte breit. »Gut zu wissen, Süße. Ich auch.«

Da sein Lächeln Schmetterlinge in meinem Bauch aufsteigen ließ und ich unruhig wurde, griff ich nach der Fernbedienung in der Ecke des Küchentischs und schaltete den Fernseher ein.

Wie sich herausstellte, brauchte ich ihn nicht, um mich abzulenken. Er war nur ein Hintergrundgeräusch, während ich kochte. Zum ersten Mal, seit ich Donovan kennengelernt hatte, entspannten wir uns einfach. Es gab keine Spannungen. Wir waren wahnsinnig scharf aufeinander, aber wir schafften es, uns wie zwei normale Menschen beim Abendessen zu verhalten. Wir unterhielten uns einfach.

Der Mann hatte eindeutig Manieren und stellte mir alle möglichen Fragen darüber, wo ich aufgewachsen war und wie es dort war und so weiter. Ich erfuhr auch eine Menge über ihn. Jetzt wusste ich, dass er diesen sexy Akzent hatte, weil er in Georgia aufgewachsen war. Er schwor mir, dass er den Großteil davon abgelegt hatte.

»Süße«, sagte Donovan und zwinkerte mir lässig zu. »Glaub mir, ich habe ein gutes Stück von meinem Akzent eingebüßt.«

Er war der einzige Mann, dessen Stimme allein mir heiße Schauer über den Rücken jagte. Die Tatsache, dass er meinen Körper so gekonnt im Griff hatte, machte die Sache nicht einfacher. Doch abgesehen vom atemberaubenden Sex war es mehr als angenehm, mit Donovan abzuhängen. Wie versprochen, hatte ich die Lasagne innerhalb einer Stunde fertig.

Er bot mir seine Hilfe an, aber ich schickte ihn weg, ließ ihn dann aber den Käse reiben. Nachdem wir mit dem Essen fertig waren, machten wir es uns auf der Couch gemütlich. Ich würde gerne behaupten, dass wir ferngesehen haben, aber ich erinnerte mich kaum daran, was überhaupt gelaufen war.

Ich schlief in seinen Armen ein. Als er aufstand, um zu gehen, war ich es, die ihn aufhielt. »Warum bleibst du nicht einfach hier?«

Er drehte sich um, sein haselnussbrauner Blick schweifte über meinen Körper und ließ Funken durch mich sprühen. Er blieb.

Und in der Nacht ließ er mich wieder explodieren. Als ich aufwachte, spürte ich, wie seine Finger meine Brustwarze streichelten und er von hinten in mich eindrang, ein langsames, träges Stoßen.

Mein Höhepunkt überkam mich langsam, floss durch mich hindurch wie Melasse, schwer und intensiv, und erschütterte mich in meinem Innersten. Ich schrie auf und erschauderte, als ich spürte, wie seine Erlösung mich erfüllte. Warm, sicher und zufrieden sank ich in seinen Armen in den Schlaf.

Kapitel Zweiundzwanzig

DONOVAN

Die Sonne, die durch die Vorhänge schien, weckte mich. Jasmine lag warm und weich neben mir, eines ihrer Beine über meines geworfen und zwischen meine Waden geklemmt. Sie war an meine Seite gepresst, ihre verdammt verlockenden, perfekten Brüste drückten gegen mich. So wachte ich mit Morgenlatte auf. Man könnte meinen, nachdem ich sie an der Tür gefickt hatte und dann noch einmal mitten in der Nacht, müsste ich gesättigt sein, mein Bedürfnis gestillt haben.

Aber nein. Ich begann mich zu fragen, ob es überhaupt möglich war, mein Bedürfnis nach Jasmine zu stillen.

Es war noch früh, aber ich wachte immer früh auf. Ich drehte mich um und warf einen Blick auf die Uhr auf ihrem Nachttisch. Sechs Uhr morgens. Ich musste in einer Stunde auf der Wache sein.

Zum ersten Mal seit Jahren wollte ich nicht aus dem Bett raus. Ich wäre sogar mehr als glücklich gewesen, den ganzen Tag hierzubleiben. Vielleicht würde ich so mein Bedürfnis nach ihr stillen können.

Ich hatte es so gut wie abgeschrieben, wieder etwas Ernstes anzufangen. Das war keine bewusste Entscheidung, sondern ich war einfach nur zynisch. Ich hatte nicht gedacht, dass mir noch einmal jemand so viel bedeuten würde. Jasmine hatte bereits jede Ritze in meinem Schutzwall durchschritten. Sie war mir wichtig. Sehr sogar.

Der Sex war verdammt fantastisch. Sie war so empfänglich, so roh, so rein. Selbst auf dem Höhepunkt meiner Beziehung zu Katie war der Sex noch nie so unglaublich gewesen. Aber wenn man ein Mann in seinen Zwanzigern ist, braucht es nicht viel.

Als ich herausfand, dass Katie mich mit meinem besten Freund betrog, traf mich das. Hart. Doch jetzt, ein paar Jahre später, war der Schmerz verblasst. Ich nehme an, dass ich sie auf die einzige Art und Weise geliebt hatte, die ich zu dieser Zeit gekannt hatte. Ich wusste auch, dass es ebenso wehtat, dass Bill an dem Verrat beteiligt war. Das hatte mich am schlimmsten verletzt.

Die Information, dass Bill und Katie sich verlobt und später getrennt hatten, war mir nicht entgangen. Bill und ich waren gemeinsam aufgewachsen. Unsere Eltern waren beste Freunde, also war es fast unmöglich, Neuigkeiten über ihn auszublenden.

Auch wenn ich davon überzeugt war, dass ich nie wieder einer Frau trauen würde, bestand für mich kein Zweifel daran, dass Jasmine nie jemanden auf diese Weise betrügen würde. Das lag einfach nicht in ihrer Natur. Woher ich das wusste, war mir ein Rätsel.

Als ich mit ihr an meiner Seite dalag und mit meinen Fingern durch ihr Haar fuhr, dachte ich an den Abend zuvor zurück. Die Frau konnte kochen. Meine Mutter war eine verdammt gute Köchin. Sie war eine Frau aus den Südstaaten und stolz darauf, dass sie einen von den Socken haute, egal, was sie kochte. Nichts Ausgefallenes, doch alle ihre Gerichte waren fantastisch.

Ich konnte nicht abstreiten, dass Jasmine die beste Lasagne gemacht hatte, die ich je gegessen hatte. Weil ich meiner Mutter gegenüber ein treuer Junge war, gefiel mir dieser Gedanke gar nicht. Ich wusste, dass meine Mom Jasmine lieben würde. Irgendwie ging mir das unter die Haut. Jasmine war wie Rauch, der durch die Ritzen in meinen Wänden glitt.

Gestern Abend hatte ich ein bisschen was über sie erfahren. Ihre Familie war sehr eng miteinander verbunden, so viel war klar. Sie machte sich darüber lustig, dass Levi sich für den besten Koch ihrer Familie hielt. Widerwillig räumte sie ein, dass er mindestens so gut war wie sie selbst.

Obwohl sie ihren älteren Bruder abgöttisch liebte, herrschte ein gewisses Maß an Spannungen. Aber gab es nicht in jeder Familie irgendwelche Spannungen? Ich wusste, dass meine Mutter immer noch ihre Ansichten zu meinem Fehler hatte, um Katies Hand anzuhalten. So wütend sie auch auf Bill war, wusste ich doch, dass sie sich wünschte, ich würde ihm verzeihen.

Das war ein wunder Punkt zwischen uns. Meine Mutter war auch nicht begeistert, als ich so weit weg nach Alaska zog. Ich war nicht nach Alaska geflüchtet. Es war nur so, dass Feuerwehrmänner im Westen viel gefragter waren. Ich ging dorthin, wo der Job mich hinführte, und ich verliebte mich in Alaska. Ich fuhr einmal im Jahr nach Hause, und meine Eltern kamen jedes Jahr zu Besuch hierher.

Ich holte tief Luft und erinnerte mich daran, dass ich aufstehen und meinen Hintern in Bewegung setzen musste. In dem Moment, in dem ich mich bewegte, um vorsichtig unter Jasmine herauszurutschen, schreckte sie auf.

Sie stützte sich auf ihren Ellbogen und sah mich an.

Verdammte Scheiße!

Mit ihren Haaren im Gesicht, den vom Schlaf geröteten Wangen, den geschwollenen Lippen von zu vielen Küssen in der letzten Nacht und den verschlafenen Augen war sie so verdammt sexy, dass mein Schwanz hart wurde. Schon wieder.

»Oh«, sagte sie, als wäre sie überrascht, mich hier anzutreffen.

Das brachte mich zum Lachen, ein kleines Glucksen rollte heraus.

Ihre Wangen erröteten und dann lächelte sie, ihr Lächeln war ein kleiner Sonnenstrahl, der mich von innen und außen wärmte.

»Guten Morgen«, sagte sie mit heiserer Stimme.

»Morgen.« Ich überlegte kurz, ob ich Zeit hatte, sie noch einmal zu nehmen. Ihre Beine bewegten sich, ihr Knie streifte meinen Schwanz, und ihre Wangen wurden noch rosiger.

Ein weiteres Glucksen ertönte. »Ich muss jetzt zur Arbeit«, murmelte ich.

»Ich mache Kaffee«, sagte sie schnell und sprang blitzschnell aus dem Bett.

Das half meinem Schwanz auch nicht weiter. Ich hatte einen perfekten Blick auf ihren herzförmigen, vollen und kurvigen Hintern. Ein Bild von ihr, wie sie sich nach vorne beugt, während ich mich von hinten in sie versenke, schoss mir durch den Kopf.

Ich wusste genau, was ich heute Abend tun würde, wenn ich nach Hause kam. Ich wollte sie von hinten nehmen, ihren Arsch in der Luft, während ich mich in ihrer glitschigen, feuchten Pussy vergrub.

Ich schlug die Laken zurück und zwang meinen Schwanz zur Ruhe. Als ich aus dem Schlafzimmer ging und mir meine Boxershorts anzog, schaute ich zu ihr hinüber, wie sie an der Küchentheke stand und Kaffee kochte.

»Ich gehe kurz drüben duschen und mich umziehen. Bin gleich zurück.«

Sie schaute zu mir rüber und lächelte mich kurz an. »Okay, der Kaffee ist fertig, wenn du zurückkommst.«

Ich wollte heute *absolut nicht* zur Arbeit gehen. Ich wollte mich in Jasmine verlieren. Ich war dabei, mich in sie zu verlieben. Schwer. Ich musste mich unter Kontrolle halten und vernünftig bleiben. Sie hatte kein weiteres Wort darüber verloren, aber ich erinnerte mich an den Abend, an dem ich sie zum ersten Mal getroffen und was sie mir erzählt hatte. Ihr Ex hatte sie verarscht. Ich wusste ein bisschen, wie sich das anfühlt und dass es wehtat. Ich wusste zwar, was ich zwischen uns fühlte und dass es echt und intensiv war, aber ich spürte, dass Jasmine scheu werden könnte, wenn ich zu schnell zu weit ging.

Nach einer kurzen Dusche – und zwar einer kalten – zog ich mich an und kehrte über den Flur zurück. Als ich ihre Wohnung betrat, wusste ich sofort, dass sie mehr als nur Kaffee zubereitet hatte. In den zehn Minuten, in denen ich weg gewesen war, hatte sie Pfannkuchen gemacht.

»Ich habe beschlossen, dass du ein Frühstück brauchst«, sagte sie, als ich die Tür hinter mir schloss und auf sie zuging.

»Süße, du bist perfekt.« Ich legte meine Arme von hinten um sie und senkte meinen Kopf, um sie einzuatmen. Sie wendete zwei Pfannkuchen.

»Ich bin mir ziemlich sicher, dass ich nicht perfekt bin, aber ich fand, dass du etwas essen musst.« Sie hielt inne, mit einem schüchternen Schimmer in den Augen. »Nahrung.«

Und schon war ich wieder hart.

Die Pfannkuchen waren köstlich, genauso wie der Kaffee. Da ich schon fast zu spät dran war, ging ich, ohne sie auf dem Weg nach draußen an die Wand zu drücken.

Ich musste nur noch herausfinden, wie langsam ich das Ganze angehen sollte.

Kapitel Dreiundzwanzig

DONOVAN

Der Morgen auf der Wache verlief ruhig. Unsere Mannschaft war gerade von einem Einsatz im Hinterland zurückgekehrt und kümmerte sich um lokale Einsätze. Die örtliche Mannschaft kümmerte sich derweil um einen kontrollierten Brand in der Nähe.

Ich arbeitete in der Garage und zeigte Emily, wie man einen Ölwechsel an einem der Trucks durchführt. Mit ihren lilafarbenen Haaren und ihrer coolen Art war sie eine echte Bereicherung für die Wache. Als das Mittagessen anstand, bot ich an, für alle ins Firehouse Café zu gehen und auf dem Rückweg eine Pizza für die Mannschaft mitzubringen. Natürlich sagte niemand Nein dazu. Innerhalb weniger Minuten parkte ich vor dem Firehouse Café.

Als ich das Café betrat, suchte ich den Raum ab und war froh, dass es gerade etwas ruhiger war. Obwohl die Tische voll besetzt waren, wartete niemand an der Theke, als Janet jemandem einen Kaffee servierte.

Sie lächelte mich sofort an, als ich mich ihr näherte, und ihre warmen braunen Augen funkelten.

Janet war eine der ersten Personen, die ich kennengelernt hatte, als ich nach Willow Brook gezogen war. Ich kam eines späten Nachmittags nach tagelanger Fahrt an, war ausgehungert und brauchte dringend eine Tasse Kaffee.

Das Firehouse Café lag mitten auf der Main Street und ich hielt an und traf sie hinter dem Tresen an. Sobald sie hörte, dass ich kein Tourist war und tatsächlich in die Stadt zog, bestand sie darauf, mir meinen Kaffee umsonst zu geben und erzählte mir innerhalb einer halben Stunde die gesamte Geschichte von Willow Brook.

Natürlich tat sie das, während sie andere Kunden bediente und immer mal wieder an meinem Tisch vorbeischaute. Dank dieser kostenlosen Tasse Kaffee hat sie seitdem über tausend Dollar oder mehr an mir verdient. Ich kam fast jeden Tag hier vorbei, wenn ich nicht im Außendienst war.

»Donovan«, sagte sie und in ihrer Stimme lag ein Anflug von Humor. »Wie geht es dir?«

»Gut, gut. Ich bin erst gestern Abend zurückgekommen. Du weißt, dass ich keinen Tag ohne Kaffee auskomme, wenn ich in der Stadt bin, also bin ich hier.«

»Ich habe dich heute Morgen erwartet«, meinte sie mit einem Augenzwinkern.

Ich musste daran denken, wie ich heute Morgen aufgewacht bin und Jasmine neben mir gelegen hatte. Nur ein flüchtiger Gedanke, und schon durchfuhr mich ein heftiges Verlangen. Scheiße! Ich musste Jasmine nicht einmal sehen, um heiß auf sie zu werden.

Tatsächlich wusste ich genau, was ich heute Abend zu sehen hoffte – ihren süßen Arsch, der sich in die Luft reckte, während ich sie von hinten fickte.

Ich gab mir selbst einen mentalen Ruck und richtete meine Aufmerksamkeit auf Janet. Ich war es nicht gewohnt, von einer Frau wie dieser besessen zu sein. Ich zuckte mit den Schultern. »Hektischer Morgen, das ist alles. Jedenfalls habe ich eine ziemlich große Bestellung für dich.«

»Was darf's sein?«

»Ich nehme meinen üblichen Shot in the Dark, aber ich brauche zehn Hauskaffees. Gib mir einfach etwas Sahne dazu, denn ich weiß nicht, wer Sahne mag und wer nicht. Wir haben Zucker auf der Wache, also brauchen wir den nicht.«

Janet gluckste. »Mittagspause?«

»Genau.«

Sie drehte sich um und fing an, unsere Kaffees vorzubereiten. Ich setzte mich an die Seite des Tresens und wir unterhielten uns, während sie arbeitete. Sie hielt ein paar Mal inne, um andere Kunden zu bedienen. Irgendwann schaute sie zu mir rüber und ihre Augen begannen zu glänzen. »Also, ich hab da mal eine Frage«, sagte sie.

»Und die wäre?«

»Jasmine will die leere Garage im hinteren Bereich als Atelier nutzen. Ich frage mich, ob ich dich überreden kann, ihr beim Einrichten des Studios zu helfen. Sie ist ein bisschen stur und ich vermute, dass sie niemanden um Hilfe bitten wird. Ich bezahle dich auch.«

Nur über meine Leiche.

Auf keinen Fall würde ich mich von Janet dafür bezahlen lassen, Jasmine zu helfen.

»Natürlich werde ich helfen. Aber ich werde mit ihr darüber reden müssen. Ich weiß nicht, wie ich ihr helfen kann, ohne vorher abzuklären, was sie möchte. Und um Himmels willen, du brauchst mich nicht zu bezahlen. Der Laden steht ja schon. Ich schätze, sie braucht ein paar Regale, vielleicht einen Tisch oder so etwas in der Art.«

Janet strahlte, als sie mir den letzten Kaffee überreichte. »Ich wusste, dass du Ja sagen würdest. Ich dachte mir, du bist ja ohnehin gleich nebenan, also könntest du es einfach mit einplanen, wenn du an den Sachen für mein Gebäude arbeitest.«

»Hast du vergessen, dass du mich nicht bezahlst, weil du mich umsonst wohnen lässt? Ich kann das, was sie braucht, wahrscheinlich in ein oder zwei Tagen schaffen, also betrachte es als erledigt.«

»Nun, ich bezahle für die Materialien, und das werde ich auch hier tun. Ich werde ihr sagen, dass ich dich gebeten habe, die Arbeit zu machen, weil es mein Gebäude ist«, schlug Janet mit einem Lächeln vor und schien mit sich selbst zufrieden zu sein.

»Ist das denn so eine große Sache?«

»Ich weiß ja nicht, wie gut du Jasmine kennst« – ich dachte an das Gefühl von Jasmines Kanal um meinen Schwanz, als ich sie letzte Nacht gegen die Tür gerammt habe – »aber sie ist ziemlich stur. Ich bin im Team Jasmine, und ich will, dass sie in Willow Brook bleibt. Um das zu erreichen, müssen wir uns alle zusammentun und dafür sorgen, dass sie hier ihre Töpferarbeiten machen kann.«

»Ach? Darum geht es also?«

Sie rechnete schnell mit mir ab und ich händigte ihr das Geld aus.

»Ja, sie ist fantastisch und ihre Arbeit ist wundervoll. Sie wird ihre Arbeiten in einer Reihe von Galerien in Alaska ausstellen. Da Amelia und Lucy diesen Sommer viel zu tun haben, dachte ich mir, ich mische mich ein und sorge dafür, dass sie ihr Atelier zum Laufen bringt.«

»Hast du all diese Informationen von ihr?«, fragte ich neckisch, aber auch neugierig.

Janet lächelte verschmitzt. »Ich habe es von ihrer Mutter. Jasmine ist fast wie eine Tochter für mich.«

»Ich helfe gerne. Sag mir Bescheid, sobald ich mit ihr darüber reden kann.«

»Natürlich.«

Ich warf mein Wechselgeld in die Trinkgeldkasse, winkte ihr zum Abschied zu und machte mich auf den Weg, um die Pizza abzuholen. Alpenglow Pizza hatte innerhalb eines Jahres eröffnet, nachdem eine andere Pizzeria geschlossen hatte. In kürzester Zeit waren sie sehr beliebt geworden und für alle bei Willow Brook Fire & Rescue die erste Adresse, wenn wir Lust auf Pizza hatten. Mit einem Holzofen und einer abwechslungsreichen Speisekarte waren die Pizzas lecker und der Service prompt.

Die Ladung Pizzas, die ich auf dem Weg zum Café bestellt hatte, war fertig und ich war innerhalb weniger Minuten wieder auf dem Weg zur Main Street. Meine Gedanken kreisten immer wieder um Jasmine. Sie war unabhängig und hatte eine feurige Ader. Das hatte ich in der ersten Nacht gesehen, als sie diesem Arschloch, das ihr an den Hintern gefasst hatte, eine verpasst hatte.

Ich hatte mich mit ihrer feurigen Seite bestens vertraut gemacht. Jedes Mal, wenn wir uns nahe kamen, verbrannte sie mich nahezu. Genau wie Janet war ich im Team Jasmine. Ich würde alles tun, was sie für ihr Studio brauchte, wenn das bedeutete, dass sie in Willow Brook bleiben würde.

Nachdem ich zur Wache zurückgekehrt war, war zum Glück nicht viel los, und wir verschlangen die Pizza. Wir wurden zu einem kleinen Brand in der Gegend gerufen und auf dem Heimweg half ich,

Herman aus einem seiner Lieblingsbäume zu befreien. Herman war die geliebte Katze von Carrie Dodge, einer älteren Frau, die allein lebte. Der schlaksige Kater kletterte gerne Bäume hoch und kam dann nicht mehr runter. Das passierte so häufig, dass alle Feuerwehrleute in Willow Brook ihr schon einmal geholfen hatten. Wir hatten Carries Bagger von ihr übernommen, nachdem sie einmal damit in einen Graben gestürzt war, als sie ihren Kater retten wollte. Nun stand das teure Gerät ungenutzt in ihrem Garten, bis Herman wieder mal auf einem Baum festsaß und wir ihn mit der Schaufel herunterholen mussten. Lächerlich, ich weiß. Aber es funktionierte.

Nachdem ich Herman übergeben und ein breites Lächeln von Carrie geerntet hatte, kletterte ich in meinen Pick-up. Alles, woran ich denken konnte, war, nach Hause zu Jasmine zu kommen.

———

Als ich am Ende von Carries Einfahrt anhielt, um auf den Highway abzubiegen, vibrierte mein Handy. Ich warf einen Blick auf das Display und war überrascht die Nummer meiner Mutter zu sehen. Meine Mom war ein sehr vorausschauender Mensch. Sie rief mich an, wenn ich nicht gerade mit einem Feuer beschäftigt war, meistens an einem Samstagmorgen. Das hier war also etwas ungewöhnlich für sie. Als ich abnahm, erkannte ich an ihrem Tonfall sofort, dass etwas nicht stimmte.

»Was ist los, Mom?«

»Ach Schatz, es tut mir so leid, dass ich dich so anrufe. Ich weiß nicht, wie du darauf reagieren wirst, aber ich dachte, du solltest es wissen.«

Mir wurde ganz mulmig, obwohl ich keine Ahnung

hatte, was sie mir sagen wollte. »Okay, was ist los, Mom?«

»Es geht um Bill. Er wurde bei einem Brand schwer verletzt und liegt im Krankenhaus. Er wird es wahrscheinlich nicht schaffen.«

Ich hielt das Telefon in der Hand und schwieg so lange, bis meine Mutter wieder sprach.

»Donovan, Schatz, bist du noch dran?«

Ihr sanfter Südstaaten-Tonfall beruhigte mich irgendwie. Sie hatte recht. Ich wollte wissen, was los war. Meine Hand umklammerte das Telefon, während mein Herz schnell und unregelmäßig schlug.

Bill und ich hatten seit fast drei Jahren nicht mehr miteinander gesprochen. Oh, das sollte nicht heißen, dass ich noch an Katie hing. Ich hatte mich schon lange von ihr gelöst. Im Nachhinein erkannte ich all die Gründe, warum sie nicht die Richtige für mich war, all die Signale, die ich übersehen hatte. Trotzdem war Bill mein Freund gewesen, mein bester Freund. Die Art von Freund, die ich seitdem nicht mehr gefunden hatte.

Im Laufe des Lebens lernt man, dass man Teile seines Lebens umgestalten kann, sozusagen einen zweiten Versuch wagen. Man kann die Vergangenheit nicht ändern, aber man kann versuchen, es beim zweiten Mal richtig zu machen. Als ich hörte, dass Bill sterben könnte, musste ich an mein letztes Telefonat mit ihm zurückdenken.

Es war kurz nachdem ich hierhergezogen war, nicht lange, nachdem mich die Nachricht erreicht hatte, dass er und Katie sich getrennt hatten. Das war kein Schock. Es war, als hätte sie unsere Freundschaft in die Luft gesprengt, und das machte ihn fertig. Auch ihn hatte sie danach noch betrogen. Er rief mich an, um mir zu sagen, wie leid es ihm tat und wie sehr er es vermasselt hatte. Damals dachte ich, dass es ihm recht geschieht, dass er verarscht wurde.

So wütend ich damals auch war, mit der Zeit verblasste die Wut und löste sich auf. In erster Linie vermisste ich Bill. Jetzt würde er vielleicht sterben.

»Ich bin hier, Mom. Wo ist er?«

»Seine Mutter hat mich angerufen. Sie haben ihn mit dem Heli in ein Krankenhaus in Denver gebracht. Ich schätze, seine Mannschaft war bei einem Feuer in den Bergen in der Nähe. Seine Eltern fliegen heute Abend hin.«

Ich schluckte durch den plötzlichen Knoten von Emotionen in meiner Brust und in meiner Kehle. Im Nu wusste ich, was Vergebung bedeutet. Einfach so. Letztendlich war Bills Verrat unwichtiger als meine Freundschaft zu ihm. Ich hatte seinen Versuch, die Wogen zu glätten, ignoriert. Ich wollte es damals einfach hinter mir lassen.

»Rufst du mich an, wenn du etwas erfährst?«

»Ja, Schatz. Ich habe seine Mutter gebeten, mich anzurufen, wenn sie gelandet sind.«

Die Tatsache, dass unsere Eltern beste Freunde waren, war eine zusätzliche Schwierigkeit bei Bills Verrat. Ich war mir ziemlich sicher, dass seine Mutter ihm die Leviten gelesen hatte, als alles aufgeflogen war. Irgendwie waren sich unsere Eltern aber nahe geblieben.

Als es mit Bill und Katie endgültig vorbei war, schlug meine Mutter hin und wieder vor, dass ich Bill vielleicht mal anrufen sollte.

Ich atmete tief ein und aus, und das Bedauern überkam mich. Der Kern der Bitterkeit war verschwunden. Ich vermutete, dass er es schon seit einiger Zeit war, aber ich hatte mir nicht die Mühe gemacht, deswegen etwas zu unternehmen.

»Ruf mich an, wenn sie da sind. Ich werde sehen, ob ich mir freinehmen kann.«

»Natürlich, Schatz«, sagte meine Mutter.

Nachdem ich das Telefonat beendet hatte, konnte ich nur noch daran denken, dass ich Jasmine sehen musste.

Kapitel Vierundzwanzig

JASMINE

Ich lehnte mich an den Tresen, während Lucy das Geschirr in die Spülmaschine räumte und Levi am Tisch Ham mit Salatstücken fütterte. Ich war vorbeigekommen, um mit ihnen zu Abend zu essen, obwohl ich innerlich immer noch etwas durch den Wind war. Ich hatte nur noch selten Asthmaanfälle. Ich achtete darauf, immer einen Inhalator dabei zu haben. Aber irgendetwas daran und die Tatsache, dass ich zu Hause war, hatte in meinem Gehirn einen Schalter umgelegt.

»Levi«, rief ich, als ich mich dem Tisch näherte.

Levi war am wenigsten einschüchternd, wenn er Ham fütterte, also dachte ich mir, dass jetzt ein guter Zeitpunkt wäre, um ein potenziell schwieriges Thema anzusprechen. Es war mir eigentlich egal, ob wir dieses Gespräch in Gegenwart von Lucy führten. Ein weiterer Pluspunkt für sie als beste Schwägerin aller Zeiten – sie war nicht voreingenommen.

»Jazzy«, antwortete er. Er war einer der wenigen Menschen, die diesen Spitznamen gelegentlich für mich benutzten.

Ich beschloss, es einfach auf den Punkt zu bringen.

Ich ließ mich auf den Stuhl gegenüber von ihm fallen und sah ihm in die Augen. »Ich muss mich bei dir entschuldigen. Ich glaube, das ist schon siebzehn Jahre überfällig.«

Er schaute kurz verwirrt, aber dann wurde seine Miene klarer. »Dafür?«

Ich wusste genau, was er meinte. Meine Wangen wurden heiß, und ich nickte. Ich atmete tief ein und stieß einen Seufzer aus. »Seit damals dachte ich immer, du wärst zu überfürsorglich.«

Lucy meldete sich zu Wort. »Da kann ich nur zustimmen.«

Ihre Gelassenheit war sehr willkommen, denn ich hatte gesehen, wie sich die Falten auf Levis Gesicht verfestigten. Seine Schultern hoben und senkten sich mit einem tiefen Atemzug.

»Jedenfalls habe ich neulich über die Dinge nachgedacht und ich glaube, ich verstehe jetzt, warum.

»Du wärst fast gestorben«, sagte er leise und hielt inne, um Ham ein weiteres Stück Salat zu geben.

Der süße kleine braun-weiße Hamster machte diesen Moment irgendwie ganz erträglich. Das Geräusch des Geschirrspülers, der geschlossen wurde, klang sehr laut im Raum. Als ich zu Lucy hinübersah, bemerkte ich an ihrem Gesichtsausdruck, dass Levi ihr die Geschichte offensichtlich nie erzählt hatte.

Ich schaute wieder zu Levi und antwortete: »Ich weiß. Ich kann nicht ändern, was passiert ist, aber ich hasse es, dass es diese kleine Sache zwischen uns gibt, wo du beschützerisch wirst und ich daraufhin gereizt bin. Du bist ein großartiger Bruder. Das weiß ich, auch wenn ich mich manchmal darüber aufrege, wie viele Sorgen du dir immer machst.«

Lucy schlüpfte leise auf den Stuhl zwischen uns.

Levi hatte nicht reagiert, seine Kehle bewegte sich, als er schluckte.

Ich schaute zu Lucy. »Ich nehme an, du kennst die Geschichte nicht?«

Sie schüttelte den Kopf.

»Du weißt, dass ich Asthma habe, oder?« Als sie nickte, fuhr ich fort. »Ich erzähle dir die Kurzfassung. Wir waren jung, und es war Sommer. Der Sommer in Alaska ist seltsam, weil das Grün mit einem Mal regelrecht explodiert, weißt du?«

Sie lächelte ein wenig. Ich holte tief Luft und schaute zu Levi. Er war still, hörte aber zu. »Jedenfalls wollte Levi mit ein paar Freunden wandern gehen und ich wollte unbedingt mit, also habe ich ihn angefleht, mich mitzunehmen. Also ließ er mich und meine Freunde mitgehen. Unsere Eltern waren zum Mittagessen im Wildlands.« Ich machte eine Pause, um noch einmal Luft zu holen und einen Schluck Wein zu trinken. »Ich hatte meinen Inhalator vergessen. Ich wusste, dass ich ihn nicht dabei hatte, aber ich wollte nicht zurückgehen. Die Pollen waren furchtbar und wir liefen durch das Gras. Ich hatte einen Asthmaanfall. Levi musste mich den ganzen Weg zurück tragen. Es war furchtbar. Zumindest denke ich, dass es das war. Ich erinnere mich nicht an viel, außer, dass ich kaum atmen konnte. Ich weiß noch, wie verängstigt er aussah und wie meine Eltern aussahen, als wir zurück ins Wildlands kamen. Das könnte der Grund sein, warum er sich über mein Leben so viele Gedanken macht.«

Ich zeichnete einen Kreis auf dem Tisch und schaute zu Levi hinüber, der mit seinen Fingern über Hams Rücken strich. Das war vielleicht nicht viel, aber die Spannung zwischen Levi und mir schwelte schon seit Jahren, seit dieser Sache.

»Oh. Das erklärt einiges«, sagte Lucy leise.

Levis Augen richteten sich auf sie. Sie griff nach ihm und drückte seine Hand. »Babe, du bist die meiste Zeit über entspannt und locker. Nicht so sehr, wenn es um deine Familie geht, und noch weniger, wenn es um Jasmine geht. Das ist alles.«

Sie schaute mich an und neigte den Kopf zur Seite. »Ich hatte nie einen älteren Bruder, aber ich kann nachvollziehen, dass es nicht immer leicht ist, wenn sich jemand Sorgen um dich macht. Ich dachte immer, dass ihr zwei so viel Glück habt, weil ihr euch so gern habt. Aber ab und zu gibt es Spannungen, und das macht mich traurig.«

Tränen drohten, aber ich holte tief Luft und verdrängte das Gefühl. »Ist es so offensichtlich?«

»Eigentlich nicht. Es kommt nur ab und zu vor, ein kleiner Ausbruch hier und da.«

Ich kaute auf meinem Mundwinkel und sah Levi in die Augen. »Ich gehe nicht davon aus, dass du aufhörst, dir Sorgen zu machen. Ich schätze, ich kann es als Kompliment auffassen.«

Levi bellte ein Lachen heraus. »Ja, dieser Tag war ziemlich beängstigend. Und du bist verdammt dickköpfig.«

Es blieb viel ungesagt, aber Worte waren nicht das, was wir wirklich brauchten. Ich musste wohl nur zugeben, dass ich verstand, wie dieser Tag uns beeinflusst hatte.

»Ich werde mir trotzdem weiterhin Sorgen machen«, fügte er hinzu.

»Ich weiß«, sagte ich mit einem sanften Lächeln.

Irgendwie hat das gereicht, um den emotionalen Damm zwischen Levi und mir zu brechen. Es war nichts Großes, nichts Weltbewegendes, aber es war genug. Wie Lucy schon gesagt hatte, liebten wir uns.

Dieses Ereignis war wie ein Kieselstein in einem Schuh gewesen. Ab und zu tat die Reibung weh.

Für mich ging es eher darum, zu berücksichtigen, wie dieses Ereignis uns beeinflusst hatte, und zu verstehen, wie schrecklich es für ihn gewesen sein musste. Er würde immer mein älterer Bruder sein und er würde immer noch überfürsorglich sein, aber ich würde vielleicht mehr Geduld damit haben.

Das Gespräch bewegte sich zu leichteren Themen. Als ich aufstand, um zu gehen, zog mich Levi in eine seiner Bärenumarmungen und hob mich vom Boden auf. Als er mich absetzte, grinste er.

»Hab dich lieb, Kleine«, sagte er.

Ich beugte mich vor und küsste ihn auf die Wange. »Ich dich auch. Immer.«

Lucy begleitete mich zum Auto und blieb daneben stehen, als ich einstieg. »Danke«, sagte sie, als ich aufblickte.

»Wofür?«

»Ich glaube, das hat Levi sehr viel bedeutet. Er hat nie erwähnt, was passiert ist.«

»Das dachte ich mir. Ich nehme an, es war für mich bedeutsamer als für ihn.«

Lucy zuckte mit den Schultern und lächelte. »Wie auch immer, ich bin froh, dass ich es weiß. Du bedeutest ihm so viel.« Sie beugte sich vor und umarmte mich kurz.

Den hatte ich auch nötig. Als sie zurücktrat, schloss sie die Tür für mich. Mit einem Winken fuhr ich zurück und sah durch den Rückspiegel, wie Levi ihr draußen entgegenkam und ihre Hand in seine nahm.

So überfällig dieses Gespräch auch gewesen war, es drückte meine Gefühle direkt auf die Oberfläche meiner Haut. Ich fühlte mich entblößt und verletzt.

Donovan ging mir sofort durch den Kopf. Durch Glens SMS wurde mir mehr und mehr klar, wie wenig Glen und ich gemeinsam gehabt hatten.

Ich hatte mich mit ihm abgefunden, mit jemandem, den ich oberflächlich betrachtet für eine gute Partie hielt. Es war ja nicht so, dass alles schrecklich gewesen wäre. Das war es nämlich nicht. Es war einfach nur okay gewesen.

Mit Donovan ... nun, es war weit mehr als okay. Der Sex übertraf alles, was ich mir hätte vorstellen können. So wie ich mich mit ihm verbunden fühlte, machte ich mir langsam Sorgen, dass mein Herz schon viel zu tief in der Sache drinsteckte.

Als ich nach Hause fuhr, fragte ich mich, ob wir uns heute Abend sehen würden. Es war unmöglich, sich das nicht zu fragen, nicht wenn er direkt gegenüber wohnte. Als ich vor dem B&B anhielt und seinen Truck sah, fing mein Herz sofort an zu hämmern. Die Schmetterlinge in meinem Bauch flatterten so heftig, dass mir schwindelig wurde.

Ich wusste, dass es nicht nur um Lust ging. Ich konnte mir nicht einmal vorstellen, mich auf Donovan einzulassen. Und doch war ich bereits dabei, mich mit voller Wucht in die Sache hineinzustürzen.

Du weißt nicht, ob du ihn sehen wirst. Er ist wahrscheinlich müde von der Arbeit. Geh einfach ins Bett. Hab keine Erwartungen.

Das war meine kleine Belehrung, als ich die Tür öffnete. Im Erdgeschoss war es dunkel und still. Das Licht im Flur war an und warf ein sanftes Licht auf die Treppe, meine Schritte hallten wider, als ich nach oben ging. Als ich den Treppenabsatz erklomm, spürte ich Donovans Anwesenheit, bevor ich ihn überhaupt sah.

Als ich aufblickte, sah ich ihn im Flur stehen und mit der Schulter an der Wand lehnen. Eine Hand steckte in seiner Tasche und zog seine Jeans gerade so weit herunter, dass ich einen Streifen Haut zwischen seinem T-Shirt und dem Bund seiner Jeans sehen konnte.

Ich wusste nicht, was ich in seinen Augen sah, aber sie waren eindringlich und ausschließlich auf mich gerichtet. Er rührte sich nicht, als ich auf ihn zukam. Mein Herz schlug wie wild, und die Hitze durchströmte mich und ließ mich von Kopf bis Fuß erröten.

Als ich vor ihm stehen blieb, war der letzte Aufprall meines Absatzes laut im Flur zu hören. Als ich aufblickte, spürte ich, dass er irgendwie emotional verletzt war. Völlig ahnungslos, reagierte ich spontan.

»Geht es dir gut?«, fragte ich und streckte die Hand aus, um seine zu fassen.

Er war einen Moment lang ganz still, dann zuckte er mit den Schultern. »Ich weiß es nicht.«

»Kann ich irgendetwas tun?«

Seine Schulter hob sich mit einem weiteren halben Achselzucken. Er stieß sich von der Wand ab und zog seine Hand aus der Tasche, um meine Haarspitzen zu greifen und eine Haarsträhne um seine Finger zu wickeln.

»Ich brauche dich«, murmelte er.

Der schroffe Klang seiner Stimme und der hitzige Blick in seinen Augen ergriffen mich und versetzten mir einen heißen Schock des Bedürfnisses. Ich hatte keine Chance, ihm zu widerstehen. Ich brauchte Donovan nur anzuschauen, und ich schmolz praktisch vor seinen Füßen dahin.

Mit seinen Augen auf mir und seiner Hand in meinem Haar raubte er mir den Atem, als er seinen Mund auf meinen legte. Donovan war ein Mann, der nicht zögerlich küsste. Er verschlang meinen Mund, und ich liebte jede Sekunde davon. Es hatte etwas

Köstliches, mich ihm hinzugeben, der Intensität des Verlangens.

Ich stürzte mich bereitwillig in das Feuer, denn ich wollte es. Es war fast beängstigend und doch so überwältigend, dass ich jede Minute davon genoss. Wir drehten uns im Flur, bis meine Schulterblätter an der Wand landeten. Er löste sich aus dem Kuss und fuhr mit seinen Lippen, Zähnen und seiner Zunge meinen Hals hinunter, was mir heiße Schauer über den Rücken jagte.

Ich konnte die Intensität seiner Gefühle spüren, ich spürte, dass er versuchte, sich ganz in uns, in mir zu verlieren. Als er seine Hüften gegen meine stemmte, biss ich mir auf die Lippe, um ein Stöhnen zu unterdrücken, als ich sein hartes, heißes Glied an mir spürte. Ich musste ihn schmecken.

Er war verletzt und voller Kummer. Ich wusste nicht, warum, und ich wusste nicht einmal, woher ich es wusste; ich wusste es einfach. Ich wollte ihm helfen, sich besser zu fühlen, ihm helfen, sich in mir zu verlieren, so wie er es für mich getan hatte.

Schnell drehte ich mich und drückte ihn gegen die Wand. Ich trat einen Schritt zurück und ließ meine Handfläche über die harte Spitze seines Schwanzes gleiten. Mit ein paar schnellen Handgriffen knöpfte ich seinen Hosenschlitz auf und ließ meine Hand in seine Unterhose gleiten, die ich gerade so weit herunterzog, dass sein Schwanz freisprang.

Er zischte durch die Zähne, als ich meine Faust um seinen Schaft schlang und zu ihm aufblickte, während sein Kopf mit einem dumpfen Schlag nach hinten gegen die Wand fiel. Seine Augen trafen meine, sein Blick war dunkel. Der Blick in seinen Augen jagte eine Energiewelle durch mich. Es war ein berauschendes Gefühl, zu wissen, dass ich ihn genauso stark beeinflusste wie er mich. Bei Donovan war ich nie in meinen Gedanken gefangen und machte mir keine Sorgen, ob das, was ich tat, ausreichend war.

Alles zwischen uns war ein Geben und Nehmen, ein Schieben und Ziehen. Geben war dasselbe wie nehmen. Es war ein elementarer Tanz aus Bedürfnis und Erlösung. Ich streckte meine Zunge heraus und strich über den Tropfen Sperma, der an der Spitze seines Schwanzes zu sehen war.

»Jasmine«, murmelte er und seine Finger krallten sich in mein Haar.

Ich rutschte auf die Knie und wirbelte meine Zunge um die dicke Eichel. Ich fuhr mit meiner Zunge an der Unterseite seines Schwanzes entlang, beobachtete, wie er seine Augen schloss, und genoss das leise Stöhnen, das er von sich gab. Ich wirbelte meine Zunge erneut um die Spitze und saugte ihn dann in meinen Mund.

»Verdammt, Süße, das fühlt sich so verdammt gut an«, knurrte er.

Ich schaute auf, während ich meinen Kopf nach hinten neigte, mit meiner Zunge wieder an der Unterseite seines Schwanzes entlangfuhr und seine Eier leicht mit meiner Hand umfasste. Seine Augen öffneten sich, sein Blick war dunkel und schwer, als er mich anstarrte.

Ich schmeckte den salzigen Geruch seines Lusttropfens. Es war wie eine Art Droge, ein winziger Schuss davon in meinem Rachen, während es über meine Zunge glitt. Ich saugte ihn wieder ein, sein Schwanz war feucht und glitschig. Meine Handfläche wurde feucht, als ich ihn mit meinem Mund und meiner Hand auf und ab streichelte und pumpte. Sein Kopf knallte wieder gegen die Wand, seine Finger griffen grob in mein Haar.

Dann kam er und seine heiße Erlösung füllte meinen Mund, während ich sie hinunterschluckte.

Ich zog mich langsam zurück und wirbelte ein letztes Mal mit meiner Zunge um die dicke Spitze seines Schwanzes. Als ich wieder aufrecht stand, öffnete ich den Mund, um etwas zu sagen, aber bevor ich das tun konnte, küsste er mich erneut tief und intensiv. Falls ich mich gefragt hatte, ob es ihm etwas ausmachte, dass er gerade in meinem Mund gekommen war, ließ sein Kuss alle Zweifel daran verschwinden.

Mit einer Hand in meinem Haar und der anderen an meiner Wange küsste er mich, als würde die Welt untergehen. Dann wirbelten wir wieder gegen die Wand und fielen durch die erste Tür, die wir erreichten, die zufällig meine war.

Kapitel Fünfundzwanzig

DONOVAN

Jasmines Duft umgab mich und umhüllte mich wie eine Droge. Mein Herz war ihr verfallen, und es war mir völlig egal.

Als ich gehört hatte, wie sie heute Abend nach Hause gekommen war, wusste ich nur, dass ich sie brauchte.

Jetzt war sie hier, ihre vollen Lippen auf meinen, ihre Zunge tanzte und spielte mit meiner, nachdem sie mich mit diesem heißen Blowjob im Flur in den Wahnsinn getrieben hatte. Es spielte keine Rolle, dass ich gerade in ihrem Mund gekommen war, ich war schon wieder hart. Für sie. Nur für sie.

Ich zerrte an ihren Kleidern, hörte, wie der Stoff riss und ein Knopf auf dem Boden landete. Sie stolperte, als sie ihre Stiefel abstreifte und aus ihrem Rock schlüpfte, während ich mein T-Shirt auf den Boden warf. Im Nu war sie splitterfasernackt. Wir standen neben der Couch und ich wirbelte sie herum, wahrscheinlich etwas unsanfter, als ich es hätte tun sollen.

Sie verlor keine Zeit und beugte sich mit ihren Händen über die Rückenlehne der Couch, während sie sich nach vorne lehnte. Der Moschusduft ihrer Begierde wehte zu mir herüber. Ich griff zwischen ihre Schenkel und spürte, dass sie heiß, glitschig und bereit war. Ich wartete nicht einmal, sondern packte meinen Schwanz mit der Faust und vergrub mich von hinten bis zum Anschlag in ihr. Sie neigte ihren Hintern nach oben; die süße Kurve ihrer Wirbelsäule war so verdammt sexy. Ich hielt einen Moment lang still, die Emotionen krampften sich in meiner Kehle zusammen, während mein Herz heftig und schnell gegen meinen Brustkorb pochte.

Ich wusste, dass ich nicht klar denken konnte, dass ich aus Gefühlen heraus handelte. Aber es war, als wüsste Jasmine das irgendwie, als wüsste sie, dass ich mich in ihr verlieren musste, in diesem Wahnsinn, der wie eine Trommel zwischen uns schlug.

Mit einem rasenden Atemzug zog ich mich zurück und stieß in sie hinein, wobei mein leises Knurren im stillen Raum deutlich zu hören war. Ihr Kanal fühlte sich so gut an, so feucht und prall. Noch ein paar Stöße, und schon war ich kurz davor, loszulassen.

So schön der Anblick ihres Arsches auch war, ich musste ihr Gesicht sehen. Ich zog mich zurück und drehte sie wieder herum. Wir purzelten in einem Gewirr von Gliedmaßen über die Rückenlehne des Sofas. Sie kletterte auf meinen Schoß, während ich mich in die Kissen zurücklehnte. Als ich sie mit bernsteinfarbenen Haaren im Gesicht und geröteter Haut ansah, erkannte mein Herz die Wahrheit. Sie hatte mich ruiniert – vernichtet. Und ich hatte es nicht einmal kommen sehen.

Sie richtete sich auf, glitt über meinen Schwanz und nahm mich in sich auf. Während sie mir Küsse auf die Schläfe und in den Nacken streute, stemmte sie ihre Hüften in mich hinein. Sie kam fast augenblicklich, ihre enge Pussy krampfte und presste sich um meinen Schwanz. Ich spürte ihr Zittern und den süßen Klang ihres Schreis, bevor ich mich gehen ließ und meine zweite Ladung lang und tief in sie ergoss.

Jasmine ließ sich auf mich fallen, legte ihren Kopf in meinen Nacken und ihr Atem strich über meine Haut. Sie auf dem Schoß zu haben, während mein Schwanz in ihr steckte, war für mich dem Paradies am nächsten.

Meine Hand verhedderte sich in ihrem Haar und ich fuhr langsam mit den Fingern hindurch, während ich versuchte, wieder zu Atem zu kommen. Zum Glück hatte ich mich hingesetzt. Nur Jasmine hatte die Fähigkeit, so viel von mir zu nehmen, dass ich völlig ausgelaugt war, sobald es vorbei war.

Doch indem sie nahm, gab sie auch. Während mein Körper völlig erschöpft war, war mein Herz erfüllt, und die Gefühle rauschten durch mich hindurch. Die Intensität der Gefühle, die ich für sie empfand, war anders als alles, was ich bisher erlebt hatte.

Als ich spürte, wie sie ihren Kopf hob, öffnete ich meine Augen. Allein ihr Anblick ließ meinen Schwanz erbeben. Es spielte keine Rolle, dass ich mich gerade zweimal mit ihr vergnügt hatte. *Diese Frau.* Sie saß da, ihr warmer Körper schmiegte sich an mich, und ihre blauen Augen glitten über mich hinweg. Verdammt, sie war wunderschön – ihre prallen Brüste mit den rosafarbenen Nippeln waren straff und ihr Haar ein wildes Durcheinander.

Sie musterte mich, ihr Blick war abwägend. Sie hob eine Hand und fuhr damit an meinem Kinn entlang.

»Wie geht es dir?«, fragte sie.

Eine so einfache Frage, dass ich lächeln musste. Wir hatten uns nicht mit irgendwelchen Höflichkeiten abgegeben, nicht heute Abend. In diesen kurzen Augenblicken, in denen ich mich in ihr verloren hatte, hatte ich das Telefonat mit meiner Mutter vorübergehend vergessen.

Bill lag im Krankenhaus, mein ehemals bester Freund. Er würde wahrscheinlich sterben, zumindest sagten sie das.

Ich wusste, dass ich mich in Jasmine verliebt hatte; verdammt, ich steckte schon so tief drin, dass ich mir nicht vorstellen konnte, dass sie nicht ein fester Bestandteil meines Lebens werden würde. Ich versuchte nur herauszufinden, wie lange ich mir bei ihr Zeit lassen sollte.

Trotz der tiefen Vertrautheit, die zwischen uns herrschte, und trotz der Tatsache, dass sie sich so schnell einen Weg in mein Herz gebahnt hatte – sie hielt mein Herz zu diesem Zeitpunkt quasi in ihren Händen – war ich mir nicht ganz sicher, wie ich über Bill sprechen sollte.

Meine begrenzte Erfahrung mit ernsthaften Beziehungen lag schon so lange zurück, dass ich eingerostet war. Ich war es nicht gewohnt, über meine Gefühle zu sprechen, schon gar nicht über etwas, das einen alten wunden Punkt traf.

Ich war schon lange über Katie hinweg. Wenn ich das nicht schon vorher gewusst hatte, so wusste ich es jetzt mit Gewissheit. Jasmine hatte sich einen festen Platz in meinem Herzen erobert und meine Gefühle für sie warfen einen langen Schatten auf das, was ich einst mit Katie zu haben glaubte.

Ich spürte, dass Jasmine erkannte, dass ich innerlich verletzt war. Aber das bedeutete nicht, dass ich wusste, wie ich darüber sprechen sollte, nicht jetzt.

Ich hatte nicht vor, zu lügen. Also zuckte ich mit den Schultern und fuhr mit meinen Fingern durch ihr

Haar und ihren Rücken hinunter. Meine Hände kamen an ihrer Taille zum Stillstand und meine Daumen strichen über die weiche Wölbung ihres Bauches.

»Ich hatte einen langen Tag«, sagte ich schließlich.

Ich konnte die Neugierde in ihren Augen aufblitzen sehen. Ich spürte, wie ihr Zögern mit meinem kollidierte. Diese Sache zwischen uns war in der Hitze der Leidenschaft geboren worden. Uns einen Weg durch die Trümmer unserer Vergangenheit zu schlagen, fühlte sich im Moment riskant an. Alles war noch zu frisch, zu verdammt zerbrechlich. Ich wusste vom ersten Abend an, dass sie ihre eigenen Altlasten hatte.

»Wenn du darüber reden willst, bin ich für dich da«, sagte sie schließlich.

Ich starrte sie an, mein Herz zog sich zusammen und ein ungewohntes Gefühl der Unsicherheit durchflutete mich, als ich nickte. Ich befürchtete plötzlich, dass dies eine Distanz zwischen uns schaffen würde, aber sie schien zu verstehen, dass jetzt nicht der richtige Zeitpunkt war, um zu drängen.

Ihr Finger fuhr meinen Hals hinunter und über die Kurve meiner Schulter.

»Hast du schon gegessen?«, fragte sie.

Ich schüttelte langsam den Kopf, als mein Magen knurrte. »Du?«

Sie kicherte und nickte. »Ich habe heute Abend mit Levi und Lucy gegessen. Ich mache dir etwas. Du kannst nicht hungrig ins Bett gehen.«

Dann kletterte sie von meinem Schoß und löste sich von mir. Nur widerwillig ließ ich sie ziehen. Mir wäre es lieber gewesen, wenn sie ganz nah bei mir geblieben wäre, aber ich war am Verhungern.

Obwohl es schon spät war, zog sie sich einen Bademantel an und fing an, in der Küche zu kramen. Ich schlüpfte in meine Jeans und sah zu, wie sie ein schnelles Abendessen für mich zauberte. Innerhalb von zwanzig Minuten gelang es ihr, ein köstliches Nudelgericht mit Huhn, Sesamöl, Knoblauch und Gemüse zuzubereiten.

Stunden später wachte ich in der Dunkelheit auf, lag in der Löffelstellung hinter ihr und atmete ihren Duft ein. In diesem Moment war alles so, wie es sein sollte.

Kapitel Sechsundzwanzig

JASMINE

Am nächsten Morgen machte ich Donovan Frühstück. Ich schlich mich aus dem Bett, bevor er aufwachte, setzte Kaffee auf und entschied mich, Omeletts zu zaubern. Er hatte angekündigt, dass er alles essen würde, also hielt ich das für eine sichere Wahl.

Ich war gerade dabei, die Eier zu verquirlen, als ich hörte, wie er aus dem Schlafzimmer stapfte. Als ich mich umdrehte, stockte mir der Atem, als ich ihn sah. Seine dunklen Locken waren feucht, als er mit einer Hand hindurchfuhr. Er hatte seine Jeans hochgezogen und sich noch nicht einmal die Mühe gemacht, sie zuzuknöpfen. Er stand mit nacktem Oberkörper da, und ich wollte sofort an ihm lecken.

Er kam zu mir, umrundete die kleine Insel und legte seine Hände um meine Taille, um mir einen Kuss auf die Seite meines Halses zu drücken.

»Du riechst gut«, murmelte er auf meine Haut, was mir einen heißen Schauer über den Rücken jagte und Schmetterlinge in meinem Bauch aufsteigen ließ. Er richtete sich auf und schaute mir über die Schulter zu, während ich die Eier verquirlte und versuchte, meinen

Körper unter Kontrolle zu bringen. Meine Nippel hatten sich zu kleinen Spitzen zusammengezogen und meine Pussy spannte sich an.

Donovan konnte sich nicht in meiner Nähe aufhalten, ohne mich zu erregen, so schien es zumindest.

»Der Kaffee ist fertig«, sagte ich, als ich die Eiermasse in die Pfanne schüttete.

Er lachte, trat zurück und strich mir mit der Handfläche über den Rücken, was mir einen heißen Schauer über den Rücken jagte.

»Daran könnte ich mich gewöhnen«, sagte er, während er sich eine Tasse Kaffee einschenkte. Er schaute zu mir rüber, seine Augen wurden schmaler. »Du hast noch gar keinen Kaffee.« Er griff nach oben, holte eine weitere Tasse aus dem Schrank und füllte sie für mich. »Sahne? Zucker?«

In dem Moment, als er Zucker sagte, erinnerte ich mich an den Klang seiner Stimme, wenn er mich Süße nannte.

Du musst aufpassen. Du bereitest gerade Frühstück zu, befahl ich mir streng.

»Nur einen Schuss Sahne«, antwortete ich.

Er schüttete die gewünschte Menge in meinen Kaffee und reichte ihn mir.

»Brauchst du Hilfe?«, fragte er, während er um den Tresen herumging und sich auf einen Hocker setzte.

»Nein, nur noch ein paar Minuten«, sagte ich, während ich etwas Käse und flüchtig gehackte Pilze und Paprika in das Omelett gab, bevor ich es umdrehte. »Fährst du zur Wache?«

Seine Augen blickten auf die Uhr über der Tür. »Erst in einer Stunde. Stehst du immer so früh auf?«, fragte er zwischen zwei Schlucken Kaffee.

»Ich bin Frühaufsteherin. Es spielt keine Rolle, ob

ich einen Wecker gestellt habe, ich bin immer früh wach.«

Donovan nickte und sein Mundwinkel verzog sich zu einem Lächeln. »Ah, das klingt nach mir. Ich habe es aufgegeben, auszuschlafen. Das passiert nur noch, wenn ich auf der Arbeit war und tatsächlich mehr als vierundzwanzig Stunden nicht geschlafen habe.«

Während ich kochte, unterhielten wir uns über nichts Wichtiges. Irgendwann klingelte sein Telefon, und als er es auf dem Tresen umdrehte, um auf das Display zu schauen, sah er plötzlich betrübt aus.

»Geht es dir gut?«, fragte ich reflexartig, schaltete den Herd aus und schob sein Omelett mit dem Spatel auf einen Teller.

Als er zu mir herübersah, dachte ich einen Moment lang, er würde mir sagen, was ihn bedrückte. Ich erinnerte mich an seine Reaktion, als ich ihm gestern Abend die gleiche Frage gestellt hatte. *Ich weiß es nicht.* Ehrlich gesagt, hatte ich weder diesen Moment noch den Schmerz, den ich von ihm verspürt hatte, vergessen. Aber wie so *oft* wurde ich von der Flut des schieren Verlangens nach ihm mitgerissen.

Im Moment wollte ich, dass er mit mir sprach. Und doch wollte ich ihn nicht drängen. Nach einem langen Augenblick nahm er einen Schluck von seinem Kaffee und schüttelte leicht den Kopf. »Mir geht's gut.«

Okay, so war das also. Ich gab mir einen mentalen Ruck und erinnerte mich daran, dass alles noch ganz frisch war; ich stürzte gerade kopfüber in die Sache und durfte nicht anfangen, Hoffnungen und Träume zu hegen.

Zum Glück beschäftigte ich mich nicht damit. Während wir aßen, kamen wir wieder ins Gespräch.

Kurze Zeit später ging er zur Arbeit und küsste mich an der Tür.

Nachdem er gegangen war, wurde mir fast schwindelig. Ich war dabei, mich in ihn zu verlieben. Viel zu schnell. Nach der letzten Nacht fühlte ich mich geradezu dekadent. Sex mit ihm war fast wie eine Droge.

Ich fragte mich, wann er wieder zu einem Feuer gerufen werden würde. Ich hätte daran gewöhnt sein müssen. Levi war nun schon seit Jahren Feuerwehrmann. Es war nicht so, dass ich mir keine Sorgen um Levi gemacht hatte, wenn er im Einsatz war, aber mit Donovan war es irgendwie anders. Im Handumdrehen hatte Donovan einen großen Platz in meinem Herzen eingenommen.

Das Einzige, was dieses Gefühl trübte, war das Wissen, dass er etwas zurückhielt. Vielleicht war es keine große Sache, aber ich war nicht dumm. Ich wusste, dass ihn letzte Nacht etwas Schwerwiegendes belastet hatte. Wer auch immer heute Morgen angerufen hatte – er hatte den Anruf ignoriert –, hatte den gleichen Blick in seinen Augen wieder zum Vorschein gebracht. Ich musste mich daran erinnern, die Sache nicht größer zu machen, als sie war. Ich war nicht so weit, dass ich mich in eine neue Liebe stürzen konnte. Es war nur so, dass Donovan es mir schwer machte, das nicht zu vergessen.

Ich schüttelte den Kopf, machte kehrt und eilte unter die Dusche. Ich musste ein paar Anrufe tätigen, um Materialien zu besorgen und zu entscheiden, was ich aus meinem Atelierraum im hinteren Teil des Cafés machen wollte.

Als ich wenig später aus der Dusche kam, schaute ich auf mein Handy und sah eine SMS von Glen. Ich hatte erwartet, dass ich ihn vermissen würde, aber das tat ich nicht. Damit war eigentlich schon alles gesagt.

Ich fragte mich plötzlich, ob Donovan ein Lücken-büßer war. Für eine Person, die praktisch eine Expertin darin war, sich den Kopf zu zerbrechen, zu viel nachzudenken und zu überanalysieren, war die Antwort auf diese Frage für mich eindeutig, wenn es um Donovan ging.

Vielleicht könnte ein Außenstehender aufgrund des Timings meinen, dass es sich um einen Lücken-füller handelte, aber das war nicht der Fall. Das mit ihm war weit mehr, als ich mit irgendjemandem je erlebt hatte. *Jemals.* Selbst in der Nacht, in der Glen um meine Hand angehalten hatte, war es nicht so intensiv wie zwischen Donovan und mir.

Mit einem Seufzer starrte ich auf Glens Nach-richten.

Es wäre schön, wenn du mich wenigstens erklären lassen könntest.

Ich hab Scheiße gebaut. Ich hoffe, du hast vor, bald nach Hause zu kommen, damit wir reden können.

Als ich Glens Worte las, empfand ich nicht einmal ein Gefühl des Verrats. Vielmehr verspürte ich ein Gefühl der Erleichterung. Dank ihm und Lisa war ich gerade noch einmal davongekommen.

Ich musste fast lachen angesichts der Vorstellung, San Francisco mal als Zuhause betrachtet zu haben. Dort hatte ich in den letzten sieben Jahren gelebt, aber es hatte sich nie wie ein Zuhause angefühlt. Zuhause war der Ort, an dem sich das *Herz* zu Hause fühlte. Zweifellos betrachtete mein Herz Willow Brook als mein Zuhause.

Ich überlegte, ob ich überhaupt nicht auf seine SMS antworten oder doch anrufen sollte. Aber ich war einfach zu höflich, also rief ich schnell an.

Er antwortete fast sofort. »Jasmine, Gott sei Dank rufst du an.«

Er fing an zu reden und wollte alles wiederholen, was er mir gerade geschrieben hatte.

Ich unterbrach ihn. »Glen.«

Er hörte auf zu reden. »Was?«

»Wir sind durch. Es klingt, als wolltest du mir alles Mögliche erklären. Aber ich rufe nur an, um dir den Respekt zu erweisen, den du mir nicht entgegengebracht hast. Wir sind nicht dazu bestimmt, zusammen zu sein. Ich denke, das weißt du. Vielleicht willst du nicht mit Lisa zusammen sein, aber ich denke, du solltest dir etwas Zeit nehmen, um herauszufinden, was du wirklich willst. Ich will nicht mit jemandem zusammen sein, der mich hinter meinem Rücken anlügt und eine andere in meinem Bett vögelt«, sagte ich schlicht und einfach.

»Komm schon, Jasmine. Gib mir eine Chance, es zu erklären.«

»Glen, das ist wirklich nicht wichtig. Ich verstehe, dass es dir leidtut und ich weiß das zu schätzen, aber es ist vorbei. Ich werde nicht nach San Francisco zurückkommen. Und selbst wenn, würde ich nicht wieder zu dir zurückkommen.«

Glen war mucksmäuschenstill geworden. Ich glaube nicht, dass er daran gewöhnt war, dass man ihm so klare Grenzen setzt. Er war es gewohnt, zu flirten, zu schmeicheln und zu reizen, bis er bekam, was er wollte.

»Bist du sicher?«, fragte er.

Ich hörte den Hauch von Herablassung in seinem Ton. In manchen Dingen war ich nicht besonders selbstbewusst, und das hatte er manchmal ausgenutzt. Jetzt nicht mehr.

»Ich bin mir sicher«, sagte ich entschlossen, ohne auch nur einen Funken Zweifel zu verspüren. »Viel

Glück. Ich hoffe, du findest jemanden, der dir wirklich wichtig ist.«

Ich beendete den Anruf mit einem Tippen und legte mein Telefon auf den Tresen, wobei ich ein Gefühl der Freiheit verspürte. Um ehrlich zu sein, hatte Donovan so schnell jeden Winkel meines Körpers, meines Herzens und meines Geistes ausgefüllt, dass kein Platz mehr für jemand anderen blieb. Aber abgesehen davon, nachdem Glen mich verarscht hatte und ich mir wie eine Idiotin vorgekommen war, hatte ich es nicht nötig, mich an ihn zu klammern. Egal, was in der Zukunft mit Donovan passieren würde, ich würde weder zu Glen noch nach San Francisco zurückkehren.

Kapitel Siebenundzwanzig

DONOVAN

Es waren ein paar Tage vergangen, seit ich die Neuigkeiten von Bill gehört hatte. Ich hatte meine Mutter ein paar Mal angerufen, um mich zu erkundigen, und auch mit Bills Eltern hatte ich Kontakt aufgenommen. Ich begann zu hoffen, dass er tatsächlich durchkommen könnte.

Ich überlegte hin und her, ob ich ihn besuchen sollte oder nicht. Seine Mutter wollte, dass ich warte, weil sie hoffte, dass er sich erholen würde, und ich ihn dann besuchen könnte. Im Brandopferzentrum hatte er begonnen, sich zu stabilisieren.

In der Zwischenzeit verbrachte ich jede Nacht mit Jasmine, und die seidigen Bänder, die sie um mein Herz wickelte, zogen sich immer enger zusammen. Ich wusste, dass sie spürte, dass mich etwas bedrückte, aber ich hatte keine Ahnung, wie ich darüber reden sollte. Ich war generell ein verschlossener Mensch.

So nah ich mich ihr auch fühlte, wenn wir intim und Haut an Haut zusammen waren, so war es doch Neuland für mich, zu lernen, wie man offen über solche Dinge spricht. Meine Erfahrungen waren eingerostet, da ich seit Katie keine ernsthafte Beziehung mehr gehabt hatte. Aber selbst diese Beziehung war nicht mit der zu Jasmine zu vergleichen. Sie hatte nicht annähernd so viel Intensität und Macht.

Katie und ich waren jung und sorglos gewesen. Keiner von uns beiden hatte zu diesem Zeitpunkt einen großen Verlust erlebt. Der Verrat, den sie und Bill gemeinsam begangen hatten, hatte mich erschüttert, aber als Hotshot-Feuerwehrmann erlebt man so einiges. Man wird auf eine Weise mit dem Tod und dem Beinah-Tod konfrontiert, wie es den meisten Menschen erspart bleibt.

Ich war es gewohnt, mit meinen Gefühlen allein fertigzuwerden. Im Moment schien Jasmine damit einverstanden zu sein, dass ich etwas Abstand hielt. Aber ich wusste auch, dass eine Prüfung anstand.

Unsere Mannschaft wurde für drei Tage zu einem Feuer außerhalb der Stadt gerufen. Langsam wurde ich mit der Realität konfrontiert, dass Jasmine Levis kleine Schwester war. Ich hatte es wochenlang bequemerweise ignoriert. Aber es gab kein Zurück mehr. Jasmine gehörte zu mir. Ich wusste, dass ich ihm das mit uns lieber früher als später beichten musste. Je länger ich wartete, desto größer war die Wahrscheinlichkeit, dass er mir in den Hintern trat.

Das erforderte zunächst ein Gespräch mit Jasmine. Ich hatte keine Minute lang vergessen, dass sie eine feurige Ader hatte. Diese Eigenschaft hatte dazu geführt, dass sie den Kerl, der ihr vor Wochen an den Hintern gefasst hatte, einfach verprügelt hatte. Diese feurige Ader bedeutete auch Nächte, die so heiß waren, dass es ein verdammtes Wunder war, dass ich noch nicht zu Asche verbrannt war.

Zu Beginn hatte ich gedacht ... nun, ich hatte gar nichts gedacht. Ich war einfach nicht fähig gewesen, der Verlockung von Jasmine zu widerstehen.

Doch jetzt war es so viel mehr. Ich wusste, dass sie es auch spürte. Und doch blieb das alles nur zwischen uns. Es war durchaus möglich, dass wir es dabei belassen konnten, solange wir gegenüber voneinander wohnten. Zu diesem Zeitpunkt waren wir praktisch schon zusammengezogen. Ich vermisste sie, wenn wir bei Einsätzen waren. Die einzigen Momente, in denen ich nicht an sie dachte, waren mitten in der Hitze des Brandes, den wir gerade bekämpften.

Am dritten Tag hatten wir ein kontrolliertes Feuer, das seine Feuerschneisen übersprungen hatte, wieder unter Kontrolle und kehrten nach Willow Brook zurück. Unser üblicher Pilot Fred war in Fairbanks beschäftigt, also schickten sie uns ein paar kleine Flugzeuge, um uns auszufliegen.

Wir würden in Anchorage und nicht direkt in Willow Brook landen. Sobald wir in der Luft waren und ich Empfang hatte, schaltete ich mein Telefon ein. Eine Nachricht von meiner Mutter wartete auf mich. Die kleinen Fortschritte, die Bill gemacht hatte, waren durch eine Infektion zunichtegemacht worden.

»Schatz, ich glaube, du solltest herkommen. Es sieht nicht so aus, als würde er es schaffen.«

Mein Herz setzte einen schweren Schlag aus und pochte schmerzhaft. Der kleine Kratzer des Bedauerns, der sich noch gehalten hatte, wurde zu einer klaffenden Wunde.

Egal, was passiert war, er war der Freund, den ich seit meiner Kindheit kannte.

Wir landeten in Anchorage und ich schaute zu Levi hinüber. Ich wollte, dass er Jasmine eine Nachricht überbrachte, aber ich wusste, dass das nicht der richtige Weg war. Sie würde mich zurückerwarten und verdammt, ich wollte sie sehen. Aber ich musste das tun, und ich war bereits am Flughafen.

Ich schlenderte zu ihm hinüber. »Levi«, rief ich.

Er drehte sich auf dem Weg zum Schalter der Autovermietung in meine Richtung. Normalerweise fuhren wir von hier aus zurück nach Willow Brook, aber wir mussten uns ein paar Mietwagen besorgen, weil wir direkt von Willow Brook aus mit dem Hubschrauber abgeflogen waren.

»Was gibt's?«, fragte Levi.

»Ich brauche ein paar Tage Urlaub, vielleicht drei oder vier Tage. Mein alter Kumpel aus Georgia hat sich bei einem Feuer verletzt. Es sieht nicht so aus, als würde er durchkommen. Ich kann direkt von hier aus einen Flieger nehmen, also dachte ich, ich erspare mir die Heimreise.«

Levi schwieg, sein Blick war abschätzend. Er wusste, dass das schmerzhaft werden würde. Ich wusste auch, dass Levi die Art von Freund war, die Loyalität bewies. Er war für seine Freunde da. Im Gegensatz zu mir wäre er vielleicht schon längst bei Bill. All das blieb unausgesprochen, weil er die Geschichte nicht kannte.

Er klopfte mir auf die Schulter, seine Hand ruhte dort. »Tu, was immer du tun musst, Mann. Brauchst du etwas von mir?«

Ich schüttelte den Kopf, denn was ich brauchte, war Jasmine. Das konnte er mir nicht geben. Nicht jetzt und schon gar nicht, wenn er nicht einmal wusste, was zwischen uns lief.

»Nein, Mann. Nur ein paar Tage Pause.«

»Ist sonst alles okay?«, fragte er.

Der Kummer pochte in meinem Herzen und ich zuckte mit den Schultern. »Ich komme schon klar. Es ist scheiße, aber es ist, wie es ist. Vielleicht schafft er es ja doch.«

Levi umarmte mich kurz und schob mich dann wieder zurück. Mit einem Winken wandte ich mich ab und machte mich auf den Weg zu den Ticketschaltern im Obergeschoss. Nachdem ich ein Ticket nach Denver ergattert hatte und zu den anderen Gates geleitet wurde, holte ich mein Handy heraus und versuchte, Jasmine anzurufen.

Ich landete auf ihrer Mobilbox.

Ich bin's, Jasmine. Ihr wisst, was zu tun ist.

»Jasmine, hier ist Donovan. Ich muss für ein paar Tage wegfliegen, aber ich bin bald zurück. Mein Rückflug ist am Freitag. Ich versuche später noch einmal anzurufen.«

Fast hätte ich ihr gesagt, dass ich sie vermisse, aber die Worte blieben mir im Hals stecken. Die Tatsache, dass ich Bill vielleicht nie sagen können würde, dass ich ihm verziehen hatte und dass zwischen uns alles in Ordnung war, beschäftigte mich sehr.

Nachdem ich ihr eine Nachricht hinterlassen hatte, schrieb ich ihr im Grunde dasselbe noch einmal. Ich setzte ein X an das Ende meiner SMS.

Dann wurde mein Flug aufgerufen, und schon war ich auf dem Weg nach Denver. Ich landete und machte mich direkt auf den Weg zum Krankenhaus, nachdem ich ein Auto gemietet hatte. Meine Mutter hatte mir per SMS mitgeteilt, dass sie und mein Vater bereits eingeflogen waren. Bills Mutter war ihre beste Freundin, also wusste ich, dass sie dort sein wollte. Ich hoffte inständig, dass er irgendwie durchkam.

In dem ganzen Trubel hatte ich keine Zeit für

irgendetwas, weder um meine Nachrichten abzurufen noch um Jasmines Anruf entgegenzunehmen. Sie hinterließ keine Nachricht. Ihre SMS war so vage, dass ich sie nicht deuten konnte.

Ich hoffe, dass alles in Ordnung ist.

Kapitel Achtundzwanzig

JASMINE

Ich vermisste Donovan, und ich war auch sauer auf ihn. Ich wusste, dass ich kein Recht hatte, von ihm zu erwarten, dass er mir erklärte, was los war. Egal, wie ich mich fühlte und wie sehr mein Herz mit ihm verschmolzen war, wir hatten noch nicht darüber gesprochen. Ich konnte also nicht davon ausgehen, dass wir offiziell ein Paar waren.

Trotzdem schmerzte es mich, dass ich nicht wusste, warum er so abrupt abgereist war. Ein Telefonanruf wäre nett gewesen.

Er hat dir eine Nachricht hinterlassen. Du hast nur nicht geantwortet, weil du beschäftigt warst.

Ja, aber er hat nicht gesagt, warum er gegangen oder was los ist.

So lief die Unterhaltung in meinem Kopf ab. Ich wusste schon seit ein paar Tagen, dass ihn etwas bedrückte, aber es war offensichtlich, dass er nicht darüber reden wollte, also hatte ich es einfach gelassen.

Du hättest fragen können.

»Fuck, fuck, fuck«, murmelte ich vor mich hin, während ich mir die Jeans hochzog.

Ich musste mir über meine Situation im Studio Gedanken machen. Ich hatte keine Zeit, mich mit Donovan zu beschäftigen. Seit seiner Abreise hatte er noch einmal angerufen, aber ich war unter der Dusche gewesen und hatte den Anruf verpasst. Er sagte, er würde morgen nach Hause kommen.

Ich erinnerte mich streng daran, dass ich mich nicht auf einen Mann verlassen sollte und dass es verrückt war, mich in Donovan zu verlieben, wo ich doch gerade erst meine Verlobung gelöst hatte. Dann stieg ich in meine Cowboystiefel und ging. Ich hatte vor, im Firehouse Café eine Tasse Kaffee zu trinken und einen Scone zu essen. Danach würde ich mich überwinden und meinen Vater um Hilfe für mein Studio bitten.

Ein paar Minuten später schob ich mich durch die Tür zum Firehouse Café. Es war früh, ziemlich früh sogar – kurz nach sechs Uhr. Trotz der frühen Stunde war das Café gut besucht. Das Wetter war heute wunderschön. Ich nahm an, dass viele der Touristen, die ich hier sah, sich auf ihre Tagesausflüge vorbereiteten.

Ich wartete in der Schlange und dachte daran, wie sehr ich das Aufwachen mit Donovan vermisst hatte. Ich musste mich neu orientieren und aufhören, mir etwas zu wünschen, was es nicht gab. Dass er auf diese Weise wegging, war ein guter Weckruf. Ich hatte keine Ahnung, wo wir standen, und ich brauchte seinetwegen kein Trübsal zu blasen.

Es war wie ein kleiner Kratzer auf meinem Herzen, immer wieder daran zu denken, dass er mir nicht sagen konnte, was los war. Irgendwie hatte ich mir eingeredet, dass wir viel vertrauter miteinander waren.

Vielleicht war es bei ihm nur Lust, und ich hatte zu viel hineininterpretiert.

Als ich am Anfang der Schlange ankam, begrüßte mich Janets breites Lächeln. Sie strich sich den Zopf hinter die Schulter und trommelte mit den Fingerspitzen auf den Tresen. »Also, was darf es heute Morgen sein?«

»Der stärkste Kaffee, den du hast, und ein Blaubeer-Scone, leicht aufgewärmt. Darf ich mir danach den Raum ansehen?«

»Natürlich. Ich muss dir sowieso einen Schlüssel für die Hintertür geben. Warte, ich hole ihn für dich und sage Daniel, dass er nach vorn kommen soll. Wir können zusammen nach hinten gehen. Daniel!«, rief sie über ihre Schulter.

Sie bereitete meinen Kaffee vor und schob einen Scone in den kleinen Ofen vor der Tür. Sie bereitete einen weiteren Kaffee zu, während Daniel nach vorn kam. Nachdem ich bezahlt hatte, gingen sie und ich gemeinsam nach hinten. Sie reichte mir einen Schlüssel, der an einem Haken neben der Tür hing.

»Gehört ganz dir, Liebes. Ich wollte sowieso mit dir reden. Ich habe mit Donovan darüber gesprochen und ich möchte, dass er die Arbeiten hier erledigt. Da er bereits im B&B für mich arbeitet, kann er sich auch hier um ein paar Dinge kümmern, wenn er schon dabei ist.«

Mir musste der Mund offen stehen, denn Janet grinste. »Überrascht?«

Ich nickte langsam und fragte mich, warum er mir das nicht gesagt hatte. Ich wusste nicht recht, was ich denken sollte.

»Ähm, bist du sicher? Ich bezahle alles, was er für das Studio macht«, sagte ich schließlich.

Janet zuckte mit den Schultern. »Liebes, ich glaube nicht, dass er dir etwas berechnen wird.«

Ich spürte, wie meine Wangen heiß wurden. »Wie kommst du darauf?«

»Weil ich glaube, dass er dich mag«, sagte Janet unverblümt.

Jetzt fühlte sich mein Gesicht an, als würde es in Flammen stehen.

Janet kicherte und drückte mir die Schulter. »Liebes, er hat kein einziges Wort zu mir gesagt. Es ist nur so ein Gefühl. Außerdem habe ich euch beide neulich Abend gesehen.«

Ich war plötzlich besorgt darüber, was sie gesehen hatte. Weiß Gott, was in meinem Gesicht zu sehen war, aber sie warf lachend den Kopf zurück.

»Nun, ich schätze, ich lag richtig. Keine Sorge, ich habe nichts Spannendes gesehen.« Sie war einen Moment lang still und schaute mich nachdenklich an. »Donovan ist ein guter Mann, die beste Art von Mann. Du verdienst nichts anderes.«

Ich schluckte durch die plötzlichen Emotionen, die sich in meiner Kehle festsetzten. Nachdem ich einen kurzen Schluck Kaffee getrunken hatte, krallten sich meine Finger um die kleine Papiertüte, in der sich mein Gebäck befand.

»Vielleicht ist er das, aber ich glaube nicht, dass er mich so sieht. Ich meine, er hat die Stadt einfach verlassen, ohne mir zu sagen, warum.«

Ich fühlte mich plötzlich viel zu emotional für dieses Gespräch. Ich liebte Janet und sie war wie eine Tante für mich. Aber ich wollte auf keinen Fall vor ihr wegen Donovan in Tränen ausbrechen.

Ich nahm einen weiteren Schluck Kaffee und zwang mich, nicht an ihn zu denken. Janet neigte ihren Kopf zur Seite, atmete tief ein und stieß einen Seufzer aus, während ihr allzu aufmerksamer Blick über mein Gesicht wanderte.

»Liebes, ich kann nicht für Donovan sprechen, aber er ist kein Arschloch. Egal, was los ist, ich glaube nicht eine Sekunde lang, dass er dich verarschen würde. Denn er weiß, dass er es mit mir zu tun bekommen würde, und ich wäre noch viel schlimmer als Levi. Levi ist sein Freund, also hätte er einiges zu erklären, wenn er sich dir gegenüber wie ein Arsch aufführt. Ich weiß nicht, warum er die Stadt verlassen hat, aber ich weiß, dass er ein Muttersöhnchen ist. Seit er hierhergezogen ist, hat sie ihn jedes Jahr besucht. Er ist gut zu seiner Familie. Das habe ich mit meinen eigenen Augen gesehen. Vielleicht hat es etwas damit zu tun und er hatte einfach keine Zeit, es zu erklären. Aber deinem Gesichtsausdruck nach zu urteilen, bedeutet er dir offensichtlich etwas.«

Ich nickte nur und nahm einen Schluck von meinem Kaffee, bevor ich noch etwas Dummes sagte. »Ich denke, wenn er zurückkommt, werde ich mit ihm über alles reden, was ich hier brauche. Ich brauche ein paar Regale und einen Arbeitstisch in der Mitte. Wäre das in Ordnung?«, fragte ich, völlig vom Thema abschweifend. Ich konnte einfach nicht über Donovan spekulieren. Ich *brauchte* mir keine albernen Hoffnungen zu machen.

Janet drückte mir wieder die Schulter. »Ich habe dir doch gesagt. Was immer du tun musst, ist in Ordnung.«

Ich zog sie in eine Umarmung. »Danke. Sobald ich etwas Geld habe, regeln wir das mit der Miete, okay?«, fragte ich, als ich einen Schritt zurücktrat.

In diesem Moment rief jemand Janets Namen. Sie zwinkerte mir zu und drehte sich weg. »Natürlich«, rief sie über ihre Schulter, bevor sie sich durch die Tür nach vorne drängte.

Als die Tür hinter ihr zufiel, war ich allein in der hinteren Garage. Es war still in dem Raum, völlig leer. Ich drehte mich langsam um und wusste nicht so recht, was ich davon halten sollte, dass Donovan den Raum für mich herrichten sollte. Ich hatte daran gedacht, ihn zu fragen, aber ich fragte mich, warum er mir nichts davon erzählt hatte. Vielleicht wollte er mich überraschen, oder vielleicht bedeutete es ihm einfach nicht so viel.

Meine Unsicherheiten waren in den letzten Tagen ziemlich aufdringlich gewesen. Ich hatte es geschafft, mich in den Nebel aus heißem Sex und eingebildeter Intimität zwischen Donovan und mir zu stürzen. Ich wusste nicht, was real war und was nur in meinem Kopf existierte. Ich hatte nicht viel Vertrauen in mein Urteilsvermögen, wenn es um Männer und das Deuten von Gefühlen ging.

Seufzend wandte ich mich ab, trat durch den Hintereingang hinaus und schloss die Tür hinter mir.

Kapitel Neunundzwanzig

DONOVAN

Als ich neben Bills Krankenhausbett stand, sah ich auf ihn hinunter. Er war natürlich bewusstlos. Er war an einen Beatmungsschlauch angeschlossen und Gott weiß, was sonst noch alles mit dem Summen der Beatmungsmaschine und gelegentlichen Pieptönen im Raum zu hören war.

Das Krankenhauslaken und die Verbände bedeckten ihn, sodass ich die Verbrennungen nicht sehen konnte. Nach Angaben der Ärzte hatte er an über achtzig Prozent seines Körpers Verbrennungen erlitten. Seine Crew in Kalifornien war in einer Schlucht stecken geblieben, als der Wind das Feuer plötzlich in die entgegengesetzte Richtung getrieben hatte.

Bill konnte sich nicht mehr rechtzeitig retten und seine Brandnotunterkunft hielt den Flammen nicht stand. Egal, was zwischen Bill und mir vorgefallen war, er war jahrelang mein bester Freund gewesen. Mein Herz tat mir weh. Ein Teil seiner Haare war auf seinem Kopf zu sehen, sein Gesicht war im Schlaf entspannt. Sie hatten mir gesagt, dass er im künstlichen Koma lag und in diesem Zustand bleiben würde, bis sich etwas änderte.

Ich wünschte, ich könnte noch einmal sein verschmitztes Lächeln sehen. Wenn es darum ging, draußen im Einsatz zu sein, war Bill grundsolide. Obwohl wir nicht in der gleichen Mannschaft gelandet waren, hatten wir unsere Ausbildung gemeinsam absolviert.

Ich stützte meine Hände auf das Bettgeländer und sagte: »Ich bin hier, Mann. Ich hatte vor, dich bald anzurufen. Denn ich vermisse dich verdammt. Shit happens, und ich habe eine Weile gebraucht, um das zu begreifen. Ich weiß, dass es dir leidtat, und es tut mir verdammt leid, dass ich so lange wütend geblieben bin. Ich hoffe, dass du das durchstehst, aber es hört sich nicht gut an.«

Ich musste innehalten und zitternd Luft holen, weil mir die Tränen kamen. Komisch, aber ich hatte nicht geweint, als das mit ihm und Katie passierte. Ich war einfach nur wütend gewesen. Aber deswegen weinte ich jetzt nicht. Ich weinte, weil mein Freund wahrscheinlich sterben würde. Verdammt, ohne die moderne Medizin wäre er vermutlich schon tot.

Ich legte meine Hand auf seinen Arm mit dem Laken dazwischen. Das Bedauern traf mich wie ein verdammter Lastwagen, und ich hasste es, dass es so weit hatte kommen müssen, damit ich zu ihm kam.

Ich war kein besonders religiöser Mensch, aber meine Mutter hatte mich als Kind jedes Wochenende in die Kirche mitgenommen. Ab und zu sprach ich ein Gebet und so auch jetzt. Ich wünschte mir nur, dass Bills Schmerz ein Ende haben würde. Was immer das auch heißen mochte. Ich hatte den Tod schon oft genug erlebt, um zu wissen, dass er zum Leben dazugehört. Man konnte ihn in Schach halten, aber nur eine gewisse Zeit lang. Wenn Bills Zeit gekommen war, wollte ich einfach, dass er nicht litt.

Ich wusste nicht, was die Antwort war. Ich verstand, warum Bills Eltern in Erwägung zogen, ihn von den lebenserhaltenden Maßnahmen zu trennen, aber es schien eine fast unmögliche Entscheidung zu sein. Sosehr ich mir auch wünschte, dass sich die Lage änderte und er eine Chance hatte, wäre es mir fast lieber gewesen, er wäre von allein gestorben, wenn das unausweichlich war.

Ich strich mit meiner Hand über das Laken, das seinen Arm bedeckte, und berührte es kaum. »Nun Mann, du hast deinen Teil gesagt, als du angerufen hast. Auch wenn du mich nicht hören kannst, sollst du wissen, dass ich es endlich ruhen gelassen hab. Katie war nie die Richtige für mich. Sie war auch nicht die Richtige für dich, und du musstest es auch erkennen. Ich wünschte, du könntest Jasmine kennenlernen. Sie ist unglaublich. Im Nachhinein betrachtet ist es verdammt gut, dass du mit deinem Schwanz und nicht deinem Verstand gehandelt hast. Denn wenn du das nicht getan hättest, hätte ich vielleicht Katie geheiratet und hätte Jasmine nie kennengelernt. Dafür sollte ich dir wohl dankbar sein. Ich werde dich vermissen, Mann.«

Fast wie aufs Stichwort klopfte es an der Tür und eine Krankenschwester trat ein, gefolgt von einem Arzt. Sie schauten überrascht, mich dort zu finden.

»Seine Eltern haben mich in das Zimmer gelassen, damit ich ein paar Minuten mit ihm allein sein kann«, erklärte ich.

Die Krankenschwester lächelte sanft. Gleichgültig, ob sie wusste, was ich fühlte, ich spürte ihre Wärme. »Brauchen Sie noch ein bisschen mehr Zeit?«, fragte der Arzt.

»Nein, aber danke«, antwortete ich, tappte aus dem Zimmer und ging den Flur hinunter in den Wartebereich, wo Bills Eltern saßen, und auch meine.

Meine Mutter stand auf, nahm mich sofort in die Arme und gab mir das, was ich als kleiner Junge immer »Mama-Knuddeln« genannt hatte. Mit meinen dreiunddreißig Jahren war ich schon seit Jahren ein Mann und war fast einen halben Meter größer als sie. Für sie machte das keinen Unterschied. Ihre Umarmungen waren einfach unvergleichbar. Sie hob sie für Momente wie diesen auf – wenn Worte einfach nicht ausreichten.

Sosehr mein Herz auch durch den scharfen Stich der Trauer schmerzte, auf eine seltsame Art und Weise fühlte ich mich mit mir selbst im Reinen, wie seit Jahren nicht mehr. Wenn ich jetzt zurückblicke, sehe ich, dass ich zu Recht sauer auf Bill war. Aber er hatte sich entschuldigt. Ich war damals nur etwas zu verbittert gewesen, um die Entschuldigung anzunehmen. Wenigstens das hatte sich nun geklärt.

Als meine Mom zurücktrat, standen ihr die Tränen in den Augen. Im Raum herrschte eine Mischung aus Trauer und Verzweiflung.

Kapitel Dreißig

JASMIN

Eine Serviette flog an meinem Kopf vorbei, prallte an meiner Schulter ab und landete neben mir auf Maisies Schoß. Maisie lachte nur und warf die Serviette zurück zu Lucy. Lucy beschwerte sich über ihre Schwangerschaft, vor allem über die »Einschränkungen«, die sie als solche empfand.

Maisie, die schon zwei Babys bekommen hatte, rollte nur mit den Augen. Ein Paradebeispiel dafür war ihre Antwort.

»Mein Gott, du bist einfach lächerlich. Du hast keine Einschränkungen in deiner Aktivität und du denkst, es wäre das Ende der Welt. Du bist gerade mal im ersten Drittel der Schwangerschaft. Der einzige Grund, warum man es schon sieht, ist, weil du so zierlich bist. Ich bin ein bisschen stämmiger«, sagte sie und klopfte sich mit der Hand auf den Oberschenkel. »Und zwei Schwangerschaften sind auch nicht gerade förderlich, also zick nicht rum.«

Amelia verdrehte ebenfalls die Augen. Sie war in der Schule ein paar Jahrgänge über mir gewesen, aber ich kannte sie gut. Sie war in Willow Brook geboren und aufgewachsen, also war sie schon länger hier als ich, denn ich war erst zu Beginn der Highschool hierhergezogen. Im Gegensatz zu mir war sie nie weggegangen.

Sie fügte hinzu: »Ich weiß. Nichts hält sie von der Arbeit ab, es sei denn, man zählt Levi, der sich ständig Sorgen um sie macht.«

Ich grinste in Lucys Richtung. »Gott sei Dank hat er jetzt jemand anderen, um den er sich Sorgen machen kann.«

Lucy seufzte, griff nach oben und richtete ihren Pferdeschwanz. »Ich weiß. Ich werde mich daran gewöhnen, aber meine Güte, man könnte meinen, ich wäre die einzige Frau, die jemals schwanger gewesen ist, so wie er sich aufführt.«

Amelia stupste sie mit ihrem Ellbogen in die Seite. »Ja, er macht sich genauso viele Sorgen, wie du dich beschwerst.«

Lucy streckte Amelia die Zunge heraus und mischte die Karten. Die Unterhaltung wurde fortgesetzt, und ich schaute mich am Tisch um. Wir waren bei Cade und Amelia, wo die Mädchen anscheinend alle paar Wochen einen lockeren Kartenabend veranstalteten, und man hatte beschlossen, dass ich dabei sein sollte.

Zu der Gruppe gehörten Amelia und Lucy sowie Maisie, die ich erst vor Kurzem kennengelernt hatte. Sie war hierher gezogen, nachdem ihre Großmutter gestorben war und ihr ihr Haus in Willow Brook hinterlassen hatte. Maisie war außerdem mit dem Feuerwehrmann Beck Steele verheiratet, der zu Cades Team gehörte.

Ella Masters, Cades kleine Schwester, war auch hier. Sie war mit Caleb verlobt, der in der Schulzeit ihr Freund gewesen war. Ich kannte Ella am besten, schon allein deshalb, weil wir im gleichen Alter waren. Levi und Cade waren in der Schulzeit befreundet gewesen, also hatten Ella und ich viel Zeit miteinander verbracht. Wie ich hatte auch Ella Willow Brook für ein paar Jahre verlassen. Sie war zurückgekommen und hatte sich schließlich mit Caleb versöhnt.

Unsere Gruppe wurde an diesem Abend durch Charlie Lane, oder besser gesagt Dr. Lane, vervollständigt. Sie war neu in der Gruppe und frisch verliebt in Jesse Franklin, ebenfalls Feuerwehrmann. Charlie hatte mich anfangs eingeschüchtert, weil sie Ärztin war, aber sie war nett und bodenständig. Sie war ein paar Jahre älter als wir und hatte einen durchtriebenen Sinn für Humor.

Jemand sagte etwas darüber, dass Levis Crew zu einem weiteren Feuer ausrücken würde, und Lucy schaute in meine Richtung. »Weißt du zufällig, ob Donovan bald zurückkommt? Ihr wohnt doch beide in Janets B&B, oder?«

Die Hitze stieg mir in die Wangen, und ich hoffte, dass es niemand bemerkte. Ich griff nach meinem Bier und nahm einen Schluck. »Soweit ich weiß, kommt er morgen zurück«, antwortete ich und bemühte mich um einen lockeren Ton.

Lucy nickte und griff nach ihrem Wasser, wobei sie mit den Augen rollte. »Ich kann nichts trinken. Ich denke nicht viel über Alkohol nach, aber offensichtlich würde ich an Wochenenden gerne mal ein Bier trinken«, murmelte sie.

Maisie lachte. »Du hast nur noch sechs Monate vor dir.«

Amelias Blick landete auf mir, ihre Augen waren nachdenklich. »Was läuft da eigentlich zwischen dir und Donovan?«, fragte sie.

Ähm, was zum Teufel? Woher wusste Amelia etwas über Donovan und mich?

Während ich mich bemühte, ihre Frage zu beantworten, lächelte Maisie mich an und ihre runden Wangen wurden dabei noch fülliger. Mit ihren wilden braunen Locken, den Sommersprossen und den großen braunen Augen war sie einfach nur süß. »Ja, was *läuft* da zwischen dir und Donovan?«

Irgendetwas muss in meinem Gesicht zu sehen gewesen sein. Ich hatte den Versuch, nicht rot zu werden, völlig aufgegeben. Das war ein aussichtsloses Unterfangen, denn meine Wangen standen in Flammen.

Lucy lächelte langsam. »Spuck's aus. Ich werde zwischen ihm und Levi schlichten. Mach dir keine Sorgen. Ich kann ihn aufhalten.«

Es lag mir auf der Zunge, zu behaupten, dass da nichts lief, aber es war nicht *nichts*. Ich war mir ziemlich sicher, dass ich im Begriff war, mich in ihn zu verlieben, wenn ich es nicht schon getan hatte. Offensichtlich hatte uns jemand zusammen gesehen oder etwas gehört, höchstwahrscheinlich von Janet.

Ich nahm noch einen Schluck von meinem Bier und setzte es ab, dabei zupfte ich mit meinem Fingernagel an dem Etikett. »Ich bin mir nicht sicher. Warum fragst du?«

Amelias Grinsen wurde breiter. Sie hatte bernsteinfarbenes Haar und Augen in der gleichen Farbe, war groß und langbeinig. Als ich jünger war, hatte sie mich immer ein bisschen eingeschüchtert, bis ich sie besser kennenlernte. »Janet hat mir neulich erzählt, dass sie glaubt, dass ihr beide etwas füreinander übrig hättet«, erklärte sie.

»Du weißt doch, dass sie sich gerne als Amor aufspielt«, warf Ella mit einem mitfühlenden Funkeln in den Augen von der anderen Seite des Tisches ein. Trotzdem war mir klar, dass ich mich mit diesem Verhör abfinden musste.

Ich schaute zu Lucy hinüber. »Wage es ja nicht, Levi etwas zu sagen.«

»Ich werde ihm nichts aufdrängen, aber wenn er mich fragt, kann ich nicht lügen. Donovan ist total klasse, also wenn ...« Sie ließ ihre Worte mit einem verschmitzten Lächeln ausklingen.

Ich seufzte. »Na ja, es könnte sein, dass zwischen uns etwas war, aber ...«

»Was soll das heißen?«, piepste Maisie, während Charlie auf der anderen Seite des Tisches gluckste.

Ich schnappte mir einen Tortilla-Chip aus der Schüssel in der Mitte des Tisches und löffelte etwas Salsa auf meinen Teller. Zwischen den Bissen zuckte ich mit den Schultern, weil ich nicht wusste, wie ich es erklären sollte. »Die Sache ist die, dass ich nicht weiß, was *es* ist. Ich schätze, nichts. Denn er ist gegangen, und ich weiß nicht einmal, wohin er gegangen ist oder warum er gegangen ist. Ich sehe das als einen guten Reality-Check für mich an.«

Neugierige Augen starrten mich von allen Seiten des Tisches an. Schließlich ergriff Ella das Wort. »Ich kann mir nicht vorstellen, dass du dich darüber ärgern würdest, wenn nichts zwischen euch laufen würde.«

Maisie nickte, ihre Locken wippten. »Genau. Also zurück zu meiner Frage: Was heiß ‚etwas‘?«

»Sex«, sagte ich unverblümt. »Jede Menge Sex.«

Charlie brach in Gelächter aus und entschuldigte sich dann sofort. »Es tut mir so leid. So lustig war das nicht, es war nur die Art, wie du es gesagt hast.«

Meine Röte verblasste, wenn auch nur, weil ich mir nicht die Mühe machte, etwas zu verbergen. Ich knabberte noch einmal an einem Chip. »Na ja, das ist so ziemlich das Einzige, worauf ich es zurückführen kann. Die Dinge sind noch ziemlich frisch, aber ich denke, wenn er mehr als nur etwas Körperliches wollte, hätte er mir gesagt, warum er gegangen ist. Aber da er mich nicht für wichtig genug hält, um mich wissen zu lassen, was los ist, betrachte ich es als einen Weckruf. Mein Glück mit Männern ist nicht so berauschend.«

Lucy warf mir einen bösen Blick zu. Bevor sie etwas sagen konnte, tat es Amelia. »Nun, Janet glaubt, dass er dich mag. Und zwar sehr. Donovan ist ein netter Kerl. Er ist eher ein Einzelgänger. Ich glaube nicht, dass er wirklich viel ausgeht. Ich weiß nicht einmal, ob er sich überhaupt mit Frauen trifft.«

Maisie schürzte die Lippen, neigte den Kopf zur Seite und wickelte eine Locke um ihren Finger. »Nein, ich glaube nicht, dass er das tut. Und er *ist* ein wirklich netter Kerl. Absolut solide. Er ist immer nett auf der Wache. Mit Emily kommt er super klar«, sagte sie und nickte in Charlies Richtung, womit sie Charlies Nichte meinte.

»Ich weiß. Er kam rüber, um Jesse bei einem unserer Trucks zu helfen, und er war so geduldig mit ihr. Sie liebt alle Feuerwehrmänner. Sie schaut total zu ihnen auf. Sie sind alle wie Ersatzonkel für sie«, fügte Charlie hinzu.

»Das ist nicht hilfreich, wisst ihr. Ich brauche nicht zu wissen, wie toll er ist. Ich muss meinen Kopf wieder klar kriegen«, murmelte ich.

»Warum bist du so wütend auf ihn?«, fragte Lucy spitz, ihren aufmerksamen blauen Blick auf mich gerichtet.

Ich fummelte an einem Chip in meiner Hand und drehte ihn herum. »Ich weiß es nicht. Er hat mir keinen Grund gegeben, zu denken, dass mehr zwischen uns ist. Ich weiß ganz sicher nicht, was es für mich ist, aber er ist einfach gegangen und hat kein Wort gesagt. Das ist nicht gerade vertrauenserweckend. Ich fühle mich im Moment wie eine Idiotin. Außerdem: Bin ich verrückt? Wahrscheinlich ist es sowieso nur eine Enttäuschung für mich. Es ist erst einen Monat her, dass ich Glen dabei erwischt habe, wie er Lisa gevögelt hat.«

Maisie meldete sich sofort zu Wort. »Donovan würde das nie tun. Nicht, dass ich viel über sein Privatleben wüsste, aber er ist grundsolide und ein absolutes Muttersöhnchen. Seine Familie kommt jedes Jahr zu Besuch und schaut bei der Wache vorbei. Letztes Jahr brachte seine Mutter diesen himmlischen Schokoladenkuchen mit, den sie selbst gebacken hat. Er war einfach göttlich. Du hättest ihn mit ihr sehen sollen. Ich bin mir ziemlich sicher, dass er alles für sie tun würde.«

»Er hat diesen sexy Südstaaten-Slang drauf«, meldete sich Ella zu Wort.

»Okay, Mädels, hört auf damit. Wenn ich wichtig wäre, hätte er mir sicher gesagt, warum er geht. Das Letzte, was ich tun sollte, ist, mich in die Sache hineinzustürzen und ...« Ich hielt inne, als mich ein Gefühlsausbruch überkam.

Ich wollte gerade sagen, *mich verlieben*'. Ich korrigierte mich und fügte hinzu: »Der Lust zu verfallen.«

»Ich nehme an, der Sex ist gut«, bemerkte Amelia an meiner Seite mit einem verschmitzten Grinsen.

Ich hob meine Serviette hoch und warf sie nach ihr.

Währenddessen war Lucy ruhig geblieben. Schließlich ergriff sie das Wort. »Ich bin kein Experte, aber manche Leute würden sagen, dass ich manchmal zu abwehrend bin.«

Das brachte alle zum Lachen, auch mich. Ich bewunderte Lucy und sie war wie eine Schwester für mich, seit ich sie kennengelernt hatte. Aber niemand konnte ihr jemals vorwerfen, ein Weichei zu sein oder zu viel durchgehen zu lassen. Bis zum heutigen Tag war ich mir ziemlich sicher, dass Levi sich immer noch für den glücklichsten Mann der Welt hielt und sich vielleicht sogar fragte, ob er sie mit einem Trick dazu gebracht hatte, sich in ihn zu verlieben.

Als sie uns anfunkelte, gelang es uns, aufzuhören zu lachen. Sie fuhr fort: »Wie auch immer, es scheint, als würdest du Donovan mögen. Ich glaube nicht, dass er nur ein Lückenbüßer ist. Ich bezweifle, dass du jemals wirklich in Glen verliebt warst. Ich vermute, du hast versucht, dir das einzureden. Aber wenn du es gewesen wärst, hätte dich die Sache mit ihm viel mehr mitgenommen. Ich meine ja nur. Wenn Levi mich verarscht hätte ...«

Ihre Worte verstummten und Maisie stieß mich mit ihrem Ellbogen an. »Ich bin mir ziemlich sicher, dass es eine Schlägerei geben würde.«

Lucy verdrehte die Augen. »Ich würde wahrscheinlich jemandem in den Arsch treten, ihn eingeschlossen, aber ich wäre auch völlig fertig. Ich habe den Eindruck, dass Glen deine Gefühle verletzt hat und du dir dumm vorkommst, aber du bist noch glimpflich davongekommen. Ich glaube, wir können uns alle darauf einigen, dass Donovan dich nicht verarschen würde. Er ist einfach nicht so ein Typ.«

Ich war immer noch sauer, sowohl auf mich als auch auf Donovan. Es folgten noch ein paar weitere Kommentare, aber es schien, als hätten die Mädels meine Andeutungen verstanden. Ich war nicht bereit, dieses Thema weiter zu vertiefen, nicht jetzt.

Später am Abend betrat ich Janets B&B, nachdem

Lucy mich abgesetzt hatte. Da sie nichts getrunken hatte, war sie meine Fahrerin. Als ich die Treppe hinaufging, wurde mir Donovans Abwesenheit schmerzhaft bewusst, wie ein kleines Messer, das in meine nackten Gefühle schnitt. Nachdem er an den ersten ein oder zwei Tagen angerufen und ein paar Mal eine SMS geschrieben hatte, hatte er sich nicht mehr gemeldet. Jetzt versuchte ich zu verstehen, was das bedeutete, obwohl ich wusste, dass ich nicht rational war. Ich war diejenige, die ihn nicht zurückgerufen hatte, also wollte er mir vielleicht Freiraum geben. Ich hatte nicht um Freiraum gebeten, aber meine passive Weigerung, ihm zu antworten, schien diese Botschaft zu senden.

Als ich meine Suite betrat, zog ich meine Stiefel aus und legte meine Handtasche neben der Tür ab. Ich ging zum Fenster und schaute auf die Main Street hinaus. Der August stand vor der Tür und die Tage begannen wieder kürzer zu werden. Es war bereits nach einundzwanzig Uhr, die Sonne verschwand hinter den Bergen und hinterließ nur noch einen Hauch von Orange und Gold, als die Dunkelheit das Tageslicht verdrängte.

Ein Halbmond ging über dem Schwanensee auf und sein Licht schimmerte auf dem Wasser. Ich atmete tief ein und wieder aus. Es war ein gutes Gefühl, zu Hause zu sein, wirklich gut. Da war sogar ein Gefühl der Erleichterung, das ich bei meiner plötzlichen Rückkehr hierher, um meine Wunden zu lecken, sicher nicht erwartet hatte. Ich wünschte mir nur, ich könnte einen klaren Gedanken bezüglich Donovan fassen.

Ich schlief ein, vermisste seine warme Kraft, die mich hielt, und fragte mich, ob es ihm gut ging. Am nächsten Tag, als ich immer noch nichts von ihm gehört hatte, wurde ich wieder wütend. Ich war ein bisschen jähzornig und ich war verletzt. Ich versuchte mir immer wieder einzureden, dass ich überreagierte, aber ich verlor die innere Auseinandersetzung.

Als mein Handy summte und ich eine SMS von ihm sah, in der er mir mitteilte, dass er am späten Nachmittag in Anchorage landen würde, ignorierte ich sie. Nach vier ganzen Tagen wusste ich immer noch nicht, warum er so plötzlich abgereist war.

DONOVAN

Das Flugzeug landete mit einem leichten Ruck, als die Räder auf der Landebahn aufsetzten. Ich schaute aus dem Fenster und beobachtete, wie alles an mir vorbeiraste und der Flughafen langsam in den Fokus rückte. Als der Pilot ankündigte, dass wir unsere Mobilgeräte einschalten könnten, zog ich mein Handy heraus, schaltete es ein und hoffte, etwas von Jasmine zu sehen.

Verdammt, nichts.

Ich hatte keine Ahnung, woher ich das wusste, aber ich spürte, dass sie stinksauer war. Ich brauchte einfach eine Gelegenheit, um mit ihr zu reden und wollte es von Angesicht zu Angesicht tun. Ich hatte das Gefühl, dass wir in unserer Beziehung etwa fünfzig Schritte übersprungen hatten. Ich war in sie verliebt, das wusste ich mit großer Sicherheit. Nur die Sache mit Bill hatte mich aus der Bahn geworfen. Ich musste es allein verarbeiten, zumindest diesen Teil davon.

In den vier Tagen, die ich in Denver verbracht hatte, hatte es einen weiteren Hoffnungsschimmer gegeben, der so schnell verschwunden war, wie er gekommen war. Seine Eltern hatten beschlossen, ihn von den lebenserhaltenden Maßnahmen abzuschalten und ihn aus dem künstlichen Koma zu holen. Er war gerade mal eine Viertelstunde bei Bewusstsein gewesen. Es war brutal gewesen, aber er schien keine Schmerzen zu haben.

Ich konnte mich noch von ihm verabschieden und sah sogar einen Hauch seines alten Lächelns, bevor ich ihn mit seinen Eltern zurückließ, bis er verstarb. Die rettende Gnade war, dass er seinen Frieden gefunden zu haben schien.

Während ich mich so gut wie möglich mit Bills Tod abgefunden hatte, war der Knackpunkt in diesen langen Tagen das Wiedersehen mit Katie. Wie sie davon erfahren hatte, wusste nur der liebe Gott. Wahrscheinlich hatte die vernetzte Welt der sozialen Medien ihr die Information zukommen lassen. Ich hatte bis dahin nicht einmal gewusst, dass sie in Colorado lebte. Anscheinend war sie mit Bill dorthin gezogen, bevor sie sich getrennt hatten. Sie tauchte auf, weinte und wollte sich bei mir entschuldigen und mir sagen, dass es ein Fehler war, mich mit Bill zu betrügen. Ich konnte nicht glauben, dass sie den Nerv hatte, ins Krankenhaus zu kommen, wo Bill im Sterben lag, und zu versuchen, wieder mit mir zusammenzukommen. Aber falls bisher noch nichts darüber Aufschluss gegeben hatte, wer Katie war, dann war es nun definitiv geschehen.

Das einzig Gute an dieser Begegnung mit ihr war die Erkenntnis, dass die Auffassung, die ich von Liebe hatte, als ich mit ihr zusammen war, keine wirkliche Liebe war. Ich war viel zu jung gewesen. Ich hatte das gewollt, was meine Eltern hatten und mich von meinem Schwanz dorthin führen lassen. Als hätte mein Schwanz ein Gehirn oder ein Herz. Äh, nein.

Katie war immer noch wunderschön, mit ihren langen dunklen Haaren, ihren blauen Augen und ihrer gertenschlanken Figur, aber ich war jetzt älter und weiser.

Ich hörte ihr höflich beim Weinen zu und wünschte ihr dann alles Gute.

Katie zu sehen, hatte meine Gefühle für Jasmine nur noch deutlicher gemacht. Mit jedem einzelnen Herzschlag konnte ich es kaum erwarten, wieder nach Hause zu kommen, zurück zu Jasmine.

Sie hatte mich ausgegrenzt. Ich glaubte zu wissen, warum, aber wir hatten nicht miteinander geredet und die Intimität, die uns umhüllte und in ihrem Netz gefangen hielt, nicht in Worte gefasst.

Ich musste sie sehen.

Als wir in Anchorage landeten, schrieb ich ihr eine SMS, sobald wir am Boden waren. *Ich bin in etwa einer Stunde zu Hause. Wir müssen reden.*

Ich mietete ein Auto und fuhr zurück nach Willow Brook. In meinem Leben gab es nur zwei Orte, die sich wie ein Zuhause anfühlten. Georgia mit seinen kurvenreichen Straßen in den Bergen, den feuchten Sommern und Moms Essen war einer dieser Orte. Ich verließ Georgia, als ich noch zu jung war, um mich nicht an einen Ort klammern zu wollen.

Bis ich in Willow Brook landete, fühlte sich kein anderer Ort wie zu Hause an. Als ich aus Anchorage herausfuhr und die Stadt hinter mir ließ, überkam mich dieses Gefühl des Friedens. Trotz meiner Trauer, meiner aufgewühlten Gefühle und meiner Ungewissheit über Jasmine wusste ich, dass ich dort war, wo ich hingehörte.

Es war schon spät, so spät, dass sich die Sonne hinter den Bergen verabschiedete. Als ich einen Blick nach vorn warf, wo der Highway nach Westen führte, zeichnete sich der Gebirgskamm in der Ferne als

Silhouette am Himmel ab, über dem ein Aquarell aus Rosa und Violett schwebte. Das trübe Licht der Abenddämmerung fühlte sich heute Abend schwer an. So ähnlich wie meine Stimmung – ein bisschen grau und voller Bedauern.

Ich wurde langsamer, als ich an einer Elchmama und ihren beiden Kälbern vorbeifuhr, die an den Erlen neben dem Highway knabberten. Die Kälbchen liefen mit ihren Beinen vorsichtig durch das hohe Gras, um die Äste zu erreichen, die ihre Mama für sie heruntergezogen hatte. Die Feuergrasfelder wirkten in der einbrechenden Dunkelheit himmlisch und die fuchsiafarbenen Blüten leuchteten im silbrigen Licht.

Ich atmete tief ein und stieß einen Seufzer aus, erleichtert, dass ich mich von Bill hatte verabschieden können. Ich würde ihn weiterhin vermissen, aber die Bitterkeit hatte ich ein für alle Mal losgelassen.

Jetzt musste ich nur noch mit Jasmine ins Reine kommen und ihr sagen, was ich schon längst hätte sagen sollen, als ich wusste, dass es wirklich so war. Vielleicht war der Zeitpunkt nicht der richtige, vielleicht war sie unsicher und vielleicht hatte ich mich von meinem eigenen Ballast daran hindern lassen, ihr zu sagen, was ich fühlte, aber das alles würde ich jetzt nicht mehr zulassen.

Als ich vor dem B&B anhielt, bemerkte ich, dass ich praktisch den Atem angehalten hatte. Ihr kleines, blaues Auto stand da. Ich joggte hinein und nahm die Treppe immer zwei Stufen auf einmal. Das Licht im Flur war aus. Ich ließ meine Tasche vor meiner Tür auf den Boden gleiten und drehte mich um, um an ihre Tür zu klopfen.

Stille empfing mich. Ich klopfte erneut. »Jasmine, ich bin's, Donovan. Ich weiß, dass du da bist.«

Nichts. Ohne nachzudenken, griff ich reflexartig

nach dem Türknauf und drehte ihn. Sie war verschlossen. Das Bedürfnis, sie zu sehen, war heftig und schlug wie eine Trommel in meiner Brust. Ich wollte die verdammte Tür eintreten. Ich brauchte sie, und das nicht nur, weil ich ihr erklären musste, warum ich weg gewesen war.

Ich versuchte es noch ein paar Mal, klopfte und rief ihren Namen, aber nichts weiter als eine schallende Stille antwortete.

»Fuck«, murmelte ich vor mich hin.

Meine Trauer über Bill und meine Frustration über sie verschmolzen in mir, als ich mich abwandte. Ich hatte nicht vor, zu betteln. Das hatte ich nicht in mir, nicht heute Abend.

Ich ging in meine Suite und nahm eine Dusche. Nachdem ich in der Küche einen Snack verdrückt hatte, fiel ich in einen unruhigen Schlaf, vermisste Jasmine und war gleichzeitig wütend auf sie.

Kapitel Zweiunddreißig

JASMINE

Nachdem Donovan aufgehört hatte zu klopfen und meinen Namen zu rufen, starrte ich weiter auf die Tür. Ein Teil von mir wünschte sich verzweifelt, er würde zurückkommen. Aber ich war immer noch stinksauer.

Ich schaute wieder auf mein Handy-Display, wo seine letzte SMS aufleuchtete. *Wir müssen reden.*

»Worüber?«, murmelte ich laut vor mich hin.

Seit dem Kartenspiel mit den Mädels fühlte ich mich noch unausgeglichener. Ich war so eine Idiotin. Als ich eine SMS von Donovan bekommen hatte, konnte ich nur daran denken, dass er nicht einmal erwähnt hatte, dass Janet ihn gebeten hatte, mir im Studio zu helfen. Ich hatte keine Ahnung, warum mich das störte, aber das tat es. Ob es nun rational war oder nicht, irgendwie hatte ich mir eingeredet, dass er etwas gesagt hätte, wenn es ihm ernst mit uns wäre.

Er wollte reden. Ich nicht. Ich kam mir so dumm vor. Ich hatte mich damit abgefunden, Glen loszulassen. Seltsamerweise führte mir die Erkenntnis über meine Gefühle für Glen vor Augen, was ich für Donovan empfand. Er war mir wichtig. Und zwar sehr.

Ich war eine Idiotin, weil ich mich in einen Mann verliebt hatte, der emotional nicht verfügbar war. Hurra! Punkt für mein dummes Herz.

Ich schlief in dieser Nacht kaum, war unruhig, besorgt und nervös und wünschte mir immer wieder, dass Donovan zurück an meine Tür kommen würde.

Erschöpft schlief ich schließlich in den frühen Morgenstunden ein und wachte erst spät am Vormittag auf, so gegen zehn Uhr. Ich hatte noch nie verschlafen. Ich war völlig von der Rolle. Im besten Fall hatte ich drei Stunden Schlaf bekommen.

Als ich mich aus dem Bett wälzte, konnte ich nicht verhindern, dass ein Gefühl der Spannung in meinem Körper aufstieg. Die Gewissheit, dass Donovan wieder da war, direkt am anderen Ende des Flurs, würde für ein paar harte Wochen sorgen. Ich versprach mir selbst, dass ich versuchen würde, die Sache vernünftig anzugehen und einen Schritt zurückzutreten. Denn ich steckte *viel* zu tief drin. Selbst wenn er einen guten Grund dafür hatte, mir nicht zu sagen, warum er die Stadt verlassen musste, zeigte mir meine Reaktion, wie sehr ich mich verrannt hatte.

Ich duschte schnell und zog mir eine Jeans und ein T-Shirt an. Vorher musste ich noch ein paar Maße nehmen und in die Garage meiner Eltern fahren, um meinen alten Brennofen aus dem Lager zu holen.

Ich kam mir albern vor, als ich ging, weil ich fast auf Zehenspitzen lief. Donovan musste mittlerweile längst weg sein, das redete ich mir jedenfalls ein. Von Lucy wusste ich, dass Levis Team heute arbeitete, weil sie einen kontrollierten Brand in Angriff nahmen. Nichts als Stille empfing mich, als ich an seiner Tür vorbeischlich und die Treppe hinuntereilte.

Ich besorgte mir im Firehouse Café den dringend benötigten Kaffee und machte mich dann auf den Weg zu meinen Eltern. Als ich dort ankam, stand meine Mutter auf der Veranda und sprach mit Lucy.

Lucys Bauch war schon ein bisschen mehr zu sehen, sogar unter den weiten T-Shirts, die sie immer trug. Die beiden drehten sich um, als ich die Stufen zur Veranda hinaufging.

»Hey, was gibt's?«, fragte Lucy.

Meine Mutter antwortete für mich. »Sie ist hier, um ihren Brennofen aus der Garage zu holen. Du wirst *nicht* helfen«, erklärte meine Mutter mit einem spitzen Blick auf Lucy.

Lucy verdrehte die Augen. »Du weißt aber, dass ich auf dem Bau arbeite, oder?«

Ich lachte und genoss es, dass die Aufmerksamkeit meiner Mutter ausnahmsweise mal Lucy galt und nicht mir. Als ich die oberste Stufe der Veranda erklommen hatte, lehnte ich mich gegen das Geländer. »Es ist ein Wunder, dass Levi dich überhaupt arbeiten lässt«, bemerkte ich mit einem Augenzwinkern.

»Lässt?«, fragte Lucy und kniff die Augen zusammen.

Meine Mutter gluckste leise. »Oh, Schatz, wir freuen uns alle so sehr für euch.«

Lucy holte tief Luft und rollte mit den Augen. »Ich auch, aber ich habe nicht damit gerechnet, dass ihr euch alle auf einmal Sorgen macht.« Mit einem Achselzucken fuhr sie fort. »Hast du denn schon herausgefunden, was du für dein Studio brauchst?«

»Janet hat Donovan mit der Arbeit beauftragt, weil sie dort noch einige andere Dinge benötigt«, erklärte ich und wünschte, meine Wangen würden nicht so heiß werden.

Lucy wusste viel mehr über Donovan und mich, als ich meiner Mutter erzählen wollte. Ich machte mir keine Sorgen, dass sie etwas sagen könnte, aber meine Mutter war scharfsinnig.

Lucy nickte nur, mit einem Hauch von Lächeln in ihren Augen. »Wenn du irgendetwas brauchst, sag mir Bescheid.«

Meine Mutter wurde durch das Klingeln ihres Handys abgelenkt. Während sie den Anruf entgegennahm, folgte Lucy mir in die Garage, die sich neben der Veranda befand. Kaum waren wir in der Garage, stürzte sie sich auf mich. »Also, was gibt es Neues von Donovan?«

Ich zuckte mit den Schultern. »Nichts.«

»Ist er schon zurück?«

Ich nickte, bevor ich es merkte. »Ja, er ist seit gestern Abend wieder da«, sagte ich kurz angebunden.

»Hast du mit ihm gesprochen?«

»Noch nicht.«

»Du kannst ihm nicht ewig aus dem Weg gehen.«

Ich starrte sie an und stützte eine Hand auf meine Hüfte. »Ich weiß. Es war spät. Ich bin sicher, ich werde ihn bald sehen.«

»Normalerweise mische ich mich nicht in Dinge ein, aber hier lehne ich mich mal etwas aus dem Fenster. Es ist offensichtlich, dass du ihn magst. Sei nicht dumm«, forderte sie mit einem spitzen Blick.

In diesem Moment trat meine Mutter durch die Küche in die Garage. »Brauchst du Hilfe, Schatz?«

Ich eilte zu der Ecke hinüber, in der der Brennofen stand. »Ich bin sicher, ich schaff das schon, Mama. Ich werde ihn heute noch nicht mitnehmen. Ich wollte nur sichergehen, dass ich an ihn rankomme.«

Lucy folgte mir und bevor sie etwas anfassen konnte, wurde sie von meiner Mutter fast zur Seite geschubst. Ich kicherte und genoss Lucys Unbehagen.

Ich erkannte meinen Fehler in dem Moment, als

sie zu meiner Mutter blickte. »Hast du Donovan schon kennengelernt?«

»Natürlich habe ich das«, antwortete meine Mutter. »Er hilft Janet mit ihrem B&B.« In diesem Moment sah ich, wie die Glühbirne in ihrem Kopf aufleuchtete. »Ich habe gar nicht darüber nachgedacht, dass er dein Nachbar ist. Donovan ist ein sehr netter Kerl. Er war ein Geschenk des Himmels für Janet. Es ist ein Segen, dass sein Haus noch nicht fertig ist. Er kümmert sich um ihr B&B, ohne ihr einen Penny zu berechnen. Allein die Materialien sind teuer, deshalb macht seine Hilfe einen großen Unterschied. Ich weiß, dass sie mit dem Café viel zu tun hat und einen guten Gewinn macht, aber ich möchte nicht, dass sie sich Gedanken machen muss.«

»Sein Haus wird bald fertig sein«, bot Lucy an und machte mich neugierig.

Sie fing meinen Blick auf und lächelte langsam. »Wusstest du das nicht? Wir bauen sein Haus für ihn fertig. Er hat letzten Sommer damit angefangen, aber dann hat er gemerkt, dass es ewig dauern würde, wenn er es zwischen den Bränden selbst machen würde. Also hat er uns angeheuert. Noch etwa einen Monat, dann sollte es fertig sein. Du solltest seine Hilfe in Anspruch nehmen, solange du die Möglichkeit hast.«

Lucy sagte nichts, was etwas verraten könnte, aber ich wusste, dass sie das Thema Donovan nicht ruhen lassen würde, bis ich mit ihm gesprochen hatte. Ich wandte mich ab und schob ein paar Kisten aus der Ecke, bis ich zu der untersten kam. »Hier ist er ja«, sagte ich und lächelte über meine Schulter.

Ich schob die anderen Kisten aus dem Weg, holte mein Maßband heraus, maß ihn ab und tippte die Maße in mein Handy ein.

»Wofür misst du ihn aus?«, fragte Lucy.

»Ich brauche einen Ständer dafür. Ich habe den Ofen schon seit Jahren nicht mehr benutzt, also wollte ich die Maße überprüfen.«

Irgendwie gelang es mir, das Thema von Donovan abzulenken, als wir das Haus betraten und meine Mutter uns in der Küche Kaffee anbot.

Lucy lehnte mit einem Seufzer ab. »Keinen Kaffee für mich.« Sie klopfte sich auf den Bauch. »Auf den Alkohol kann ich verzichten, aber ich hasse es, morgens keinen Kaffee zu trinken.«

»Ach, das holst du schon noch nach«, fügte meine Mutter hinzu. »Warte nur, bis das Kleine auf der Welt ist und du nachts kaum noch durchschläfst.«

Ich warf einen Blick auf meine Uhr. »Ich muss los. Ich will auch noch ein paar Abmessungen in Janets Garage machen.«

»Ich begleite dich raus«, sagte Lucy.

Wir bekamen beide Küsse auf die Wange von meiner Mutter, als wir hinausgingen. Auf dem Weg die Treppe hinunter stieß Lucy mich mit dem Ellbogen in die Seite.

»Sei nicht dumm. Ich werde es Levi verraten, wenn es nötig ist.«

»Levi was verraten?«, fragte ich und drehte mich zu ihr um.

Sie brach in Gelächter aus. »Ich werde Levi gar nichts verraten. Aber vielleicht ist das ja ein Weckruf.«

»Was ist los mit dir? Normalerweise heißt es bei dir immer 'leben und leben lassen'. Warum ist das so eine große Sache für dich?«, fragte ich, ehrlich neugierig.

Ihr neckischer Blick verblasste. »Ich weiß nicht. Ich mag Donovan. Er ist auf jeden Fall ein guter Kerl und es scheint, als würdest du ihn wirklich mögen. Nachdem Glen dich verarscht hat, finde ich, du hast einen tollen Mann verdient.«

»Ja, aber du weißt doch gar nicht ...« Meine Worte verstummten, als sie mit den Augen rollte.

»Ich kann nicht in die Zukunft sehen. Du hast ja recht. Ich weiß nicht einmal, was er für dich empfindet.« Ich biss mir auf die Zunge, denn sie traf genau das, was ich gerade sagen wollte. »Ich denke nur, dass es sich lohnt, wenigstens zu versuchen, mit ihm zu reden«, schloss sie.

In diesem Moment klingelte ihr Telefon und sie umarmte mich kurz, bevor sie davontrottete.

Ich kehrte in die Stadt zurück und parkte vor dem B&B, bevor ich zum Firehouse Café ging und mich in die hintere Garage begab. Ich notierte mir noch ein paar Maße, um zu sehen, was ich wo haben wollte, und schaute dann auf meine Uhr. Gott, ich wünschte mir so sehr, dass das Studio fertig wäre. Ich hätte heute alles dafür gegeben, mich im Töpfern zu vergraben. So hätte ich etwas zu tun gehabt, um mich von Donovan abzulenken.

Stattdessen eilte ich zum B&B, um ein paar der Reinigungsmittel zu holen, die Janet unten aufbewahrte. Sie sagte mir, ich könne mich selbst bedienen, solange ich alles, was ich verbrauchte, ersetzen würde. In der Garage lag bestimmt eine zwanzigjährige Staubschicht, also machte ich mich für ein paar Stunden ans Saubermachen.

Später am Abend bemerkte ich, dass ich meine Handtasche mit meinem Inhalator im B&B vergessen hatte. Da die Türen und Fenster der Garage offen waren, war mein Asthma nicht wirklich ein Problem, aber mir wurde klar, dass ich die Sache abschließen sollte. Ich kehrte zurück, staubig und schmutzig und bereit für eine Dusche. Als ich das B&B betrat, schlug mir eine Windböe aus Sägemehl ins Gesicht. Donovan arbeitete im Erdgeschoss. Ich hatte gar nicht bemerkt, dass sein Truck hier war, weil ich von hinten reingekommen war.

Im Nu musste ich heftig husten. Zum zweiten Mal innerhalb weniger Wochen befand ich mich mitten im Anflug eines schlimmen Asthmaanfalls. Meine Handtasche mit meinem Inhalator war oben. Ich wusste nicht, ob Donovan mich hörte, weil die Säge lief.

Während ich krampfhaft versuchte, wieder zu Atem zu kommen, spürte ich plötzlich seine Anwesenheit. Seine Arme legten sich um mich und er drückte mich an sich.

»Jasmine? Was zum Teufel ist denn los?«, fragte er mit scharfen Worten.

Ich konnte nicht antworten. Ich konnte kaum atmen und spürte, wie sich meine Lunge zusammenzog. Ich schaffte es, ihn anzuschauen und sah, wie in seinen Augen die Erkenntnis aufleuchtete. Ich wusste, dass er als Feuerwehrmann auch ausgebildeter Sanitäter war. Er setzte mich vorsichtig ab und rannte die Treppe hinauf, wobei seine Füße auf die Stufen polterten.

Während ich keuchte und verzweifelt versuchte, Luft in meine Lungen zu bekommen, war er innerhalb von Sekunden wieder an meiner Seite, wo ich an der Wand im Treppenhaus lehnte. Er hielt mir einen Inhalator an den Mund, und ich atmete die himmlische Luft ein. Ich wusste, dass es genau genommen eine Medikamentendosis war, aber für mich bedeutete sie Sauerstoff für meine Lunge.

Nach ein paar Augenblicken atmete ich wieder einigermaßen normal. Gerade wollte ich ihm sagen, dass ich von dort verschwinden musste. Denn obwohl er mit dem, was er tat, aufgehört hatte, schwebte immer noch feines Sägemehl in der Luft.

Aber ich brauchte es nicht zu erklären. Sobald er

sah, dass ich wieder atmen konnte, hob er mich hoch, nahm mich in die Arme und trug mich die Treppe hinauf.

Er fragte mich nicht, wohin ich wollte. Ich wusste nur, dass ich dort in seinen Armen bleiben wollte. Er stieß die Tür zu seiner Suite auf und trug mich hinein. Als er mich auf der Couch absetzte, hielt er mir den Inhalator wieder an den Mund und gab mir eine weitere Dosis.

Meine Haut fühlte sich klamm an und ich hatte dieses komische Schwindelgefühl, das ich immer hatte, wenn ich einen Asthmaanfall überstanden hatte. Die Kombination aus zu wenig Sauerstoff und dem Glücksgefühl, plötzlich genug davon zu bekommen, war schwindelerregend.

Ich war so erleichtert, dass Donovan hier war. Er war ruhig und saß einfach neben mir. Als ich schließlich meinen Kopf zur Seite drehte, sah ich seinen besorgten Blick auf mir.

»Geht es dir wieder gut?«, fragte er mit rauer Stimme.

Ich nickte. »Mhm«, brachte ich mit rauer Stimme hervor.

Ich blickte auf den Inhalator in seiner Hand hinunter. »Das ist nicht meiner.«

»Nein, ist er nicht. Ich habe einen Medizinkoffer. Er ist ein bisschen umfangreicher als die meisten. Jetzt weiß ich, dass ich einen zusätzlichen Vorrat von denen hier brauchen werde«, murmelte er.

Wir starrten einander an. Auch wenn mir schwindelig war, tat es *so gut,* ihn zu sehen. Ich drückte meinen Kopf an seine Schulter. Er beugte seinen Kopf und drückte mir einen Kuss auf die Stirn.

Emotionen durchströmten mich. Ich konnte nicht sagen, ob meine Gefühle noch intensiver waren, weil ich gerade einen Asthmaanfall gehabt hatte. Das führte immer dazu, dass ich mich für ein paar Minuten wie betrunken fühlte. Ich war mehr als erleichtert, dass Donovan hier war. Ich vergaß meinen Frust über ihn und schmiegte mich einfach an seine Seite.

Nach ein paar zittrigen Atemzügen, während sein Arm auf meiner Schulter ruhte und seine Finger durch meine Haarspitzen strichen, gelang es mir, wieder zu sprechen.

»Danke.«

»Du brauchst mir nicht zu danken«, murmelte er und der tiefe Klang seiner Stimme versetzte mir einen vertrauten heißen Schauer. In Verbindung mit meinem Schwindelgefühl kribbelte es allein durch seine Anwesenheit in mir. »Du hättest erwähnen können, dass du Asthma hast.«

Ich zuckte mit den Schultern und schmiegte mich noch ein bisschen enger an seine Brust. »Ich denke nicht viel darüber nach. Ich habe nicht mehr so oft Anfälle. Ich habe nebenan geputzt und es war ein bisschen staubig.«

Seine Finger glitten immer noch durch mein Haar. Meine Anspannung ließ nach und die Erleichterung darüber, dass er zu Hause war, war so groß, dass ich spürte, wie die Tränen aus dem Knoten in meinem Hals aufstiegen. Nur Donovan hatte diese Wirkung auf mich. Innerhalb von Sekunden war ich ein Bündel voller Emotionen. Er blickte zu Boden, als ich aufschaute. Meine Tränen hatten sich offenbar in meinen Augen bemerkbar gemacht.

»Warum weinst du?«, fragte er und ließ seinen besorgten Blick über mein Gesicht gleiten.

Die Wahrheit rutschte mir heraus. »Ich habe dich vermisst.«

Kaum hatte ich es ausgesprochen, musste ich mich

innerlich zusammenreißen, um es zu erklären, um es zurückzunehmen. »Ich werde ganz emotional, wenn ich einen Asthmaanfall habe. Ich will nicht komisch klingen«, sagte ich schnell und stolperte über die Worte.

Donovan war einen Moment lang still, seine Augen musterten mich. Wir saßen in der Ecke der Couch. Er drehte sich zu mir um und lehnte sich mit dem Rücken gegen die Armlehne. Mit der anderen Hand strich er mir eine Haarsträhne aus der Stirn, schob sie hinter mein Ohr und hinterließ eine Gänsehaut auf meiner Haut, die von Wärme abgelöst wurde.

»Ich habe dich auch vermisst.« Seine Worte fielen in die Stille, etwas flackerte in seinen Augen. »Ich hätte dir erklären sollen, warum ich so schnell wegmusste. Ein alter Freund wurde bei einem Feuer verletzt. Er ist gestorben.«

»Oh, das tut mir so leid, Donovan. Das wusste ich nicht.«

Ich fühlte mich plötzlich mies dafür, wütend auf ihn gewesen zu sein.

»Natürlich wusstest du es nicht. Ich habe es dir nicht gesagt. Eine Zeit lang sah es so aus, als würde er durchkommen. Aber dann bekam er eine Infektion. Und das war's dann.«

Unsicher, was ich sagen sollte, nahm ich seine Hand in meine und drückte sie.

»Ich hatte einige Probleme mit Bill. Als ich jung war, war er mein bester Freund. Wir sind zusammen aufs College gegangen und haben unsere Ausbildung zum Hotshot zusammen gemacht. Eines Tages kam ich nach einem mehrwöchigen Feuereinsatz nach Hause und fand ihn mit meiner Verlobten vor. Wie ich schon sagte, wir hatten einige Altlasten.«

Donovans Blick begegnete dem meinen, und in

seinen grün-goldenen Augen spiegelte sich Bedauern wider. Mein Herz zog sich zusammen, als mir klar wurde, wie schmerzhaft das gewesen sein musste. Ich hatte eine ähnliche Erfahrung gemacht, als ich herausfand, dass mich jemand verarscht hatte. Allerdings war Lisa eher eine einfache Arbeitskollegin. Ganz sicher nicht meine beste Freundin aus Kindertagen.

Ich sagte das Einzige, was mir in den Sinn kam. »Es tut mir so leid.«

Tränen glitzerten in seinen Augen und seine Kehle bewegte sich, als er schluckte. »Ja. Es war scheiße. Etwa ein Jahr später hat er versucht, sich zu entschuldigen, als sie ihn betrogen hat.« Es lag keine Bitterkeit in seinem Ton, nur Akzeptanz. »Ich war immer noch zu wütend, um mich mit ihm auseinanderzusetzen. Wenn du dich fragst, warum ich nicht darüber reden wollte, dann deshalb, weil ich mich beschissen fühlte und mir nie die Zeit genommen habe, mich mit ihm zu versöhnen. Und jetzt ist er tot. Mir geht es so weit gut, aber es ist scheiße.«

Dann wurde er still, lehnte sich zurück und fuhr sich mit der freien Hand durch die Haare. Seine Schultern hoben und senkten sich mit einem tiefen Atemzug. Ich konnte den gleichmäßigen Schlag seines Herzens hören, während mein Kopf an seiner Schulter ruhte.

Ich zog mich zurück und holte tief Luft. »Es tut mir leid, dass ich gestern Abend nicht an die Tür gegangen bin. Ich war ...« Mir gingen die Worte aus, weil ich nicht wusste, was ich sagen wollte. Ich war mir nicht sicher, ob jetzt der richtige Zeitpunkt war, um zu verkünden, dass ich mich in ihn verliebt hatte und deshalb ein emotionales Wrack war.

Er sprach und füllte die Stille für mich. »Es ist okay. Ich bin ein bisschen eingerostet, wenn es um

Beziehungen geht. Ich hätte es dir gleich sagen sollen, als ich den Anruf wegen Bill bekam. Offen gesagt, habe ich den ganzen Scheiß erst mal verdrängt.« Er hielt inne und seine Augen weiteten sich bei dem, was er gerade dachte. Ich richtete mich ein wenig auf, schmiegte mich immer noch an seine Schulter und rutschte ein Stück, damit ich ihn besser sehen konnte. »Mach dir keine Gedanken darüber, dass ich immer noch etwas für meine Ex Katie übrig haben könnte. Über sie bin ich längst hinweg. Letztendlich hätte ich mich bei Bill bedanken sollen. Es war ja nicht so, dass es mit Katie furchtbar war, aber wir waren jung. Nur so konnte ich ihr wahres Gesicht erkennen. Also denk das bloß nicht«, erklärte er mit ernster Miene und sah mir in die Augen.

Ich hatte das zwar nicht gedacht, aber es war beruhigend zu wissen, dass er sich Gedanken darüber machte, dass es so sein könnte. Sein Blick glitt über mein Gesicht und es war, als könnte er direkt in die Mitte meines Herzens sehen.

»Katie ist ins Krankenhaus gekommen.«

Ich atmete heftig ein. »Warum?«

Ich sprach es nicht laut aus, aber es kam mir wie ein beschissener Schachzug vor. Im besten Fall eine schrecklich taktlose Aktion. Wenn man bedachte, dass Katie Donovan mit seinem besten Freund und diesen dann auch noch mit jemand anderem betrogen hatte, konnte ich mir nicht vorstellen, warum sie unter diesen Umständen im Krankenhaus auftauchte.

Donovan kicherte über den Ausdruck in meinen Augen. »Gott weiß, was sie sich dabei gedacht hat. Ich schätze, sie fühlte sich schlecht und hatte das Bedürfnis, jemandem davon zu erzählen. Sie hatten Bill in ein medikamentöses Koma versetzt, also konnte sie es

ihm nicht sagen. Eine gute Sache ist dabei heraus-
gekommen.«

»Und die wäre?«, fragte ich.

»Alles wurde plötzlich ganz klar«, antwortete er.

Seine Finger fuhren über meine Schulter, seine
Berührung war leicht. Ein Schauer durchlief mich bei
dem Blick in seinen Augen.

»Was ist alles?«

»Du. Was du mir bedeutest.«

»Oh«, war alles, was ich darauf erwidern konnte.

Mein Puls pochte wie wild und ich fühlte mich
immer noch ein bisschen benebelt von meinem Asthmaanfall.

»Ich komme gleich zur Sache, Süße. Ich habe das
nicht gewollt. Und ich habe ganz sicher nicht nach dir
gesucht. Aber ich liebe dich. Ich erwarte nicht, dass du
genauso empfindest wie ich. Vielleicht nicht jetzt.
Aber ich weiß, dass das, was wir haben, nichts ist, das
man jeden Tag findet.«

Er hielt inne, als wolle er mir eine Chance geben,
etwas zu sagen, aber ich brachte kein einziges Wort
heraus. Mit pochendem Puls und einem schwindelerregenden Gefühl der Freude in der Brust starrte ich
ihn einfach an.

»Weißt du, Süße, Katie zu sehen, hat mir alles klar
gemacht. Ich dachte, ich hätte sie einmal geliebt. Und
ich glaube, das habe ich auch, so wie man jemanden
mit sechsundzwanzig Jahren eben lieben kann. Aber
ich habe nie so für sie empfunden, wie ich für dich
empfinde. Ich bin nicht dumm, also werde ich dich
nicht entwischen lassen. Wir können es so langsam
angehen, wie du es brauchst; im Schneckentempo,
wenn dir das lieber ist. Aber ich sage dir hier und
jetzt« – er hielt inne, hob eine Hand zwischen uns und
tippte mir mit den Fingerspitzen direkt auf das Herz,

bevor er auf sein eigenes Herz tippte – »so etwas passiert nicht jeden Tag. Meine Mom würde es mir nie verzeihen, wenn ich dich davonkommen ließe.«

Zu diesem Zeitpunkt war ich mir ziemlich sicher, dass mein Herz dabei war, geradewegs aus meinem Körper zu springen. Ich fühlte mich wie ein Vogel in einem Käfig, dessen Flügel laut im Takt meines Herzens flatterten.

»Oh«, sagte ich wieder verwundert.

Er neigte den Kopf und presste seine Lippen auf meine, bevor er sich schnell zurückzog und mit dem Daumen über meine Unterlippe strich. Meine Lippen kribbelten an der Stelle, an der er mich berührte, und mein Atem ging stoßweise, als ich versuchte, das wilde Trudeln der Freude in meinem Herzen und meinem Körper zu bremsen.

Schließlich gab ich auf, das Lächeln erblühte in meinem Herzen und zerrte an meinen Lippenwinkeln. »Wir müssen nicht langsam machen«, sagte ich schließlich.

»Müssen wir nicht?«, fragte er und sein Mundwinkel klappte nach oben.

Oje. Sein Grinsen war gefährlich für meinen Verstand. Es machte mich ganz heiß, raubte mir den Atem und warf alle funktionierenden Gehirnzellen über den Haufen.

Ich schüttelte langsam den Kopf. »Ich meine, es ist ja nicht so, als wären wir es bis jetzt langsam angegangen.«

Sein grün-goldener Blick bohrte sich in mich. »Aber ich weiß, dass du gerade erst eine Trennung hinter dir hast. Ich weiß, dass ich nicht nur ein Lückenbüßer bin. Aber ich will nur sicher sein, dass es das ist, was du willst.«

Blitzschnell wurde mir klar, dass ich mir über

meine Gefühle für Donovan nur dank Glen so klar geworden war.

Wieder schüttelte ich den Kopf und fuhr mit den Fingerspitzen an seinem Kinn entlang, um das feine Kribbeln seiner Bartstoppeln zu spüren. »Du bist kein Lückenbüßer. Das weiß ich. Vielleicht mag es durch das Timing so aussehen. Aber das bist du nicht.«

Als meine Worte verstummten, zuckte ich mit den Schultern. »Glen war nicht der, für den ich ihn hielt, er war nicht der, den ich wirklich wollte. Er hat mir auch einen Gefallen getan. Wenn er nicht gewesen wäre, hätte ich dich vielleicht nicht gefunden.« Ich hielt inne, holte tief Luft und ließ sie mit einem schaudernden Seufzer wieder heraus. Mein Herz pochte und schrie in meiner Brust und verlangte, dass ich sagte, was ich für die Wahrheit hielt. »Ich war nicht ganz bereit, es zu sagen, aber jetzt bin ich es. Ich liebe dich auch. Wenn ich dich nicht lieben würde, wäre ich nicht so sauer geworden, als du weggegangen bist, ohne mir zu sagen, wo du bist. Manchmal kann ich ein bisschen dramatisch sein«, gab ich zu und rollte mit den Augen.

Ich war zwar nicht oft aufbrausend, aber wenn es um meine Gefühle ging, war mein Temperament nicht zu leugnen.

»Das wird nie wieder vorkommen«, sagte er mit fester Stimme. Dann brachte er seine Lippen wieder auf meine und zog mich in seinen Schoß.

Das war kein keuscher Kuss. In einer heißen Sekunde tauchte seine Zunge tief in meinen Mund ein und verschmolz mit meiner. Ich rutschte näher an ihn heran, vergrub meine Hände in seinem Haar und hielt mich mit aller Kraft an ihm fest.

Kapitel Dreiunddreißig

DONOVAN

Mit Jasmines weichem, üppigem Körper auf dem Schoß, verlor ich mich in ihrem Mund. Sie küsste wie ein wahr gewordener Traum. Bei ihr gab es kein Zögern. Aber das war schon so, seit ich sie das erste Mal geküsst hatte – als würde ich in ein Feuer eintauchen und das Brennen lieben.

Sie saß rittlings auf mir und ich konnte die Hitze ihrer heißen, engen Pussy durch die Stoffschichten zwischen uns spüren. Plötzlich erinnerte ich mich daran, dass sie gerade einen Asthmaanfall gehabt hatte, und zügelte mein Verlangen. Mit dem letzten Quäntchen Disziplin, das ich besaß, zog ich mich von der unheiligen Versuchung ihres Mundes zurück und strich mit meiner Hand durch ihr Haar und über ihre Wirbelsäule.

»So gern ich auch noch ein bisschen weitergehen würde, aber du hattest gerade einen Asthmaanfall. Ich schätze, du musst es für eine Weile ruhig angehen lassen«, murmelte ich.

Jasmine kniff die Augen zusammen und schmollte. Ich brach in Gelächter aus.

Schmollen war nicht das, was sie normalerweise tat. So verdammt heiß und sexy, wie sie war, gab es bei ihr kein Verstellen, absolut nicht. Das machte sie für mich nur noch heißer und sexier.

Als ich lachte, stützte sie eine Hand auf ihre Hüfte und rollte ihre Hüften über meinen schmerzenden Schwanz. Ich sog den Atem ein, die Luft zischte durch meine Zähne. »Ich meine es ernst.«

Sie holte tief Luft, und ich konnte immer noch ein leichtes Zischen in ihrer Lunge hören. Ich erinnerte mich an die Augenblicke vor etwa fünfzehn Minuten, als sie angefangen hatte zu husten und ich ihr in die Augen gesehen und festgestellt hatte, dass sie einfach keine *Luft* mehr bekam.

Als ich die Treppe hinaufrannte, um umgehend meinen Notfallkoffer zu holen, weil ich wusste, dass ich dort einen Inhalator hatte, erinnerte ich mich an einen älteren Mann, den ich einmal aus einem Feuer getragen hatte. Er hatte Asthma und befand sich mitten in einem Anfall. Später sagte man mir, dass sein Alter ein entscheidender Faktor gewesen sei, aber er starb trotzdem.

Jasmine holte noch einmal tief Luft und stieß sie mit einem Seufzer aus. »Mir geht's gut. Siehst du?«

Mein Herz pochte so stark in meiner Brust, dass ich dachte, es würde platzen. Ich hob eine Hand, strich ihr das Haar aus dem Gesicht und fuhr mit den Fingern durch die seidigen Locken. »Ich weiß. Wir müssen uns nicht hetzen. Außerdem bin ich schmutzig und brauche eine Dusche.«

Unsicherheit blitzte in ihren Augen auf, als sie ihre Unterlippe mit den Zähnen festhielt und daran kaute. Streng befahl ich meinen Schwanz nach unten. Sie tat es nicht, um sexy zu wirken, aber mein Schwanz fand, dass sie es war.

»Wir müssen keine große Sache daraus machen«, sagte sie leise.

»Woraus?«

Ihr Mund verzog sich zu einem weiteren Seufzer. »Mein Asthma.«

»Es ist keine große Sache. Ich weise nur auf das Offensichtliche hin. Du warst auf dem besten Weg zu einem ziemlich ernsten Anfall. Jetzt weiß ich, dass ich mich damit eindecken muss«, antwortete ich und deutete auf den Inhalator, der jetzt unschuldig auf dem Couchtisch lag.

Sie verdrehte die Augen und kicherte. Ich war erleichtert, als ich sah, wie die Sorge aus ihrem Gesicht wich. »Ich muss auch duschen«, sagte sie und wechselte schnell das Thema.

Ich nahm sie in den Arm, stand auf und hob sie mit mir hoch. Ich war nicht bereit, sie loszulassen. Auch wenn meine Woche beschissen gewesen war – Bill war gestorben und der Schock saß mir noch in den Knochen –, wusste ich jetzt, mit Jasmine in meinen Armen und ihren Beinen, die sich um meine Hüften schlangen, war ich genau da, wo ich sein musste.

Der Nebel zwischen uns hatte sich gelichtet. Die unverblümte Wahrheit darüber, wie viel sie mir bedeutete und wie sehr ich mich um sie sorgte, war ausgesprochen worden. Ich war der größte Glückspilz auf der Welt, denn sie liebte mich auch.

Ich trug sie ins Bad und ließ sie nur widerwillig runter. Als das heiße Wasser floss und wir in die Dusche stiegen, wo uns der Dampf umhüllte, wurde mir klar, dass mein Handeln ziemlich kurzsichtig gewesen war.

Zwischen dem Einsatz am Brand und der Fahrt nach Denver hatte ich zwei Wochen lang keinen Körperkontakt mit Jasmine gehabt. Ich schaute zu ihr rüber und sah, wie Seifenschaum über ihre Kurven lief und ihre dunkelrosa Brustwarzen unter dem Wasser glitzerten. Bevor ich überhaupt merkte, was ich tat, griff ich nach einer ihrer Brüste und fuhr mit dem Daumen über die gespannte Brustwarze. Während die Seife aus ihren Haaren lief, hob sie die Augen und ihre Wimpern glitzerten im Wasser. Im Dunst stachen ihre saphirblauen Augen hervor.

»Ich hatte schon Angst, du würdest mich behandeln, als könnte ich zerbrechen«, murmelte sie mit einem langsamen Lächeln.

Der Beweis für meine Erregung war offensichtlich, denn mein schmerzender Schwanz war dick und geschwollen.

Als würde sie damit helfen, fügte sie hinzu: »Dampf ist wirklich gut für meine Lunge.«

Schon lagen meine Lippen auf ihren und ihre Beine schlangen sich um meine Taille. Ich drückte sie an mich, drehte uns beide und drückte sie mit dem Rücken gegen die Fliesenwand. Ich zog mich zurück, erwischte ihre Unterlippe mit meinen Zähnen und zerrte an ihr. Ich unterdrückte ein Stöhnen, als ihre glitschige Pussy gegen meinen Schwanz schaukelte.

»Ich liebe dich«, murmelte ich mit angehaltenem Atem durch den Dampf und das Wasser, das um uns herum niederprasselte.

Ihr Kopf fiel zurück gegen die Fliesen, als sie ihre Augen öffnete. »Ich liebe dich auch«, sagte sie und keuchte, als mein Schwanz über ihren geschwollenen Kitzler glitt.

Ich hatte keine Lust zu warten. Ich griff zwischen uns hindurch, veränderte den Winkel und versenkte meinen Schwanz in ihrer feuchten, kribbelnden Hitze.

Als ich tief in ihr steckte, legte ich meine Stirn an ihre.

»Fuck, Jasmine. Du fühlst dich so gut an.«

Mit ihren Augen direkt vor mir und unseren Lippen, die sich beim Sprechen berührten, antwortete sie: »Du auch.«

Ihre Ferse spornte meinen Hintern an und ließ mich vergessen, wie sehr ich sie vermisst hatte. Ich hielt sie fest, das heiße Wasser und der Dampf umhüllten uns und versetzten uns in eine Welt, in der nur wir beide existierten, und ich stieß wieder und wieder in sie hinein. Ihre Pussy krampfte sich zusammen und pochte um mich herum. Ich spürte, wie sich ihr Körper anspannte und sie erschauderte. Erst dann griff ich zwischen uns, drückte meinen Daumen auf ihren Kitzler und beobachtete, wie sie aufschrie.

Meine eigene Erlösung donnerte durch mich hindurch, die Hitze ballte sich an den Wurzeln meiner Wirbelsäule und peitschte wie eine Geißel durch mich hindurch, ihre Wucht so gewaltig, dass ich fast in die Knie ging. Ihre Stirn fiel in meine Halsbeuge. Wir verharrten einige Augenblicke so und schnappten in der dampfenden Hitze der Dusche nach Luft.

Kapitel Vierunddreißig

JASMINE

Meine Füße ruhten auf Donovans Schoß, während er sich auf der Couch zurücklehnte. Er trug praktischerweise seine Jeans und kein Hemd. Ich konnte mir vorstellen, mich damit zufriedenzugeben, ihn die ganze Zeit nur anzuschauen.

Es war wirklich lächerlich. Er war so verdammt sexy – all die rauen, harten, muskulösen Flächen. Bevor ich überhaupt darüber nachdachte, beugte ich mich vor und küsste ihn auf die Brust.

Er gluckste und seine Augen funkelten vergnügt auf meine herab. »Ich glaube nicht, dass ich noch eine Runde aushalten kann, Süße. Ich bin verdammt erschöpft.«

»Du musst gar nichts aushalten«, antwortete ich. »Ich wollte nur deine Haut schmecken.«

Wir hatten Pizza bestellt und lümmelten in seiner Suite herum. Nach unserer Dusche war mir ganz schwindelig und ich sprudelte innerlich vor Freude. Er erzählte mir ein bisschen mehr über Bill, was passiert war, während er in Denver war, und mehr über seine

Familie. Anscheinend würden seine Eltern in ein paar Wochen zu Besuch kommen.

Er wollte, dass ich sie kennenlernte. Das war nicht im Geringsten beängstigend.

Für einen kurzen Moment durchfuhr mich ein Anflug von Angst. Es wirkte alles so real, so groß. Aber dann senkte Donovan seinen Kopf und drückte mir einen Kuss auf die Innenseite meines Handgelenks. Ich erinnerte mich daran, dass es immer in Ordnung war, wenn ich mit ihm zusammen war, es fühlte sich immer richtig an.

Wir hatten den Fernseher an, aber wir schauten nicht wirklich. Zwischendurch nickte ich immer mal kurz ein. Da ich in der letzten Nacht kaum geschlafen hatte und mich heute bis zum Umfallen beschäftigt hatte, war das keine Überraschung.

»Hast du meine Eltern kennengelernt?«, fragte ich und stellte fest, dass er sie vielleicht schon kannte und ich es nur nicht wusste.

Kaum hatte ich die Frage ausgesprochen, fiel mir ein, dass meine Mutter erwähnt hatte, dass sie ihn bereits kennengelernt hatte. »Oh, warte, meine Mutter hat mir gesagt, dass sie weiß, wer du bist.« Plötzlich erinnerte ich mich daran, dass ich einen älteren Bruder hatte, der mit Donovan befreundet war. Nicht, dass ich es vergessen hätte, ich hatte es nur bequemerweise verdrängt. »Ich glaube, wir müssen Levi von uns erzählen.«

»Gut, dass du es erwähnst. Daran habe ich auch schon gedacht, bevor ich nach Denver geflogen bin. Aber ich dachte, es wäre deine Entscheidung, nicht meine«, antwortete Donovan.

»Nur damit du es weißt, er ist ein typischer großer Bruder. Man würde es vielleicht nicht vermuten, weil er so entspannt ist und immer herumalbert. Aber bei mir ist er anders. Nun, manchmal jedenfalls.«

Donovan zuckte leicht mit einer Schulter. »Wenn ich eine kleine Schwester hätte, wäre ich auch überfürsorglich. Ich verstehe schon. Wenn er mir eins überziehen muss, komm ich damit klar.«

»Er wird dich nicht schlagen! Das wäre nicht in Ordnung für mich. Ich werde ihm sagen, dass wir es ernst meinen, und er soll damit klarkommen.«

Donovan gluckste. »Ich würde mich schlagen.«

»Auch wenn ich sage, dass du es nicht tun sollst?«

Er nickte, und der schlaue Blick in seinen Augen ließ meinen Bauch kurz zucken.

»Süße, die meisten Männer denken nicht gerne darüber nach, wer ihre kleine Schwester vögeln will. Ich liebe dich, aber es wäre eine glatte Lüge, wenn ich nicht sagen würde, dass das der Ursprung dieser Sache war. In der ersten Nacht, als ich dich sah, wollte ich dich.«

Ein kleiner Schauer durchfuhr mich. »Tatsächlich?«

»O ja. Du bist umwerfend, wenn du wütend bist. Heiß wie die Hölle. Wir haben uns noch nicht einmal richtig gestritten, aber ich kann dir jetzt schon sagen, dass ich es lieben werde. Wir werden fantastischen Versöhnungssex haben.«

Mein Herz schlug wieder wie wild und war kurz davor, aus meiner Brust zu brechen. Meine Wangen wurden heiß, als ich ihn ansah. Ich konnte nicht glauben, dass er mich von Anfang an gewollt hatte. Meine Gedanken mussten sich in meinen Augen widergespiegelt haben.

Er strich mir mit dem Daumen über die Wange. »Ja, so schlimm steht es um mich, Süße.«

EPILOG
Jasmine

Über ein Jahr später

Ich stand auf der Terrasse hinter der Midnight Sun Arts Galerie, lehnte mich an das Geländer und blickte übers Wasser hinaus. Die Kachemak Bay glitzerte in der Sonne. Auf der anderen Seite der Bucht ragten die Berge in die Höhe, ihre Gipfel waren schneebedeckt und leuchteten vor dem blauen Himmel.

Vom Wasser her wehte ein eisiger Wind, und ich zog meine Jacke fester um die Schultern. Ich atmete noch einmal tief die belebende salzige Luft ein, bevor ich mich umdrehte und zurück ins Haus ging. Ich rempelte Donovan an, als er den Korridor entlangging.

»Kalt?« Er lächelte. »In der Galerie ist viel los«, murmelte er, während er näher trat und mich mit seinen Armen an die Wand drückte. Ich blickte in seine grün-goldenen Augen, nahm sein dunkles Haar und die gemeißelten Linien seines Gesichts in mich auf. Er raubte mir immer noch den Atem. Mein Puls raste wie wild, während mein Bauch eine Drehung vollführte.

Ich dachte, die Wirkung, die er auf mich hatte, würde irgendwann nachlassen. Das war nicht der Fall, aber ich beschwerte mich nicht. Er drückte sich näher an mich heran, während wir im hinteren Korridor standen, also an einem privaten Ort. Mein Atem stockte, als er mit seiner Fingerspitze meine Lippen nachzeichnete. Neckend nahm ich sie zwischen die Zähne, umspielte sie mit meiner Zunge und genoss es, wie sich seine Augen vor Verlangen verengten und verdunkelten.

Die einzige Rettung bei all der Macht, die er über mich hatte, war die Tatsache, dass ich genauso viel Macht über ihn hatte. Ich wusste, wie ich Donovan Ryan in die Knie zwingen konnte, und er wusste, wie er dasselbe mit mir tun konnte.

»Mach mich nicht verrückt«, murmelte er, senkte den Kopf und legte seinen Mund auf meinen. Seine Zunge fuhr schnell hinein und umspielte meinen Mund, bevor er sich zurückzog. Er ließ seine Hand über meine Brust und meine Taille gleiten, bevor er meinen Hintern streichelte, während er mir seine Erregung entgegenschaukelte.

Einfach so, und ich war verloren. Jemand rief meinen Namen, und Donovans Mund verzog sich zu einem leckeren Grinsen.

»Die Pflicht ruft«, murmelte er. »Wir bringen das später zu Ende.«

Als er seine Hüften noch einmal gegen mich rollte, krampfte sich mein Geschlecht zusammen und meine Brustwarzen spannten sich an.

»Das ist nicht fair«, murmelte ich.

Er kicherte, als er einen Schritt zurücktrat. »Du hast angefangen, Süße.«

Meine Wangen waren heiß, als ich mich gegen die Wand lehnte und den Kopf schüttelte. »Du bist derjenige, der damit angefangen hat.«

Sein schroffes Lachen hallte durch meinen Körper und schickte kleine Windräder der Lust durch mich. Lieber Gott. Bei der Wirkung, die er auf mich hatte, war ich wahrscheinlich auf dem besten Weg in einen frühen Tod.

Ich stieß mich von der Wand ab, als er seine Hand ausstreckte und seinen starken Griff um die meine legte. Er führte mich zurück in den Flur und in die Galerie. Es war ein arbeitsreiches Jahr gewesen. Die Zeit war wie im Flug vergangen. Es war Winter und jedes Jahr zur Wintersonnenwende organisierte Risa eine große Ausstellung in der Diamond Creek Niederlassung von Midnight Sun Arts. Sie veranstalteten an jedem Ort etwas, aber dieser Ort war ihr Baby. Zumindest sagte sie das. Sie hatte mich eingeladen, mitzukommen und mich unter die Gäste der Show zu mischen.

Vor über anderthalb Jahren, im Sommer oder so, hatte Donovan sich ein Wochenende Zeit genommen, um mein Atelier in Schuss zu bringen. Dann bekam ich viel zu tun. Ich verkaufte viele meiner Arbeiten. In meinem Herzen war Willow Brook immer mein Zuhause gewesen. Aber jetzt war mein Zuhause auch Donovan.

Wir hatten im letzten Frühjahr geheiratet. Er hatte erklärt, er wolle nicht warten. Ich hatte auch nicht mehr warten wollen. Levi hat Donovan nie geschlagen. Für mich war das ein Sieg, auch wenn es sicherlich ein paar angespannte Momente gegeben hatte.

Ich war jetzt die stolze Tante von Glory, der kleinen Tochter von Lucy und Levi. Sie hatten sie nach meiner Mutter Gloria benannt, aber Glory ist ihr

Spitzname geblieben. Sie war so lebhaft, wie ich es mit Lucy als Mutter erwartet hatte.

Janets B&B war nicht länger unser privates Liebesnest. Obwohl wir im letzten Winter so ziemlich jedes Zimmer dort eingeweiht hatten, bevor ich schließlich nachgab und in Donovans neues Haus zog. Das jetzt *unser* Haus war.

Mit Donovans warmer Hand in meiner schlängelte ich mich durch die Menge. Ich war heute Abend nicht die einzige Künstlerin hier. Risa rief meinen Namen und kam mit leuchtenden Augen zu mir rüber, während sie ihren Arm um meine Schultern legte.

»Sobald ich all diese Bestellungen verschickt habe, werden wir ab nächster Woche keine Sachen mehr von dir hier haben. Nur damit du es weißt. Da wir noch nicht einmal Weihnachten hinter uns haben, solltest du dich nächste Woche schon mal an die Arbeit machen.«

Ein kleiner Anflug von Angst durchzuckte mich, aber ich ignorierte ihn. In letzter Zeit war mein Motto, dass einige Probleme gut zu haben sind. Dieses war definitiv ein gutes Problem.

Mit einem Grinsen antwortete ich: »Auf jeden Fall. Ich werde mein Bestes tun, aber du weißt, dass mir diese Art von Problemen nichts ausmacht.«

Sie gluckste, als jemand ihren Namen rief. Sie wollte sich wegdrehen, drehte sich aber schnell noch mal um. »Ich kann nicht anders. Ich muss es einfach sagen. Ich hab's dir ja gesagt«, sagte sie mit einem Augenzwinkern und bezog sich damit auf ihre Bemerkung vom letzten Jahr, dass sie zuversichtlich sei, meine Arbeiten verkaufen zu können. Mit einem Winken eilte sie davon, um mit demjenigen zu sprechen, der sie gerufen hatte.

Donovan war ein netter Kerl, der immer mit mir

zu solchen Veranstaltungen ging, obwohl das eigentlich nicht sein Element war. Eines der Dinge, die ich an Alaska liebte, war das bunte Durcheinander an Menschen. In der Galerie heute Abend gab es eine Mischung aus Künstlern, Fischern, Geschäftsleuten und vielem mehr. Was alle miteinander verband, war die Wärme und der Gemeinschaftssinn.

Später am Abend lehnte Donovan am Kopfende des Bettes in der kleinen Suite, die wir in dem B&B neben der Galerie gemietet hatten. Seine muskulöse Brust glänzte im schattigen Licht. Er hielt mir seine Hand hin, als ich aus dem Bad tappte. Es war ein Wunder, dass ich zu diesem Zeitpunkt überhaupt noch stehen konnte.

Er hatte mich gerade ausgiebig gefickt und mich öfter explodieren lassen, als ich zählen konnte. Aber das tat er oft. Ich zog mir eines seiner T-Shirts über den Kopf und kletterte neben ihn aufs Bett, wobei ich die Kissen hinter mir aufstapelte, um mich an seine Schulter zu kuscheln.

»Also, fahren wir morgen früh zurück?«, fragte ich.

»Ja, vorausgesetzt, das Wetter spielt mit.«

Er gluckste und sein Blick wanderte zum Fenster. Ich folgte seinem Blick. Wir hatten die Vorhänge offen gelassen, da niemand reinschauen konnte. Eine Flügeltür führte hinaus auf einen kleinen Balkon. Der Mond stand hoch oben und schimmerte auf dem Wasser, sein silbernes Licht ließ die fallenden Schneeflocken aufleuchten.

Mit einem Blick zu mir fuhr er fort: »Es müsste noch viel schlimmer werden als das hier. Aber wenn es das tut, werden wir uns einfach hier verkriechen.«

Dann lagen seine Lippen auf meinen, seine warme Umarmung hielt mich fest und sicher.

DONOVAN

Noch ein paar Monate später

Ich ging nach draußen, ignorierte die beißende Kälte und atmete die winterliche Luft tief ein. Es war ein klarer, kühler Tag, und der Frühling stand vor der Tür. Ich hatte eine Überraschung für Jasmine, aber ich musste noch eine letzte Sache erledigen.

Ich betrat das kleine Gebäude auf der Rückseite unseres Grundstücks und schaute mich um, als ich die Tür hinter mir schloss. Als ich das Grundstück gekauft hatte, war dieses Gebäude das einzige hier gewesen und hatte einmal als Zweizimmerhütte gedient. Ich fand, dass ich alles perfekt vorbereitet hatte. Als Letztes musste ich heute ihren Ofen einbauen lassen.

Ich hatte meine Eltern für ein paar Wochen zu mir eingeladen, um Jasmine abzulenken, während ich dieses Projekt fertigstellte. Meine Mom hatte darauf bestanden, dass Jasmine sie heute nach Anchorage brachte. Alles war viel besser, als ich es mir je hätte vorstellen können. Jasmine und ich waren jetzt seit über einem Jahr verheiratet. Meine Liebe zu ihr war in dieser Zeit sogar noch gewachsen.

Und ungelogen, der Sex war fantastisch. Aber das war nicht der Grund, warum ich sie liebte, auch wenn ich ihr dadurch ziemlich ausgeliefert war.

Ich wollte gerade mein Handy herausholen, um Levi anzurufen, als es plötzlich an der Tür klopfte. Als ich sie öffnete, stand er mit Cade vor mir. »Wir sind da. Wir haben den Brennofen hinten in Cades Truck«, sagte Levi zur Begrüßung.

»Großartig. Lasst uns loslegen«, antwortete ich.

In kürzester Zeit hatten wir ihren brandneuen, glänzenden Brennofen in Jasmines neuem Atelier aufgebaut. Sie benutzte immer noch das Atelier hinter dem Firehouse Café, aber manchmal war sie stundenlang weg. Ich hatte gelernt, dass sie, sobald sie loslegte, jedes Zeitgefühl verlor. Mir machte das nichts aus, denn sie liebte es. Trotzdem wollte ich, dass sie leichter arbeiten konnte, besonders im Winter. Ich wollte mir keine Sorgen machen müssen, dass sie nach einem Inspirationsschub zu später Stunde nach Hause fuhr.

In der Zwischenzeit hatten die Besitzer von Midnight Sun Arts beschlossen, ihrer kleinen lokalen Kette hier in Willow Brook eine weitere Galerie hinzuzufügen. Sie würde nur im Sommer geöffnet sein, aber Risa drängte Jasmine bereits, ihr dabei zu helfen. Jasmine hatte erklärt, dass sie nicht für den Verkauf zuständig sein wollte, aber sie würde bei den anderen Dingen helfen. Jasmine wusste noch nicht, dass sie ihr ehemaliges Atelier als Lagerraum für die Galerie nutzen würden.

Als wir auf dem Weg nach draußen waren, nachdem Cade bereits weggefahren war, hielt Levi bei seinem Truck inne. Er war richtig sauer auf mich gewesen, als er von Jasmine und mir erfahren hatte. Wie ich Jasmine damals erklärt hatte, wäre ich auch sauer gewesen. Er hat mich aber nie geschlagen.

»Du bist ein guter Mann«, sagte Levi, streckte die Hand aus und klopfte mir auf die Schulter. »Am Anfang war ich vielleicht stinksauer, aber ich würde dich keine Sekunde gegen einen anderen Schwager eintauschen wollen.«

Ich gluckste. »Ich liebe Jasmine. Aber ich bin mir ziemlich sicher, dass du das inzwischen weißt. Ich würde alles für sie tun, wirklich alles.«

Levi hielt meinem Blick stand und nickte einmal. »Ich weiß.« Dann wandte er sich ab.

Ein paar Stunden später kehrten meine Mutter und Jasmine ins Haus zurück. Mom kam auf mich zu, drückte mir einen Kuss auf die Wange und umarmte mich herzlich. Obwohl sie heute gar nicht gebacken hatte, roch sie irgendwie immer noch nach Zimt und Zucker. Aber so roch sie für mich eigentlich immer.

Sie lehnte sich zu mir hoch und flüsterte mir ins Ohr: »Ich werde nach oben gehen und ein Nickerchen machen. Geh du mit Jazzy raus und zeig ihr das Studio.«

Und dann kniff sie mir in die Wange. Denn das tat sie immer noch und ich ließ sie gewähren.

Jasmine räumte ein paar Lebensmittel ein, ihre bernsteinfarbenen Haare waren zu einem lockeren Knoten auf dem Kopf zusammengebunden.

»Hey, Süße, hast du einen Moment Zeit?«, fragte ich, als ich hinter sie trat, meine Arme um ihre Taille schlang und meinen Kopf senkte, um ihren Duft einzuatmen.

Sie schloss den Küchenschrank und drehte sich im Käfig meiner Arme. Mein Schwanz stand natürlich stramm. Obwohl das ein völlig unpassender Zeitpunkt war, um geil zu werden. Mein Vater würde wahrscheinlich jeden Moment nach Hause kommen, nachdem er draußen auf dem Hof sein Unwesen getrieben hatte, und meine Mutter war im oberen Stock, um Himmels willen.

Ich sprach ein kleines Entschuldigungsgebet und küsste Jasmine kurz auf die Lippen. Nur ein Zungenschlag von ihr auf meine Lippen und ich war heiß auf sie. Mit aller Willenskraft zog ich mich zurück. Ihre Wangen waren rosa und ihre wunderschönen blauen Augen glänzten dunkel.

Sie biss sich auf die Lippe und ein Grinsen umspielte einen ihrer Mundwinkel. »Jetzt ist nicht der richtige Zeitpunkt«, sagte sie leise.

»Ich weiß«, erwiderte ich, trat einen Schritt zurück und nahm ihre Hand in meine. »Aber ich muss dir etwas zeigen. Komm mit.«

Sie war definitiv neugierig und ihre Augen weiteten sich, als sie mich ansah. Sie zögerte nicht und kam mit, als ich sie aus der Küche zerrte. In den anderthalb Jahren, die seit der Fertigstellung des Hauses vergangen waren, hatten wir einen Sommer Zeit gehabt, um im Garten zu arbeiten. Jetzt gerade schmolz der Schnee und ich konnte das Rauschen eines Baches zwischen den Bäumen hinter dem Haus hören. Der Frühling wurde in Alaska nicht umsonst Schlammzeit genannt. Alles schmolz und machte den Boden für mehrere Wochen schlammig. Die Bäche liefen mit der Schneeschmelze, die von den Bergen herunterkam, über. Jasmine, stets praktisch veranlagt, trug ein Paar Lederstiefel und stapfte mit mir durch den Hof.

Im letzten Monat hatte ich bei jeder Gelegenheit im Atelier gearbeitet, während sie tagsüber weg war. Normalerweise wäre ich in der Lage gewesen, ein Projekt wie dieses in ein paar Tagen abzuschließen. Das Äußere der alten Hütte musste noch auf Vordermann gebracht werden, aber das Innere war wie ausgewechselt.

Als ich das Gebäude erreichte, schaute ich zu ihr.

»Warum gehen wir zu der alten Hütte? Sag mir bitte nicht, dass du dir ein Tier angeschafft und vergessen hast, es mir zu sagen.«

Ich kicherte. Jasmine hatte viel von dem Hänge-bauchschwein gehört, das meine Familie hatte, als ich aufwuchs. Ich vermisste das Schwein immer noch. Ben war sein Name. Er lebte ein langes Leben, aber er war vor ein paar Jahren gestorben. Ich dachte immer noch, dass ich sie dazu überreden könnte, ein Schwein aufzunehmen.

»Oh, nein«, sagte ich, »die Diskussion heb ich mir für später auf. Komm schon.«

Ich öffnete die Tür und knipste das Licht an.

Jasmine folgte mir hinein. Ihr Atem stockte und ihre Augen weiteten sich, als sie sich umsah. »O mein Gott! Wann hast du das gemacht?«, quiekte sie.

Noch bevor ich antworten konnte, schlang sie ihre Arme um meinen Hals und strampelte mit den Füßen. Ich hielt sie fest und drückte sie an mich.

Sie lehnte sich zurück und ihre Augen glänzten vor Tränen. »Das ist das beste Geschenk *aller Zeiten*! Ich meine, ich liebe mein Studio in der Stadt, aber ...« Ihre Worte verstummten.

»Ich dachte, es wäre schön, wenn du hier einen Platz zum Arbeiten hättest.«

Sie senkte ihren Kopf und kuschelte sich an meine Schulter. »Vielen Dank«, murmelte sie und ihre Stimme klang gedämpft, als sie sprach. Als sie sich zurückzog, löste sie sich aus meinen Armen und sah sich um.

»Du hast mir einen neuen Brennofen gekauft?«, fragte sie in einem verwunderten Ton. »Wie hast du den hergebracht?«

»Möglicherweise haben mir Levi und Cade ein bisschen geholfen. Vielleicht sind auch meine Eltern gerade jetzt zu Besuch gekommen, denn ich wollte ihn vor deiner Hauptsaison fertig haben.«

Sie blieb einen Moment lang stehen, bevor sie

langsam umherging und sich ihr Blick ernüchterte. Ihre Schritte hallten in dem fast leeren Raum wider. Sie drehte sich zu mir um und ging ein paar Schritte auf mich zu, um den Abstand zwischen uns zu verringern. Als sie vor mir stehen blieb, streckte sie ihre Hand aus und nahm eine meiner Hände in ihre. Sie beugte sich vor und strich mit ihrer Fingerspitze über meine Lippen.

Ihre Berührung war wie ein loderndes Feuer. Genau wie am ersten Abend, als wir uns kennengelernt haben.

»Ich bin so verdammt glücklich. Falls ich es nicht oft genug sage: Ich liebe dich«, sagte sie, als sie sich zu mir beugte und ihre Lippen auf meine presste.

»Süße, ich bin der Glückspilz.«

Irgendwie landeten wir bei einem Quickie in ihrem brandneuen Atelier und weihten ihren Arbeitstisch ein.

Später am Abend, nachdem wir Hand in Hand zum Haus zurückgelaufen waren und Jasmine meiner Mutter die Küche überlassen hatte, lag ich neben ihr im Bett. Das Mondlicht tauchte ihre Silhouette in Silber.

Ich würde überall auf der Welt hingehen, um bei Jasmine zu sein. Denn sie war mein Zuhause. Ich fuhr mit meinen Fingerspitzen über ihre Schulter, und sie seufzte und drückte ihren Po an mich.

Als ich am nächsten Morgen aufwachte, lag sie warm und weich in meinen Armen, und die Sonne ging über den schneebedeckten Bergen auf. Das war das Leben mit der Frau, die ich liebte, der mein Herz und meine Seele gehörten und die ich fest an mich drückte. Sie war mein Ein und Alles.

· · ·

Melden Sie sich unbedingt für meinen Newsletter an, um die neuesten Nachrichten, Leseproben und mehr zu erhalten! Klicken Sie hier, um sich anzumelden: https://jh-croix.ck.page/ee53a5ef22

Melden Sie sich für meinen Newsletter an. Dabei handelt es sich um ein exklusives Geschenk nur für neue Abonnenten. Bonusszene GRATIS - ab Buch 1 in Into The Fire – Serie Alaska!

Es ist schon ein paar Jahre her, dass Amelia & Cade in Brenne für Mich ihr Happy End gefunden haben. Viel Spaß mit diesem Ausschnitt aus ihrem zukünftigen Leben!

Brenne für Mich - Bonusszene: https://BookHip.com/HWSQBAK

Der nächste Teil der Into the Fire-Serie ist Mit dir vereint. »Die Chemie zwischen Harlow und Max war außergewöhnlich!«

1-klick : Mit dir vereint

ÜBER DEN AUTOR

USA Today-Bestsellerautorin J. H. Croix lebt mit ihrem Mann und zwei verwöhnten Hunden in einer kleinen Stadt in Maine. Croix schreibt zeitgenössische Liebesromane mit starken Frauen und Alphamännern, die sich nicht scheuen, Gefühle zu zeigen. Ihre Liebe zu schrulligen Kleinstädten und den dort lebenden Charakteren spiegelt sich in ihren Texten wider. Machen Sie einen Spaziergang auf der wilden Seite der Romantik mit ihren Bestseller-Romanen!

jhcroixauthor.com
jhcroix@jhcroix.com

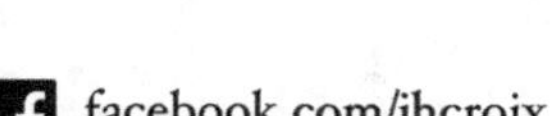 facebook.com/jhcroix

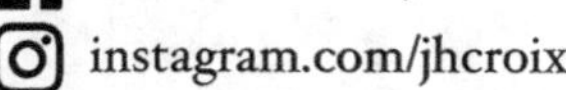 instagram.com/jhcroix

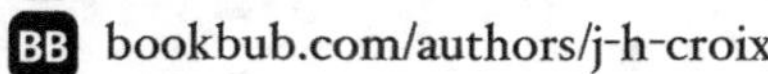 bookbub.com/authors/j-h-croix